안병영 에세이

인생 삼모작

21세기북스

안병영 에세이

인생 삼모작

21세기북스

글머리에

1.

서울태생인 나는 젊은 시절부터 노후에는 시골에 가서 '다른 삶'을 살아 보겠다는 꿈을 갖고 있었다. 그래서 15년 전 정년퇴임에 앞서 마지막 학기가 끝나기 무섭게 이곳 속초/고성으로 내려왔다. 처음 2년 가까이 속초에 살다가, 이후 거기서 얼마 떨어지지 않은 고성군 토성면 원암리로 옮겨 와서, 한여름에는 농사짓고, 겨울에는 글 쓰며, 남들이 다니는 큰 길가에서 얼마간 비켜서서 한적하게 살고 있다.

인공(人工)의 작품인 거대도시를 떠나, 중간단계인 소도시를 거쳐 마침내 자연의 품인 농촌에 연착륙하면서 내 삶의 양식도 많이 변했다. 평생 책상머리나 지키던 내가, 땀흘려 노동하며 살아가는 새로운 일상에서 배우는 게 너무나 많다. 무엇보다 나라의 동북쪽 끝 변방에서, 아늑한 자연에 파묻혀 바깥세상을 멀리 조망하며 사색한다는 것은 내겐 무척 신선한, 그리고 얼마간 경이로운 삶의 체험이다.

내가 이곳에 자리 잡은 후 자주 '인생 삼모작'을 되뇌며, 특히 지적, 예술적 작업을 하는 사람에게 노후의 자연의 품은 엄청난 영감과 상상력의 원천이라고 말해 온 것도, 이 산 경험에서 우러난 내 나름의 메시지였다.

그러나 호사다마랄까. 재작년 여든 문턱에서 고성산불로 하루아침에 내 삶의 기둥이자 학문의 보금자리였던 '현강재(玄岡齋)'가 소진되었다. 불길 속에 잔해만 남은 집터와 초토화된 주위 환경을 보며, 나는 망연자실, 크게 좌절했다. 가까스로 마음을 추슬러 "그래, 이제 다시 시작하자!"라고 스스로를 다독이며 불탄 자리에 새집을 지었다. 그리고 내 삶도 새로 짓기로 마음을 정했다. 나를 무섭게 짓눌렀던 산불의 악몽에서 벗어나는 데 농사일이 큰 몫을 했다.

II.

내가 살아 온 지난 80년의 세월을 되돌아보면, 천지개벽에 견줄만한, 격동의 연속이었다. 일제 강점기에 태어나 해방의 환희와 전쟁의 아픔을 겪고, 한국 역사의 가장 역동적인 시간인 산업화와 민주화의 험난한 도정을 함께했다. 그 사이 우리 사회는 크게 바뀌어 1차산업 위주의 농경사회에서 이제 바야흐로 4차 산업혁명의 문턱에 이르렀고, 향리문화에 젖어있던 우리네 의식세계도 이제 글로벌리즘을 겨냥하고 있다. 단언컨대, 한 생애에 이처럼 극적인 역사적 소용돌이, 온갖 영욕과 명암을 고르게 체험한 세대는 일찍이 없었다.

나는, 사회과학자란 책을 통해서보다 삶의 과정을 통해 더 많은 것을 배워야하며, 삶 속에 용해되지 않은 사회과학적 지식은 겉핥기, 흉내내기에 불과하다고 생각하며 살아왔다. 그런 의미에서 비록 신산(辛酸)한 세월이었지만, 내게 다양한 사유(思惟)와 공부 밑천을 마련해 준 파란만장하고 변화무쌍한 지난 시대에 대해 내심 고마운 생각이 없지 않다. 돌이켜 보면 그간 내가 겪은 세상 모든 게 내게 알찬 공부거리가 아니었나 싶다.

나는 젊어서 유럽의 작은 중립국에 유학해서 새로운 세계, 제3의 관점을 익혔고, 오랜 학자생활을 거쳐 민주화 이후 두 번 국정에 참여해서 내가 익힌 이론을 실천의 장에서 검증하는 값진 기회를 얻었다. 그리고 이제 황혼녘에 자연으로의 귀의를 통해 삶에 대한 새로운 통찰력을 얻으려고 애쓰고 있다. 나의 중도주의적 삶의 철학도 이 과정에서 형성되었다.

III.

한 10년쯤 전에, 제자인 연세대 정무권 교수가 내게, 세 번째 못자리인 속초/고성에서 건져 올린 사유의 편린을 그때그때 글로 옮겨 보라며 손수 블로그를 만들어 주었다. 돌이켜 생각해도 참 고마운 일이다. 이후 나는 이곳에서의 삶의 과정에서 느끼고, 생각하는 갖가지 단상(斷想)들을 한 땀 한 땀 정성스레 수놓는 심정으로 내 블로그에 올렸다. 이 책에 수록된 글은 그 대부분이 '현강재'(https://hyungang. tistory.com)에 올렸던 글 중에서 가려 뽑은 것들이다.

이 글들은 대체로 최근 몇 년 사이에 쓴 산문 형식의 글들인데, 그 주제들을 보면 내 생활 주변의 소소한 작은 이야기부터, 비교적 무거운 정치, 사회적 주제에 이르기까지 무척 다양하다. 그리고 시간

상으로도 내 어린 시절부터 최근까지 전 생애에 걸쳐 있다. 모든 글이 데드라인의 압박 없이, 마음에 내켜 쓰고 싶을 때, 머리와 가슴에 와닿는 주제에 대해, 마치 창공을 나르는 종달새처럼 자유롭게, 그리고 먼 들판을 바라보는 허허로운 심경으로 부담 없이 쓴 글들이다. 그러다 보니, 이 책 속에 부지불식간에 내 평소의 생각과 관점, 내 세계관, 그리고 내 전 생애가 고스란히 녹아들었다.

이 책을 펴는 데, 많은 분들의 도움이 있었다. 우선 솔선해서 출판사를 주선해 주신 알라딘의 조유식 사장님, 책 출판을 허락하고 모든 편의를 보아주신 김영곤 사장님과 신승철 이사님께 감사드린다. 그리고 온갖 정성을 다해 책을 멋지게 꾸며주신 함성주 시인께 진심으로 감사의 말씀을 드린다. 아울러 손수 글 전편을 정성껏 읽고 교열과 더불어 세세한 조언을 아끼지 않은 제자 연세대 양재진 교수께도 마음속 고마움을 전한다.

천생 도시여자인 그녀가 먼 시골까지 따라와 나와 '인생 삼모작'을 함께 하며, 병약한 몸으로 아마도 그녀의 마지막 건축작품이 될 새 '현강재'를 짓는 데 온갖 고생을 다 한 내 반려자에게 이 책을 바친다.

2021년 8월
멀리 울산바위가 보이는 '현강재'에서

안 병 영

차 례

6. 장기려 그 사람 | 삶에서 만난 사람들

7. 왜 아직 글을 쓰는가 | 글과 삶

8. 종강록 | 스승과 제자

9. 역사를 보는 눈 | 나의 정치관

10. 나의 삶, 나의 길

1

운명 앞에 서서

추억의 그림자들

1951년 초여름, 열한 살 소년의 고뇌

1.

대구에 피난 온 후, 1951년 4월, 새로 이사한 곳이 종로 영남일보사 건너편 조광(朝光)양복점 2층이었다. 처음 몇 달 동안 살았던 칠성동 기찻길 옆 어두운 빈민촌에 비하면 주거 조건이 훨씬 나아졌다.

그 집 2층에는 피난민 세 가구가 살았는데, 우리는 길가 창문 옆 다다미 6장 방에 살았다. 윤동주가 일본 유학 때 쓴 시, 「쉽게 쓰인 시」에는 '육 첩(疊) 방은 남의 나라'라는 시구(詩句)가 나오는데, 바로 그 규모의 크지 않은 방이었다. 여기서 어머니, 누나와 세 식구가 함께 살았다. 아버지는 우리를 이곳으로 옮겨 놓으시고 그해 3월 서울이 재탈환(再奪還)되자 직장 선발대를 따라 서울로 올라가셨다.

열한 살 소년인 나는 한복 삯바느질을 하셨던 어머니의 옷 주문, 배달과 잔심부름하는 것으로 소일했다. 학교에 가고 싶었지만, 어려운 형편이라 그 얘기는 입 밖에도 내지 못했다. 그러자니 한가할 때는 무료를 달랠 겸 창턱에다 턱을 괴고 번화한 종로 거리를 내려다볼 때가 많았다.

종로는 온종일 사람과 차로 붐볐고 늘 장바닥처럼 시끌벅적했다. 내 관심은 특히 마주 보이는 길 건너편 영남일보 앞마당에 쏠려 있었다. 신문이 나올 시간이 가까워지면 내 나이 또래에 남루한 차림의 피난민 신문팔이 소년들이 몰려와 왁자지껄했다. 그러다가 신문을 받아 들면 마치 단거리 선수처럼 한껏 내달려 순식간에 산지사방으로 흩어졌다. 그 야단법석이 끝나면 신문사 앞마당에는 언제 그랬느냐는 듯이 텅 빈 고요가 깃들고 초여름 햇살이 한가하게 내려앉는다.

매일 거듭되는 그 역동과 반전의 모습을 거의 놓치지 않고 보는 것이 내 일과였다.

II.

5월 하순 어느 날, 나는 영남일보사 앞마당 신문팔이 아이들 무리에서 조금 떨어져 혼자 서성이는 낯익은 얼굴을 발견했다. 서울 돈암동 같은 동네에 살던 가까운 친구 세영이었다. 반가운 김에 나는 한걸음에 달려가 그를 부둥켜안았다.

그의 사연은 무척 기구했다. 피난길에 온 식구가 뿔뿔이 헤어져 혼자 천신만고 끝에 대구까지 왔고, 우연히 먼 친척을 만나 그 집에 머무는데, 눈치가 보여 오늘 처음으로 신문을 팔러 나왔다는 것이었다. 나는 그에게 바삐 신문을 받아 파는 요령을 알려주고 오늘 일이 끝나면 우리 집에 들르라고 얘기했다.

그날 저녁 내가 만난 세영이는 여리고 착해 빠졌던 과거의 그가 아니었다. 세상 풍파를 다 겪은 듯 담대하고 초연하기까지 했다. 손을 잡고 위로하는 내 어머니에게, "걱정하지 마세요. 몇 번 죽을 고비를 넘기고, 이렇게 살아남았는데 이제 두려울 게 없어요."라며 짐짓 웃음까지 지어 보이며 사는 데 자신감을 내보였다. 그를 보내고 어머니는 "모진 세상이 아이를 저렇게 바꾸어 놓았구나." 하시며 한참을 우셨다.

그 후 세영이는 내게 자주 들려 당시 우리 집 주메뉴였던 수제비를 함께 먹으며, 그가 신문팔이와 갖가지 막일을 하며 겪은 무용담을 털어놓곤 했다. 그러면서 대구 가까이까지 함께 왔다가 피난민 인파 속에서 안타깝게 손을 놓쳐버린 세 살 위 형 얘기를 자주 했다.

"분명 대구 어디엔가 있을 거야. 내가 신문 파는 이유도 그 형을 만나기 위해서야."라고 말하곤 했다.

그러던 어느 날, 신문 나올 때가 가까이 되자, 나는 여느 때와 마찬가지로 창턱에 턱을 괴고 아래 세상을 내려다보고 있었다. 그때 길거리에 씩씩한 모습으로 세영이가 나타났다. 나는 밑을 내려다보며 손을 입에 모으고 "세영아."하고 그의 이름을 크게 불렀다. 그도 "병영아." 하고 맞장구치며 손을 크게 휘저었다. 이어 그는 펄쩍펄쩍 뛰면서 "나, 어제 우리 형 만났어. 멀쩡히 잘 있어!"라고 외쳤다. 그 말에 나도 기뻐 "축하해!"를 연발했다. 그러자 세영이는 "이따 들릴게, 기다려."라고 짧게 소리치며 고개를 돌렸다. 종로 한복판,

차와 사람 소리가 얽혀 악머구리 끓듯 하는 북새통에서 우리는 더 말을 이을 수가 없었다. 나는 그가 형을 만났다는 기쁜 소식을 잠시라도 빨리 어머니에게 알리려고 고개를 안쪽으로 돌렸다.

그리고 한두 걸음 옮기는데, 길거리에서 '삐-익'하며 차가 급정거할 때 들리는 금속성의 마찰음이 들렸다. 나는 급히 고개를 돌려 창밖을 내려다보았다. 사람들이 왁자지껄 떠들며 웅성거리는 가운데, 군인 지프차 앞에 세영이가 피를 흘리며 흐트러져 누워 있었고 차에 탔던 군인 두 명이 황급히 차에서 내려오고 있었다.

그 광경을 목격한 순간 나는 온몸이 얼어붙은 듯 움직일 수가 없었다. 겨우 정신을 차려 외마디 소리처럼 "엄마, 엄마!"를 외쳤다. 그리고 말을 잃은 채 엄마에게 손가락으로 그쪽을 가리켰다. 어머니는 "아니, 세영이 아니냐?"고 매우 놀라시며, 내 손을 잡고 급히 아래층으로 뛰어 내려갔다.

우리가 사고 현장에 도착했을 때 지프차는 이미 세영이를 싣고 떠난 후였고, 바닥에는 두어 군데 선연한 핏자국만 남아 있었다. 아직 그곳에서 서성이는 몇몇 사람들에게 물어보니, 워낙 삽시간에 일어난 일이고, 사고가 나자 군인들이 즉시 차에서 내려와 그를 싣고 사라졌기 때문에 그 이상 아무것도 알 수 없다는 것이었다. 그러면서 정황으로 볼 때 중상이 틀림없을 것이라고 얘기했다.

어머니와 나는 물어물어 대구 시내 외곽에 있는 육군 병원을 찾아갔다. 그러나 그곳에서는 '모른다'라는 대답만 들었다. 하늘이 무너지는 심경이었으나 아무 힘없는 피난민 모자는 안타까워 발을 종종 구르는 외에 달리 어찌할 도리가 없었다.

III.

그날 그 사건은 나, 열한 살 소년에게 엄청난 마음의 상처를 안겨 주었다. 무엇보다 밀물처럼 밀려오는 양심의 가책에 견딜 수가 없었다. 시간상으로 따져 볼 때, 그가 나와 몇 마디 대화를 마치고 고개를 돌리는 순간 지프차가 덮쳤으니, 애초에 내가 그의 이름을 부르지 않았다면 아무 일도 일어나지 않았을 게 분명했다. 아니 설혹 내가 그의 이름을 불렀더라도 그 이상 대화를 이어가지 않고, "당장 내려갈게." 하며 급히 아래층으로 뛰어 내려갔다면 아마도 별일이 없었을 것 같았다. 그러니 내가 그 참혹한 사고의 유발자였다.

"나 어제 형을 만났어."라고 작약(雀躍)하던 그의 밝은 모습과 길거리에 쓰러져 있던 그의 흐트러진 모습이 계속 오버랩되면서, 가슴이 쥐어짜듯 저리고 머리가 터질 것 같았다.

무엇보다 나는 그가 죽었을까 걱정이 되었다. 사고 현장을 물들였던 핏자국으로 보아 중상이 확실하고, 그것이 자칫 그를 죽음으로 몰고 갔을지 모른다는 생각에 미치면 나는 미칠 것 같았다. 생각을 거듭할수록 부정적인 상상이 증폭되어 급기야 나는 그가 죽었을 것이라는 확신에 가까이 이르게 되었다. 그러면서 급기야 '내가 그를 죽였다'라는 망령된 생각이 계속 엄습했다.

그날 이후, 나는 하루 한순간도 이 처절한 고뇌의 심연에서 벗어날 수 없었다. 말수가 적어지고 밤잠을 설치는가 하면 끼니마저 자주 걸렀다. 그러니 옆에서 내 심경을 헤아리는 어머니의 걱정은 태산 같았다. 어머니는, "네 잘못이 아니야. 번잡한 길에서 빨리 차를 몰았던 그 군인들이 잘못한 거야. 그리고 세영이는 좀 다쳤겠지, 죽었을 리 없어. 너무 괴로워하지 말고 대신 하느님께 기도해." 하시며 나를 달래셨다.

그러나 그 어떤 것도 내 마음을 어루만질 수가 없었다. 그때 나는 '양심(良心)'이라는 개념을 처음으로 확연하게 인식했던 것 같다. 내 '양심'에 가책이 되는데, 어떻게 내 마음이 편안할 수가 있을까?

그런데 문제는 내가 그 양심의 가책을 보상할 수 있는 아무런 수단을 갖고 있지 않다는 것이었다. 나는 갈수록 자책(自責)과 자학(自虐)의 깊은 늪으로 빠져들어 갔다. 그러면서 열한 살짜리 소년은 그때 '양심'과 '삶과 죽음'에 대한 온갖 철학적 사유를 그 나름의 방식으로 다 체험했던 것 같다. 훗날 내가 실존철학에 접하면서 즉시 '1951년 초여름의 나'를 추억했고, '실존'의 개념이 전혀 생소하지 않게 내게 다가왔던 것도 그 때문이 아닌가 한다.

이후 한 달이 가까워도 그로부터 아무 소식이 없었다. 나는 분명 '그가 죽었기 때문'이라고 단정했다. 그런 가운데 나는 점점 더 야위고 파리하게 시들어 갔다.

Ⅳ.

사고 후 꼭 한 달 되던 날, 나는 집 근처 만경관[영화관] 옆을 걷고 있었다. 그런데 뒤에서 "병영아!" 하고 내 이름을 부르는 귀에 익은 목소리가 들렸다. 순간 나는 세영이임을 직감했다. 그러면서 온몸에 전율을 느꼈다. 뒤를 돌아보니, 서너 발자국 뒤에서 그가 밝게 웃고 있었다. 나는 꿈같은 현실 앞에 압도되어 망부석처럼 그 자리에 우뚝 섰다. 내게 다가오는 그는 한 다리를 크게 절고 있었다.

극장 앞 작은 공터에서 그는 그간의 자초지종을 얘기했다. 사고 순간 정신을 잃었고 눈을 떠보니, (우리 모자가 찾아갔던 바로 그) 육군 병원 침대 위였다는 것이다. 양다리와 팔목 등의 복합골절로 장시간 수술이 끝난 후였는데, 다행히 생명에 지장을 받을 정도는 아니었다는 것이다. 이후 병원 측의 극진한 보살핌으로 거의 치유가 되어 어제 퇴원을 해서 우리 집을 찾아가는 길이라는 것이었다. 나는 급한 대로 "형은 만났어?", "다리는 어때?" 하고 두서없이 물었다. 병원 측이 연락해서 형은 곧 만났고, 아직 심하게 저는 한쪽 다리도 시간이 지나면 완쾌된다고 말했다.

그의 사연을 들으며 내 가슴은 계속 벅차올랐고 얼굴은 눈물범벅이 되었다. 그리고 연상, "세영아, 미안하다, 모든 게 내 잘못이다.", "고맙다."를 연발했다. 그는 오히려 "걱정 많이 했지, 미리 연락하지 못해 미안하다."라며, "네가 사고와 무슨 상관이 있어, 그날 내가 재수가 없었던 거지."라며 웃으며 나를 달랬다.

그러는 그가 내게 관세음보살처럼 느껴졌고, 나 자신은 무간지옥(無間地獄)에서 단숨에 극락(極樂)에 오른 기분이었다.

V.

그의 무사한 모습을 보고, 어머니는 크게 기뻐하시며 연상 흐르는 눈물을 닦으셨다.

그러면서, "세영아, 정말 고맙다. 네가 우리 병영이를 살렸구나!" 라고 말씀하셨다.

- 현강재, 2019. 01. 30.

기억 속의 보좌신부님

이 글은 1985년 3월 31자 《가톨릭 신문》에 게재되었던 글을 다시 실은 것이다. 원문 뒤에 실은 후기는 게재된 이후에 덧붙인 글이다.

실로 오랜만에 대구를 찾았다. 1·4 후퇴가 있던 해인 1951년 이곳으로 피난 와 열한 살 소년 시절을 보낸 후 몇 번 스쳐는 갔지만 정작 이번처럼 하루를 묵으며 여유 있게 옛 추억을 더듬기는 처음이었다.

교우인 제자와 함께 계산동 성당도 찾았고 성모당에도 올랐다. 퇴색한 기억 속에 바로 성당 뒤에 붙어 있는 것으로 여겨졌던 성모당은 훨씬 떨어진 주교관 내에 있었다. 그러나 고풍스러운 성당의 붉은 벽돌이나 쌍을 지어 우뚝 솟은 뾰족 십자가는 기억 그대로 정겨웠고 그윽하게 가라앉은 성모당의 경건한 분위기는 그때나 다름없이 가슴에 스며들었다. 바로 이 두 곳이 전쟁에 찢긴 어린 소년의 영혼을 달래주던 안식처였거니 생각하니 벅찬 감회를 누르기가 어려웠다.

1·4 후퇴가 있던 해 겨울의 추위는 대단했다. 살을 에는 추위 속에서 열사흘을 걸어 대구에 도착했을 때는 심신의 피로가 극에 달했고, 외가인 평택을 떠날 때 뒤를 쫓던 포화 소리가 그대로 귓전에 남아 있었다. 대구에 정착한 이후에도 어려운 피난 생활이라 학교에 다닌다는 것은 엄두도 못 했다. 신문도 팔아보았고, 어머니 바느질감을 받으러 중앙로 뒷골목을 서성거리기도 했다. 객관적으로 볼 때, 마땅히 고달파야 했을 이 시절이 그때나 이제나 꽤 행복했던 시절로 뇌리에 각인되는 것은 무엇보다 계산동 성당과 성모당이 나에게 선사해 준 사랑의 묘약 때문이 아닌가 한다.

그때 열한 살 짜리 소년은 성당 다니는 기쁨으로 살았고 또 스스로 성소(聖召)를 받았다고 느꼈다. 서울에서 엄마 따라 건성으로 성당 문턱을 드나들던 나를 이처럼 바꿔 놓는 데 결정적인 역할을 한 이는 당시 계산동 본당 보좌신부님으로 계시던 젊은 신부님이셨다. 부끄럽게도 이젠 성함도 기억 못 하는 이 신부님의 따듯한 손길이 나의 대구 피난 시절을 아름답게 수놓아 준 것이다. 그 신부님을 기억에 올리면 항상 다가오는 감격스러운 장면이 있다.

언젠가 보좌신부님이 교리반 아이들을 모아, 성당에서 봉사해야 할 역할에 따라 어린이들을 몇몇 그룹으로 나누셨다. 신부님께서는 우선 각자가 원하는대로 지망을 하게 하고 경합이 심한 그룹은 다시 조정한다는 원칙을 미리 밝히셨다.

누구나 예상했던 대로 대부분 학생들이 복사반(服事班)을 지망했다. 그 나이 또래의 소년들에게 붉고 예쁜 복사복을 입고 제대 앞에서 신부님을 돕는다는 일이 무척이나 매력적으로 느껴졌음은 쉽게 이해가 될 일이었다. 하느님의 사랑을 가까이서 독점하는 느낌이었을 터이니 말이다. 그런데 막상 나는 복사반 지망을 처음부터 생각지 않았다. 그 이유는 아직도 분명치 않으나 모두가 그쪽을 원하니 경합하기를 꺼렸던 듯도 싶고, 또 원래 허둥대는 편인 내가 제대 앞에서 실수나 하면 어쩌나 하는 걱정도 없지 않았을 것이다.

보좌신부님의 의아한 눈초리가 나에게 향해지는 것을 느꼈다. 뒤이어 신부님께서는 "주일날 가톨릭 신문 팔 사람?" 하고 외치셨다. 나는 호기 있게 손을 번쩍 들어 주위를 둘러보았다. 30명 가까운 아이 중에 유독 나 혼자만이 손을 치켜든 것을 알고 얼굴이 붉게 달아오르는 것을 느낀 것도 같은 순간이었다.

그때 보좌신부님이 급히 나에게 다가오시면서 "분도[내 세례명], 그건 안 돼!" 하고 노한 목소리로 외치셨다. 이윽고 놀라서 올려보는 나를 부둥켜안으시며 "내가 너 고생하는 것을 아는데 성당에 와서도 신문을 팔다니. 그건 말도 안 돼!" 하시며 팔에 힘을 주셨다. 바로 그 순간 나는 신부님 눈에 눈물이 고이는 것을 보고 엉겁결에 고개를 떨어뜨리면서 중얼거렸다. "신부님, 저 자신 있어요. 신문도 팔아 봤고요. 정말 제가 원하는 일인데요."

결국 신부님은 내 고집에 꺾이셔서 가톨릭 신문을 팔도록 허락해 주셨다. 그러면서 신부님께서는 복사복을 입은 내 모습이 보고 싶으셨다는 얘기와 하느님께서 신문 파는 소년을 더 사랑하실 것이라는 말씀도 들려주셨다.

지금도 왜 내가 그토록 신문을 팔 것을 주장했는지 분명치 않다. 혹 어린 마음에 내가 좋아하는 보좌신부님의 심리적 반향을 미리 간파하고 의식적으로 일을 그렇게 꾸몄는지도 알 수 없다. 그랬다면 교활한 소년의 페이스에 순진한 신부님께서 말려 들어간 셈이 된다. 여하튼 나는 주일날이면 미사 전후해서 열심히 신문을 팔았고 엄마 친구들에게 매달려 짓궂게 신문을 강매하는 재미도 만끽했다.

보좌신부님과의 그 감동적인 순간의 기억은 시간과 더불어 계속 미화되어 내 가슴에 남겨졌다. 따라서 그때 그 기억이 당시의 실제와 그대로 맞아떨어지는지도 이제는 분명치 않다. 그러나 그 젊고 인자하신 보좌신부님의 눈에서 반짝이던 눈물은 나에게 아직도 더할 수 없이 숙연한 감동을 자아내고 아울러 하느님 사랑의 유현(幽玄)한 깊이를 되새기게 한다. 열한 살 소년의 고달픈 대구 피난 시절의 온갖 체험은 바로 그 순간 속에서 밝고 행복하게 승화되어 버린 것이다.

나는 그 후 언제부터인가 그 보좌신부님이 대구 대교구의 S 신부님이 아닐까 하는 생각을 하게 되었다. 가톨릭 신문에서 그분의 글을 여러 번 읽고 너무 좋아 처음에는 그럴 수 있지 않을까 하는 느낌이었으나, 시간이 감에 따라 점차 그분이거니 생각하게 된 것이다. 물론 그 생각을 뒷받침할 논거는 매우 빈약하다. 전에 신문에 나온

S 신부님 모습이 내 기억의 그분처럼 인자하고 잘 생기셨다는 것과 글이 좋았다는 것 이외에는 분명한 것이 하나도 없는 것이다. 물론 지금이라도 그때 계산동 성당 보좌신부님이 누구셨나 직접 알아보는 일이 그리 어려운 일이 아니겠지만 마음이 내키지 않았다. 사실 나에게 있어 그 기억은 매우 소중히 간직하고 싶은 것이어서 누구에게 내놓고 털어놓은 적도 없었다.

이번에 대구에 가서 만난 영남대의 C 형에게 그냥 S 신부님이 어떤 분이냐고 물었다.

"성인 같은 신부님이시지."

그분 대답은 간단했다. 서울에 올라와 어머님께 처음으로 그때 대구 보좌신부님 성함이 혹 S 신부님이 아니셨던지 여쭤보았다. 어머님 말씀은 기억이 분명치 않다는 대답이셨다. 그 후 나는 두 분이 같은 분이 아니라도 별로 상관이 없다고 생각하게 되었다. 적어도 하느님의 참된 목자가 한 분 더 계신다는 얘기일 수 있으니 말이다.

흔히 "신부님 보고 교회 가나, 하느님 보고 교회 가지."라는 얘기를 자주 듣는다. 그러나 '기억 속의 보좌신부님' 같은 분의 뜨거운 성화(聖化)의 힘이 역시 제3세기로 진입하는 한국 천주교회의 참된 생명력이 아닐지.

-《가톨릭 신문》 1985. 03. 31.

후기(後記)

위의 글이 1985년 3월 31일자 《가톨릭 신문》에 게재된 후 며칠 뒤 나는 대구 대교구의 신상조 신부님으로부터 편지를 받았다. 내 머릿속에 항상 자리했던 S 신부님, 바로 그분 편지였다. 신 신부님은 편지에서, 1951년 당시 자신이 계산동 성당 보좌신부님이셨다는 말씀과 그런데 안타깝게도 나를 기억할 수 없어 미안하기 짝이 없다는 내용, 그리고 가까운 장래에 꼭 나를 만나고 싶다는 바람을 함께 담으셨다. 나는 기억 속의 보좌신부님이 같은 분이시기를 그토록 희원했던 바로 그 S 신부님이라는 사실에 무척 기뻤고, 크게 감격했다. 놀랍고 신기하다는 생각까지 들었다. 물론 나를 기억하지 못하시는 데 대한 섭섭함은 없었다. 곧장 신부님께 편지를 올리고 올해 안에 꼭 대구로 찾아뵙겠다고 말씀드렸다.

그런데 이게 웬일인가. 그해 10월 26일, 뜻밖에도 신상조 신부님의 선종(善終) 소식을 들었다. 청천벽력이 아닐 수 없었다. 나는 대구로 내려가 영정 속의 신부님께 눈물로 작별 인사를 드렸다. 김수환 추기경 님이 장례미사를 집전하셨는데, 추모객이 인산인해였다. 거기서도 나는 옆에 서 있던 이름 모를 교우로부터 전에 영남대 C 교수에게 듣던 똑같은 말을 다시 들었다.

"정말 성인 같은 분이셨는데."

- 현강재, 2011. 01. 23.

두 교장 선생님 이야기

1.

1957년 3월 이맘쯤, 내가 막 경기고등학교 2학년에 올라가 새봄을 맞았던 때였다. 학교가 웅성웅성하더니 이내 우리 학교의 조재호 교장 선생님과 서울고등학교의 김원규 교장 선생님이 서로 자리를 맞바꾸게 되었다는 소문이 파다하게 퍼졌다.

모두가 반신반의하면서, 하나 같이 "말도 안 돼!"라며 불만을 토로했다. 당시 경기고와 서울고는 서로 자웅을 다투는 천하의 맞수였고, 양교의 두 교장 선생님들 역시 중등교육계의 거목으로 서로 다른 교육철학과 리더십에 따라 학교를 키우고 있었다.

특히 서울고의 김 교장 선생님은 스파르타식 엘리트 교육으로 서울고를 급성장시켜 경기고의 입지를 크게 위협하던 분이기에, 우리의 입장에서는 라이벌 학교의 수장을 교장으로 모시게 된다는 게 도무지 이해할 수 없었다. 더욱이 근엄한 아버지 이미지로 전교생의 존경을 받던 조재호 교장 선생님이 우리 곁을 떠나신다니 그 점도 받아들이기 어려웠다.

어떤 학생은 대놓고, "아니, 서울고에 목숨을 바치셨다는 분이 왜 이리로 와. 거기서 묻히셔야지."라며 목청을 높였던 기억이다. 그러면서도 많은 학생의 마음 한구석에는 김 교장 선생님에 대한 인간적 호기심과 그의 역동적, 쇄신적 리더십에 대한 얼마간의 기대가 일렁이고 있었다.

결국 며칠 뒤 어느 따스한 봄날, 두 교장 선생님이 상호 교체되는 흔치 않은 일이 벌어졌다. 장안의 화제였음도 물론이다. 그날 경기고 학생들은 화동언덕에서 경복궁 돌담 쪽에, 그리고 서울고 학생들은 신문로에서 광화문 쪽에 도열하여 서로 떠나가시는 교장 선생님을 배웅하고, 새로 오시는 분을 마중했던 기억이다. 나는 꽤 착잡한 심경이었다.

당시 교장 선생님은 으레 조회에서 훈화를 통해 자신의 세상 보는 관점과 교육관을 피력하고 학생들의 생활지도를 하셨다. 따라서 교장 선생님의 말씀은 한창 감수성이 예민한 청소년들에게 엄청난 영향을 미쳤다. 나도 경기고등학교에 다니면서, 극명하게 대비되는 위의 두 분 교장 선생님을 모셨고, 그분들로부터 각기 다른 방식으로 '물들여'졌다. 그리고 이렇게 형성된 두 종류의 이질적 '유전자'가 끈질긴 생명력을 가지고 이후 내 삶의 궤적 곳곳에 영향을 미쳤다.

II.

조재호 교장 선생님은 경기고 16회 대선배로 도쿄 고등사범을 나와 경복중학교 교장을 거쳐 1954년 경기고 교장으로 부임하여 약 3년간 봉직하셨다. 이후 서울고 교장을 거쳐 서울교대 초대 학장을 지내셨다.

그는 일제 강점기, 방정환, 윤극영, 마해송 등과 더불어 '색동회'를 창설했고, 훗날 그 회장직을 맡으시는 등 시대를 앞서가신 선구적 교육자였다. 그런가 하면 그는 1955년 '자유인·문화인·평화인'이라는 실로 간결하고 격조 높은 경기고등학교 교훈을 만든 장본인이기도 하다.

조재호 교장님은 근엄한 성품과 출중한 인격을 갖춘 교육자로 평생 인성교육과 전인교육에 헌신하셨다. 그는 '말을 물가로 데려가도 물까지 먹일 순 없다'라는 철학을 바탕으로 동기부여의 리더십을 강조했고, 당장의 성과를 올리는 일보다 사람의 바탕을 바로 세워 장차 큰일을 하게 만들어야 한다는 확고한 교육관을 지니셨다.

한편 김원규 교장 선생님은 실제로 경기고 교장으로보다 서울고 교장으로 역사에 크게 기록된 분이다. 그는 히로시마고등사범학교 영문과 출신으로 서울고 초대 교장(1946)으로 11년간 봉직하면서 스파르타식 엘리트 교육을 매개로 서울고를 경기고의 맞수로 크게 키우셨다. 또한 그의 투철한 교육관과 수범(垂範)을 통하여 서울고 졸업생들에게 평생 간직할 정신적 유산을 많이 남긴 분이다.

그가 조회 때마다 가장 자주 훈시했던 말씀은 '너희는 어디 가서

나 그 자리에 없어서는 안 될 사람이 돼라'였다. 이 어구(語句)는 서초동 서울고 본관 우측 화단에 자연석 위에 새겨져 '서울고의 정신'으로 계승되고 있다. 엘리트 교육에 대한 그의 투철한 신념과 열정은 서울고 학생들에게 엄청난 영향을 미쳐, 많은 서울고 졸업생들에게 그는 아직도 살아있는 전설이자 기념비적 인물로 남아 있다. 그의 이러한 공덕을 기려 2001년에 서울고 교정에 그의 흉상이 세워졌다.

김 교장님은 그가 재직했던 서울고와 경기고를 영국의 '이튼(Eaton) 스쿨'로 가꾸겠다는 간절한 꿈을 가지고 계셨다. 그래서 영국의 웰링턴이 나폴레옹과의 워털루 전투에서 승전하고 돌아와서 행한 연설 '워털루의 승전은 이튼 교의 교정에서 이루어진 것이다.'를 자주 언급하셨다. 또한 김원규 교장은 특히 바른 생활 습관을 강조했고, 그것이 생활화되어야 한다는 점을 자주 일깨웠다. 그는 '깨끗하고 부지런하고 책임을 져라'라고 말씀을 귀가 아프게 하셨고, 그 구체적 실천 방법까지 제시했다. 바지 주머니에 손을 넣으면 게을러진다고 모든 학생의 바지 주머니를 꿰매도록 한 것이 그 예이다.

흥미 있는 일은 김원규 교장과 조재호 교장은 여러 가지 점에서 극명하게 서로 대조되는 교육자라는 점이다. 우선 용모부터 크게 다르다. 김 교장은 흰 얼굴에 헌칠한 키, 움푹 파인 눈 등 얼마간 서양 신사 같은 인상인데 비해, 조 교장은 기골이 장대하나 얼굴은 촌부(村夫)의 모습이었다. 김 교장님은 얼굴에는 약간의 오만과 신경질적인 빛이 스치는데 비해, 조 교장님은 근엄하면서 후덕한 전형적인 옛 어른의 모습 그대로였다.

두 분은 교육철학에서도 확연히 차이가 났다. 김 교장님은 철저하게 수월성 위주의 엘리트 교육을 지향했다. 다분히 목표지향적이었고, 성과주의에 대한 집착이 컸다. 그가 가장 중시했던 교육지표는 '서울대학교에 몇 명을 진학시키느냐'였다. 그가 우수한 교사의 발탁과 수업 평가에 온 정성을 쏟았던 것도 그 때문이었다. 그래서 암행어사처럼 교실 뒷문으로 잠입하여 수업을 직접 참관하는 경우도 잦았다. 그럴 때면 수업 중이던 선생님들이 크게 긴장하여 목소리가 떨리곤 했다. 이에 반해 조재호 교장은 지식교육보다 인격 형성을 중시했고 단기적, 가시적 결과보다는 눈에 보이지 않는 장기적 교육 성과에 더 역점을 두었다.

김원규 교장은 일화가 무척 많았다. 서울고 교장 시절, 아침 지각생을 잡으려고 쫓아가다가 발을 다쳐 한동안 지팡이를 짚고 다녔던 것도 유명한 얘기다. 이에 반해 조재호 교장은 강당 뒷동산을 거닐다가 수업을 빠지고 아카시아 꽃나무 아래서 깊이 잠을 자는 학생을 보고 그냥 지나쳤다가 나중에 교장실로 불러 따듯한 훈화 한마디로 평생 잊지 못할 감명을 남기셨던 후덕한 분이다.

김원규 교장은 매우 열정적, 헌신적으로 교육에 임했고, 그분의 리더십 아래 학교는 역동적 분위기 속에 변화의 물결이 일렁였다. 그러나 규제가 많았고, 늘 얼마간의 긴장이 감돌았다. 이에 비해, 조 교장 휘하의 학교는 평온하고 넉넉한 분위기 속에서 그가 창안한 교훈처럼 자유, 문화, 평화가 넘실댔다.

III.

당시 두 교장 선생님에 대한 평가는 학생마다 달랐다. 그런데 나는 원래 조재호 교장 선생님의 팬이었고, 그분이 세상 사는 모습을 존경했다. 그분이 알게 모르게 내게 가르쳐 주신 몇 가지 덕목들, 인성 존중, 상생(相生) 지향, 포용적 리더십, 장기적 조망, 종합적·균형적 사고 등은 이후 내 삶의 양식과 사고체계에 큰 영향을 끼쳤다고 생각한다. 무엇보다 세상을 보는 그의 진지한 태도와 따스한 마음, 그리고 스스로를 내세우지 않는 겸양지덕(謙讓之德)은 내가 인생의 큰 그림을 그리는 데 많은 도움을 주었다. 그는 큰 바위 얼굴처럼 나를 정신적으로 압도하는 큰 힘이 있으셨다.

이에 반해 나는 김원규 교장 선생님에 대해서는 얼마간 비판적이었고, 다분히 유보적인 입장이었다. 그분의 교육에 대한 열정에 대해서는 십분 존경스러웠으나, 과도한 경쟁 및 승부 의식, 성과주의, 지나친 엘리트 의식과 독선은 언제나 내 마음에 걸렸다. 그런데 나는 살아가면서, 신기하게도 내 사고 속에 깊이 잠복해 있는 '김원규 유전자'에 가끔 깜짝 놀라곤 한다. '욕하면서 배운다'라는 말처럼 나는 이미 그에게 크게 물들어 있는 것이다.

나는 집에서 아이들을 키우면서, 거실이나 방에서 나오면서 전등을 끄지 않으면, 그때마다 호되게 야단을 쳤다. 대학 연구실 조교들에게도 마찬가지였다. 그러면서, 김원규 교장 선생님이 아침 조회에서 자주 하셨던 "독일 나치 군인들은 적군인 소련의 포로수용소에

잡혀 있을 때도 결코 쓸데없이 전등을 켜지 않았고, 방을 나갈 때면 언제나 솔선해서 전등을 껐다. 절전은 생활화 되어야 한다."라는 말씀을 회상했다. 절제와 청결, 시간약속 등 일상의 생활 습관들에서도 그분으로부터 학습한 것이 너무나 많다.

나는 정부에서 일할 때 '일벌레'라는 별명을 자주 들었다. 또 겉으로 대범한 척해도 의외로 목표지향적이고, 성과에 집착한다는 비판도 들었다. 그럴 때마다, 나는 아차 하며 내 안에 몰래 숨 쉬고 있는 '김원규 유전자'를 발견하곤 했다.

IV.

대체로 볼 때, 나는 인생의 큰 그림을 그리거나 중·장기 계획을 하는 과정에서는 조재호 교장 선생님으로부터, 그리고 단기적 목표 추구나 일상적 생활 습관에서는 김원규 교장 선생님으로부터 더 많은 영향을 받지 않았나 싶다.

내가 고등학교에 다닐 당시, 두 분 교장 선생님은 50대 초·중반으로 역량이나 경륜으로 볼 때 인생의 최절정기에 계셨다. 나도 생애주기에서 더없이 중요한 청소년기에 한국 중등 교육계의 큰 별이셨던 이 두 분에게서 사사(師事) 받고, 두 분 정신세계의 정수(精髓)를 접할 수 있었던 일은 실로 큰 행운이라고 생각한다.

– 현강재, 2017. 03. 10.

윤동주의 「별 헤는 밤」

1.

내가 윤동주 시인을 시를 통해 처음 만난 것은 1957년 고등학교 2학년 때다. 그때까지 윤동주는 세상에 거의 알려지지 않은 시인이었기에, 그에 대해 아무런 사전 지식이나 편견 없이 느끼는 그대로 그를 접할 수 있었다.

1955년 정음사에서 나온 증보판 『하늘과 바람과 별의 시』는 나에게 엄청난 충격이었다. 무엇보다 그의 순백의 시혼에 전율했다. 그의 시어(詩語)에서 전혀 때 묻지 않은 맑은 영혼을 읽을 수 있었다. 이제 온 국민의 애송시가 된 「서시」를 비롯해 「자화상」, 「참회록」, 「십자가」, 「소년」, 「별 헤는 밤」을 읽으며 식민지 지식인이 얼싸안았던 처절한 고독과 내면으로 깊게 파고드는 자아성찰과 실존 의식, 그리고 「서시」를 비롯해 그의 시 전편에 흐르는 부끄러움의 미학에 깊이 빠져들어 갔다.

내게 비친 윤동주는 순절에 이르는 애국혼이나 저항 시인의 모습보다는 고뇌하는 시대의 양심의 이미지에 더 가까웠다. 이후 나는 그의 삶의 궤적을 면밀히 추적하면서 그의 생각과 글과 행위, 그리고 그의 시와 삶이 놀라울 정도로 동일체화되어 있다는 사실을 발견했다. 그런 의미에서 내 뇌리에 각인된 윤동주는 서정의 향기를 머금고 '참'을 지향하는 경건한 구도자(求道者)의 모습이었다.

II.

연세대 1학년 때, 교양국어를 가르치시던 장덕순 교수님이 학생들에게 좋아하는 시 하나씩을 외워 오라고 하셨다. 나는 윤동주의 「별 헤는 밤」을 열심히 암송해 갔다. 장 교수님의 호명에 따라 여러 학생이 자신들의 애송시를 선보였는데, 대부분 학생은 소월이나 청록파의 조지훈, 박두진, 박목월, 아니면 서정주나 정지용의 시를 즐겨 외웠던 것 같다. 그런데 내가 꽤나 멋쩍은 표정으로 윤동주의 「별 헤는 밤」을 암송했더니 장 교수님이 시종 감동적인 눈빛으로 경청하시고, "자네 도대체 어떻게 윤동주를 알았나?" 하시며 크게 기뻐하셨다. 장 교수님이 북간도에서 윤동주와 함께 자랐고 연희전문에서도 동문수학한 사실을 안 것은 그 훨씬 후의 일이다.

대학과 대학원 시절 또래 모임이나 쌍쌍파티 같은 데서 노래를 강요당하면 나는 자주 시 낭송으로 대신했는데, 그때 내 18번이 윤동주의 「별 헤는 밤」이었다. 돌이켜 보면 윤동주 문학은 일제의 폭압통치로 문화계가 모두 침묵, 아니면 친일해야 할 최후 암흑기에 그

찬란한 빛을 발했다. 태평양 전쟁이 터진 바로 1941년, 윤동주는 자신의 대표작 「서시」를 비롯하여 「별 헤는 밤」, 「길」, 「십자가」, 「새벽이 올 때까지」 등 보석 같은 시들을 봇물처럼 쏟아냈다. 죽음을 몇 해 앞두고, 윤동주 문학의 절정기였던 그 해는 공교롭게도 내가 태어난 해이기도 하다.

「별 헤는 밤」은 제법 긴 시다. 내가 모임에서 그 시를 읊으면 분위기 깬다는 핀잔도 받았지만, 음률이 뛰어나서 굽이굽이 음조를 달리하면서 낭송하면, 기대 이상의 호의적인 반향을 불러일으키기도 했다.

> 계절이 지나가는 하늘에는
> 가을로 가득 차 있습니다
>
> 나는 아무 걱정도 없이
> 가을 속의 별들을 다 헤일 듯합니다,
>
> (중략)
>
> 별 하나에 추억과
> 별 하나에 사랑과
> 별 하나에 쓸쓸함과
> 별 하나에 동경과
> 별 하나에 시와
> 별 하나에 어머니, 어머니
>
> 어머님, 나는 별 하나에 아름다운 말 한마디씩 불러 봅니다.
> 소학교 때 책상을 같이했던 아이들의 이름과, 패(佩), 경(鏡), 옥(玉) 이

런 이국 소녀들의 이름과, 벌써 애기 어머니 된 계집애들의 이름과, 프랑시스 장, 라이너 마리아 릴케, 이런 시인의 이름을 불러 봅니다....

이네들은 너무나 멀리 있습니다.
별이 아슬히 멀듯이,

(중략)

그러나 겨울이 지나고 나의 별에도 봄이 오면
무덤 위에 파란 잔디가 피어나듯이
내 이름자 묻힌 언덕 위에도
자랑처럼 풀이 무성할 게외다.

「별 헤는 밤」은 그의 다른 시들이 그렇듯이 슬프고 아름답다. 윤동주는 별 하나에 동경과 향수를 담아 아름다운 말 한마디씩 짝을 맞춘다. 고향을 상실한 자의 고독과 그리움은 끝내 영원한 보금자리인 어머니를 향한다. 그러다가 마지막 구절에 이르러 묵시론적(默示論的) 암시를 한다. 나는 이 시를 낭송할 때마다 윤동주의 슬픈 영혼이 느껴져 마지막에 이르면 조금 울컥하곤 했다.

III.

1971년 초, 유학에서 돌아와 연세대를 찾았다가 예전에 연희전문 기숙사였던 '핀슨 홀[현 윤동주 기념관]' 바로 아래에 새로 건립된 '윤동주 시비'를 발견하고 기뻐서 가벼운 탄성을 올렸다. 윤동주가 육필로 쓴 「서시」가 새겨져 있었다.

그리고 1975년 가을, 내가 직장을 연세대로 옮기고 이듬해 바로 '핀슨 홀'에 자리한 《연세춘추》 주간이 되었다. 고색창연한 석조건물인 '핀슨 홀'은 1922년 연희전문학교의 기숙사로 지어졌는데, 윤동주 시인이 연전 재학 시 2년여를 머물렀던 곳이다. 나는 연세춘추 주간으로 2년 가까이 일하는 동안, 한때 윤동주가 실제 살았고 시심(詩心)을 키웠던 그 역사적 공간에서 호흡한다는 것이 무척 뿌듯하고 좋았다. 더욱이 그곳에서 나는 《연세춘추》가 시행하는 '윤동주 문학상'(시 부문)을 주관하면서 그와의 숨은 인연을 더 깊게 다졌고, 그 과정에서 윤동주 자료 발굴에서 큰 몫을 했던 윤 시인의 실제(實弟) 윤일주[성균관대 교수 역임, 1927~1985] 교수도 만났다. 내가 머리로 그렸던 윤 시인과 모습이나 성품이 많이 닮았다.

IV.

1993년으로 기억되는데, 연세대학교는 미국의 유명한 M 컨설팅 회사에 의뢰해서 컨설팅을 받았다. 그 과정에서 한번은 평가팀이 내가 재직하는 사회과학대학에 찾아 와 교수들에게 중간보고를 하면서 이런저런 조언을 구했다. 그러는 가운데, 그들은 연세대가 해방 이후 다른 유수한 대학들과 비교할 때, 상대적으로 너무 적은 수의 장관들을 배출했다고 비판적으로 조명하며, 이를 앞으로 개선해야 할 주요한 포인트라고 지적했다.

분위기가 그리 딱딱하지 않기에, 그때 내가 대체로 이렇게 속내를 피력했던 기억이다.

"글쎄요. 해방 이후 우리가 오랫동안 권위주의 체제에서 살았는데, 그들 정권에 복무한 장관 숫자가 좀 적다고 너무 기죽을 이유는 없을 듯합니다. 그 대신 우리는 윤동주를 가졌잖아요. 저는 일제 강점기, 마지막 암흑기에 시대의 양심을 비췄던 윤동주 한 사람이 지닌 정신적 자산의 가치는 권위주의 시대의 수십 명의 장관보다 훨씬 더 값지다고 생각됩니다."

나는 아직도 같은 생각이다. 만약 윤동주가 없었다면, 일제 강점기 마지막 단계의 한국 문화계의 풍경이 얼마나 초라했을까. 또 얼마나 부끄러웠을까.

현존하는 윤동주의 마지막 작품 「쉽게 쓰여진 시」(1942년 6월 3일 자)에서 그는 이렇게 조용히 절규한다.

(전략)

육첩방(六疊房)은 남의 나라
창밖에 밤비가 속살거리는데,

등불을 밝혀 어둠을 조금 내몰고,
시대처럼 올 아침을 기다리는 최후의 나,

나는 나에게 작은 손을 내밀어
눈물과 위안으로 잡는 최초의 악수

– 현강재, 2021. 03. 26.

운명 앞에 서서

1.

1964년 늦가을, 서울대학교 행정대학원 마지막 학기 때 일이다. 그때 내가 총무처에서 인턴을 하고 있었기 때문에 여자 친구와 중앙청 근처에서 만날 약속을 했다. 둘이 떨어진 은행잎을 밟으며 몇 걸음 걷다 보니 당시 장안을 떠들썩하게 만들던 유명 역술인 김봉수의 점집이 바로 눈앞에 있었다. 재미 삼아 한번 들어가 보자고 했다. 여자 친구도 쉽게 동의해서, 난생처음 점술가를 찾았다.

엄청나게 큰 방에는 사람들이 꽉 차 있었다. 겨우 비집고 들어가서 등록을 했다. 성명만 달라고 해서 내 이름만 적었다. 어렵사리 자리를 잡다 보니 여자 친구와 나는 멀찌감치 떨어져 앉게 되었다. 김봉수 씨는 한복차림으로 앉아 카랑카랑한 목소리로 고객의 운세를 구변 좋게 설파하고 있었다. 말투는 거의 반말지거리였는데, 그게 오히려 그의 카리스마를 고조시켰다. 그렇게 느껴서 그런지 안광이 번득이는 듯했고 하는 행동거지가 비범해 보였다. 내 바로 앞 순번인 40대 중년 여성에게는, "행동 좀 바르게 해. 벌써 몇 번째 사내야!" 해가며, 거침없이 면박을 주었다.

드디어 내 차례가 왔다. 장난으로 시작한 일이었는데, 막상 순서가 닥치니 나도 자못 긴장했다. "안-병-영이라"라고 천천히 내 이름을 불렀다. 그러면서 그 많은 사람 중에서 곧장 나를 찾아냈다. 내 얼굴을 똑바로 바라보며 말문을 열었다.

"공부하는 사람이군. 얼마 후 유학을 가겠어. 그런데 말이야."

그는 말을 더 잇지 않고 얼굴을 내 여자 친구 쪽으로 돌렸다. 시선이 그녀에게 꽂혔다. 나와 제법 떨어져 앉아 있었는데, 어떻게 그녀를 알아챘는지 신기했다. 그리고는 기절초풍할 말을 하는 것이 아닌가.

"아가씨. 여기서 나가면 곧장 저 친구와 헤어져. 그렇지 않으면, 30 전에 과부가 돼. 내 말 명심해, 더 할 얘기가 없어."

그리고 그는 우리와는 더는 볼 일이 없다는 듯, 다음 고객의 이름을 천천히 부르기 시작했다. 나는 뒷머리를 무거운 철퇴로 크게 맞은 느낌이었다. 정신이 아연하게 느꼈다. 그러나 일단 내색하지 않고, 그녀에게 나가자는 눈짓을 했다. 마루로 나와서 신발을 찾는데, 방금 내 앞 순번으로 톡톡히 망신을 당했던 그 예의 중년 여성이 같이 왔던 자기 친구에게 속사이듯 이렇게 말하는 것이 아닌가.

"창피해 혼났다. 그렇지만 정말 놀랐다. 정말 족집게잖아, 족집게."

그가 대단한 점술가라는 점이 다시 확증되는 순간이었다. 분명 안 들었으면 더 좋았을 법한 말이었다.

그 집에서 나와 내 여자 친구는 묵묵히 걷기 시작했다. 그렇게 안국동, 돈화문, 원남동을 거쳐 혜화동까지 먼 길을 함께 걸었다. 무언가 말을 하고 싶은데 딱히 할 말이 없었다. 당대 최고의 점술가로부터 얼마 후 죽을 운명이라는 선고를 받았으니 기분이 어떠하였겠는가. 대놓고 겁먹은 소리를 하기에는 남자 체면이 안됐고, 그렇다고 '엉터리 점쟁이의 허튼소리'라고 호기 있게 한마디 내뱉기에는 내 심기는 너무 편치 않았다. 나와 결혼하면 몇 년 안에 과부가 될 팔자라니 내 여자 친구도 기가 막혔을 게 분명했다.

이후 나와 내 여자 친구는 계속 만났다. 그러나 의식적으로 '김봉수 사건'을 다시 입 밖에 내지 않았다. 불쾌한 기억을 되살리기 싫었기 때문이다. 다행히 그 사건이 우리 둘 사이를 갈라놓지 못했다. 몇 년 후 나는 그녀와 유학지 오스트리아에서 결혼했다. 결혼 후에도 우리는 그 사건을 한 번도 대화에 올려놓지 않았다. 무언의 합의로 철저하게 그 일에 대한 언급 자체를 금기시했던 것 같다. 그러면서 마치 그 일이 전혀 일어나지조차 않았던 것처럼 치부했다. 또 그래야 할 것 같았다. 그러면 설혹 김봉수의 예언이 '운명적' 점지였더라도 어쩔 수 없이 우리를 비껴갈 것 같았다.

학위를 마치고 귀국했다. 그리고 얼마 있다 내가 만 30의 고개를 넘었다. 그제야 나는 별일 아니라는 듯이 말문을 열었다.

"여보, 생각나. 그때 김봉수가 했던 저주. 이제 내가 만으로도 30을 넘겼으니 그 사람 예언이 틀린 것이 분명하잖아."

그러자 내 처도 거들었다.

"실은 나도 그동안 속으로 얼마나 걱정했는지, 말도 마. 그 사람 정말 못된 사람이야. 생사람 잡았으니."

실로 우리 부부는 오랜만에 터놓고 김봉수를 한껏 성토했다. 이제 마법의 저주에서 풀린 듯했다. 여하튼 내 처는 과부를 면했고, 나도 김봉수가 예언한 30을 두 배 이상 넘기며 아직 멀쩡히 살고 있다. 김봉수에게 크게 덴 후로, 나는 다시는 역술가에게 가지 않는다.

II.

1995년 12월 어느 날 아침, 선배인 K 교수가 내게 전화를 했다. 그리고는 느닷없이 내 사주를 물었다. 말씀인즉, 명리학에 정통한 지인이 있는데, 오늘 그분과 약속이 있어 안 교수 운세를 알아보려고 한다는 것이었다. 나는 그에게 내가 날 때부터 양력을 쇠 왔기 때문에 음력 생일조차 기억을 못 한다고 답하니, 어머님께 빨리 여쭤보라고 채근했다. 결국, 어머님을 통해 사주를 알아내서 그 선배께 말씀드렸다.

그리고 한 열흘쯤 지나 나는 예의 그 K 교수와 다른 선배 S 교수와 저녁을 함께 했다. 그 자리에서 K 교수는 내 사주 얘기를 하며, "그 명리학 하는 친구 말이야. 이제 완전히 한물갔어. 엉뚱한 소리만 하잖아. 아, 안 교수가 얼마 안 가 장관이 된다는 거야. 있을 법하기나 한 얘기야. 그래서 내가 말 같지 않은 소리 하지 말라고 면박을 주었지." 했다. 옆에서 듣고 있던 S 교수도, "정치 근처에도 안 가는 사람이 어떻게 장관이 돼. 안 교수야 천생 백면서생인데."라고 맞장구를 쳤다. 나도 "괜한 수고를 하셨군요."라며 함께 웃었다.

그리고 일주일 후 교육부 장관 발령이 났다. 나는 물론, 가까운 친지 누구도 예상치 않았던 일이다. 이번에는 내 운명을 귀신이 곡할 정도로 정확하게 점친 것이다.

III.

내 운명을 점쳤던 위의 두 예를 보면, 김봉수의 예언은 빗나갔고, K 교수의 친구인 명리학자는 적중했다. 이들 예로 미루어 볼 때, 사람의 운명은 미리 맞출 수도 있고 그렇지 못할 수도 있는 듯하다. 인생은 자유로운 존재인가, 아니면 운명적 존재인가. 그 대답은 역시 『자유도 운명도 아니라는 이야기』(박영식, 2010)가 정답인 것 같다.

인간은 누구나 운명으로부터 완전히 자유로울 수는 없으나, 그 운명의 영향 아래서 가능한 한 자기 영역을 확대하고 자신의 꿈을 실현하려고 노력하는 존재라고 생각한다. 그런 의미에서 나는 운명을 부정하고 거부하지는 않지만, 너무 그것을 의식하고 그에 매달리든가, 만사를 '운명적'으로 받아들여서는 안 된다고 생각한다.

우리 주위에 적지 않은 사람들이 자신의 운명을 미리 염탐해 보고 싶어 한다. 그래서 역술가나 도사 등을 찾고 혹은 스스로 예지력을 키우려고 노력하기도 한다. 그러면서 나쁜 일은 미리 피하고 조심하며, 좋은 일은 더 열심히 노력하기 위해, 혹은 재미 삼아 그런다고 그럴싸한 이유를 댄다.

그러나 나는 자신의 내일을 미리 내다보는 것은 부질없는 일이라고 생각한다. 미래는 운명과 자유의지의 합작품이기 때문에, 그것을 사전에 탐지하고 대처하기보다는, 미래의 문을 활짝 열어 놓은 채 그 안에서 자유의 몫을 키우고 그 영역을 확장하는 데 더 진력해야 한다고 믿는다.

운명이라는 어휘 자체가 이미 초월성과 신비성을 내포하고 있다. 따라서 거기에는 얼마간 신의 영역이 깃들어 있다고 본다. 따라서 미래 세계에 미리 가보려 하는 일은 우리 인간이 신의 비원(祕苑)을 기웃거리는 행위이다. 그것은 주제넘은 일이며, 자칫 신의 노여움을 살 수도 있는 일이 아닐까 싶다,

Ⅳ.

지난주에는 탈북한 전 노동당 비서 황장엽 씨가 세상을 떠났다. 저승 가는 발걸음이 무척이나 무거웠으리라 생각한다. 연약한 인간이 이 풍진 세상을 살아가며 극복하기 어려운 운명의 굴레 속에서 의미 있는 성취를 추구한다는 일이 얼마나 어려운 일인가.

그래도 인간이 자신의 존엄성을 지키기 위해서는 운명 앞에 좀 더 의연해야 할 것 같다.

– 현강재, 2010. 10. 16.

신영복의 친구 N 이야기

I.

쇠귀 신영복 교수가 세상을 떠났다. 그는 나와 동갑내기 1941년생이고, 학교는 달라도 같은 해에 대학에 입학했다. 그리고 둘 다 교수라는 직업에 오래 종사했다. 그러다 보니 내 친구와 친지 중에 그와 가깝게 교유했던 사람들이 제법 많다. 나는 그들로부터 그동안 신 교수에 관한 얘기는 자주 들었고, 또 그의 글을 읽으며 많은 공감을 했다. 그러나 인연이 닿지 않아 한 번도 생전에 그를 만난 적은 없다.

20여 년 전, 가까운 후배에게 "신영복 교수 글씨가 좋던데?"라고 말했더니, 웬걸 얼마 후 그 후배가 신영복에게서 글을 하나 받아 내게 왔다. 내 얘기를 전하고 청을 해서 글을 받았다는 것이다. 무척 고마웠다. 대신 감사의 뜻을 전했으나, 직접 그에게 제대로 고마움을 표하지 못했다. 지금 생각해도 낯 뜨거운 일인데, 그가 먼저 가니 미안함이 더하다.

그때 신영복은 '여럿이함께가면 험한길도즐거워라'라는 글귀를 써 주었다. 이 글을 담은 액자는 서울 집 서재 벽에 걸려 있다. 위, 아래 두 줄인데 띄어 쓰지 않고 이어 썼고, 첫 글자부터 앞으로 조금 기울어져서 마치 군중이 무리를 지어 앞으로 달려 나가는 역동적 인상을 강하게 풍긴다. 나는 그 글씨를 접하고, 첫눈에 고암 이응로의 '군상'을 연상했다. 후기 쇠귀 체에 비해 세련된 맛은 덜하지만, 조금 거칠어서 오히려 원초적 느낌이 강하고. 조형적 감각이 두드러지는 작품이다. 글 옆 귀퉁이에는 '辛未盛夏에 서울삼개에서 씀 쇠귀' 라고 적혀있다. 신미년이니, 1991년 한여름에 땀 흘리며 쓴 글씨로 여겨진다.

나는 신영복의 글을 바라보면, 항상 뇌리에 떠오르는 친구 한 명이 있다. 이미 20여 년 전, 고인이 된 N이라는 옛 친구가 바로 그다. N은 신영복과 서울상대 동기로 그와 가까운 친구인데, 그 역시 통혁당 사건으로 꽃 같은 나이에 9년간 수형생활을 하며 보냈다. 출감 이후에도 실로 곤고(困苦)한 삶을 이어가다가 일찍 세상을 등졌다. 그를 생각하면 언제나 가슴이 아리다. 이야기가 또 길어질까 우려되나, 스토리 자체가 우리 세대가 몸소 겪은 살아있는 현대사의 한 단면이기에 기억을 더듬어 아래에 담아 본다.

II.

나는 1963년 3월, 서울대학교 행정대학원에 입학해서 N을 그곳에서 처음 만났다. 큰 키에 건장한 체격, 시골풍의 순박한 얼굴이었는데, 영민한 머리에 언변이 좋았고, 친구들을 배려하는 마음이 남달랐다. 전북 정읍 출신인데, 집이 워낙 가난해서 집안에 공부한 사람이 없었는데, 자신은 천신만고 끝에 대학원까지 왔다고 말했다. 우리 집이 돈암동이고, 그가 성북동에서 입주 가정교사를 했기 때문에 자주 만나 어울렸다. 긴 얘기도 자주 나눴다.

그때 N이 대화 속에 자주 신영복 이름을 올렸다. 서울대 대학원에서 경제학을 공부하는 친구인데, 독서회를 하며 꽤 자주 만난다는 얘기였다. 내가 무슨 책을 함께 읽느냐고 물었더니, "주로 사회과학 책들이지, 정치·경제…. 가끔 불온서적도 돌려 읽고…." 라며 말끝을 흐렸다. 나는 내심 더 캐 보고 싶었지만, 더 묻지 않고 거기서 그쳤던 기억이다. 그 당시 내 정신세계는 계속 '4.19'의 연장선에 머무르고 있었는데, N은 그보다 더 변혁적 세계를 꿈꾸고 있다는 직감이 있었기에 서로 논란을 피하고 싶었던 게 아닌가 싶다.

또 언젠가 한 번은 N이 내게 "기회를 보아 영복이를 함께 만나자. 너희 두 놈이 잘 어울릴 것 같아."라고 말하기도 했다.

N은 1964년 행정대학원 2학년 때 퇴학을 당했다. 학교 정책에 앞장서서 반대했다는 게 대학원 측의 옹색한 퇴학 조치 이유였다. 학교 측에 선처를 탄원했지만 받아들여지지 않았다. 그해 가을, 몇몇

친구들이 주도해서 학교 정책에 정면으로 반대하는 동맹휴학을 결행했다. 물론 나도 함께했다. 그러나 학교 측의 강경 대응과 다수 학생이 등을 돌리는 바람에 동맹휴학은 이틀 만에 무위로 끝났다. 지금 생각하면, 엄혹하기 짝이 없었던 박정희 집권 초기에 국립대학교에서 동맹휴학을 감행했으니 정말 무모하기 짝이 없었던 일이다.

N은 퇴학을 당한 후, 옛날 전주고등학교 1학년 때 합격했던 보통고시 자격증을 가지고 원자력위원회에 취직하여 그곳에 다녔다. 나와는 계속 어울렸는데, N은 대화 중에 신영복 이름을 전보다 더 자주 올렸다. 1965년 10월 초 내가 유학을 떠나기 사흘 전, 그가 나를 찾아왔다. 그리고는 고향의 옛 초등학교 여자 동창 처녀와 결혼 언약을 했노라고 말했다. 가방끈은 짧지만 좋은 여자라고 부연했다.

나는 오스트리아에 유학 중에도 그와 두어 차례 편지를 주고받았다. 그러다가 언제부터인가 그와의 교신이 두절되었다. 1969년 초, 유학 생활이 점차 막바지로 접어들 무렵, 하루는 가까운 선배 한 분이 나를 찾아와서, 한국대사관의 중앙정보부 파견 참사관이 공공연히 나를 지목하며, "사상이 의심스러워 일거수일투족을 감시하고 있다. 조만간 꼬리가 잡힐 것이다."라고 말하더라는 것이다. 이후 나는 대사관에 의해 현대판 '요시찰인(要視察人)'으로 낙인찍혔고, 그 때문에 적지 않은 정신적 고통을 감내해야 했다.

훗날 당시의 상황을 복기(復棋)해 보면 대체로 다음과 같다. N이 1968년 신영복 등과 함께 통일혁명당 사건에 연루되어 수감되었다. 그런데 나는 당시 유학 중이라 그 사실조차 몰랐다. 그런데 아마도 수사 과정에서 내가 N과 가까웠던 사실이 밝혀져 내 뒷조사가 시작되었던 것 같다. 후에 안 일이지만, 당시 대사관의 진짜 실력자인, 그 정보부 참사관은 아예 프락치 한 명을 고용하여 한동안 나를 추적, 감시하며 숨이 막히도록 옥죄었다. '동베를린 사건' 직후라 하루하루가 살얼음판을 걷는 심경이었는데, 표적 관리 대상이 되니 삶 자체가 질곡이었다. 그 소용돌이 속에서 나는 1970년 공부를 마치고 이듬해 귀국했다.

N은 1977년 영어 생활 9년 만에 대구교도소에서 출소했다. 그가 세상에 나온 후 며칠 뒤 그와 반가운 해후를 했다. 조금 초췌해졌지만, 목소리는 예전이나 다름없이 우렁차고 얼굴도 생각보다 밝았다. 그런데 그의 첫 언사가 무척 인상적이었다. 그의 흥분된 말투와 놀란 표정이 아직도 눈에 선하다.

"박정희, 그 사람 정말 대단한 사람이야. 나는 출소 후 대구에서 올라오면서 두 가지에 크게 놀랐네. 첫째는 그 사이에 산림녹화 사업으로 전국에 벌거벗은 산이 온통 푸르게 변한 것이고, 둘째는 경부고속도로가 단기간 안에 완성되어 산업화를 위한 대동맥이 건설된 일이야. 상전벽해(桑田碧海), 경천동지(驚天動地)라는 말이 이럴 때 쓰는 말이 아닌가?"

그러나 출소 후 그의 삶은 신산(辛酸)하기 짝이 없었다. 인생의 황금기를 감옥에서 보냈으니, 딱히 할 일이 마땅치 않았다. 오랫동안

한 재래시장의 상인조합 사무장을 맡았던 기억이다. 근근이 먹고는 산다고 말했다. 이사하면 경찰관이 한 번씩 찾아와 이것저것 캐묻는 것 말고는 몸으로 느끼는 다른 핍박은 없다고 답했다.

한참 못 보았다 싶으면, 그가 불쑥 노크도 없이 내 연구실 문을 열고 싱긋 웃으며 들어오곤 했다. 내가 연락하고 오지, 때 없이 왔냐고 나무라면, 으레 "사람은 보고 싶을 때 찾는 게 아닌가. 내게 오늘이 바로 그 날일세." 하며 껄껄 웃었다. 세상 얘기, 사는 얘기, 친구 소식을 주로 나눴던 기억이다. 그도 이젠 완연히 생활인이 되었다는 느낌이었다. 전에 그가 그토록 자주 입에 올렸던 신영복 얘기도 더는 하지 않았다.

돌이켜 보면, 우리는 대화에서 의식적으로 '사상'과 관계되는 화제는 피했던 것 같다. 그것은 우리에게 영원한 금기의 영역이었다. 그러다 보니 그의 입을 통해 지난날 통혁당 사건에 관해 따로 들은 바가 전혀 없었다.

1990년쯤으로 기억하는데, N으로부터 딸 결혼식 청첩장을 받았다. 며칠 뒤 정동 성 프란치스코 성당에서 혼례 미사가 있었다. 조촐하게 치러졌지만, 매우 성스럽고 아름다운 예식이었다. 순백의 드레스를 입은 예쁜 따님과 훤칠한 모습의 사위가 무척 행복해 보였다. 나는 결혼하고 얼마 후 남편을 교도소로 보내고 길고 모진 세월 동안 딸아이를 혼자 키우며 남편을 애타게 기다렸던 N의 부인을 멀리서 바라보며 애잔한 마음을 감출 수가 없었다. 그래서 그녀에게 진심 어린 축하와 고마움을 전하고 싶었다. 그런데 그녀가 혼배미사 내내 오열하듯 얼굴을 숙이고 있었고 미사가 끝나자 가까운 친지에 둘러싸여 시야에서 가려지는 바람에, 더 이상 다가가기가 어려워 머뭇머뭇하다가 그냥 예식장을 빠져나왔다.

1992년 내가 1년간 미국 시라큐스 대학에 객원교수로 갔다가 이듬해 돌아 와보니 N은 이미 고인이 되어 있었다. 간경화로 고생하다가 결국 간암으로 세상을 떠났다는 것이다. 뜻대로 되지 않는 세상을 비관해서 술을 자주 들었던 것이 원인이었으리라는 추정이었다. 나는 좋은 자질을 고르게 갖췄으면서, 시대를 잘못 만나 고생고생하다가 불귀의 객이 된 그가 저승에서나마 영원한 안식을 취하기를 마음으로 간절히 빌었다. 그러면서 주마등처럼 이어지는 그와의 오랜 추억을 되새겼다.

III.

이제 N도 가고, 그 친구 신영복도 갔다. 그리고 그들과 같은 시대를 호흡했던 나는 아직 살아남아 그들을 추억하고 있다. 그들은 한때 나와 다른 꿈을 꾸었는지 모른다. 그러나 그들은 그 모진 세월의 무게에 짓눌리면서 더 좋은 세상을 지향하며 한껏 고뇌하며 힘겹게 살아 온 인생들이다. 그런 의미에서 나는 그들과 동시대인으로서 끈끈한 동지적 연대를 느끼며, 그들과의 크고 작은 인연을 소중하게 생각한다.

N군! 훗날 저세상에서 자네와 주저주저하며 계속 미루어 두었던 '사상' 얘기를 툭 털어놓고 해 볼 생각 없나. 논쟁하는 부분이 더 많을까. 아니면 공감하는 부분이 더 많을까. 거기는 금단(禁斷)이 없는 세상이니 더 자유로울 게 아닌가.

– 현강재, 2016. 01. 22.

어느 불자의 보시 이야기

I.

언론계 출신인 내 가까운 친구 S는 독실한 불자(佛者)다. 천주교 신자인 나도 그를 따라 이곳저곳 전국의 사찰을 자주 찾는다, 고즈넉한 산사의 법당에서 나는 서양 작은 마을의 오래된 옛 성당이나 공소를 찾았을 때와 흡사한 느낌을 가질 때가 많다. 아랫글은 오래전에 S로부터 들은 이야기인데 인상적으로 뇌리에 남아 그에게 당시의 상황을 다시 물어 여기 옮긴다. II의 화자(話者)는 S다.

II.

1993년 11월, 한국 불교계의 큰 별 성철스님이 입적하셨다. TV를 통해 성철스님의 다비식을 지켜보던 나는 깜짝 놀랐다. 그의 다섯 상좌 중 한 분이 눈에 익어, 자세히 살펴보니 TV 화면에 등장한 W

스님은 나와 중학교 동기동창으로 재학 시설 무척 가깝게 지냈던 죽마고우 K가 아닌가. W 스님이 '면벽 좌선 10년'으로 유명한 선승으로 해인사 선원장을 지냈다는 것은 한참 후에 알게 되었다. 그가 절에 들어간 이후 외부와의 접촉을 일절 끊고 오직 수행에만 전념했기에 그동안 수소문을 해도 행방이 묘연했던 것이다. 하루라도 빨리 스님을 만나보고 싶어졌다.

그해 12월 어느 날 나는 집사람의 해인사 참배 길에 대신 안부를 전하고 가까운 시일 안에 뵐 수 있을지 물었다. 그로부터 일주일 후쯤 마침 상경할 일이 있으니 그때 만나자는 전갈이 왔다. 1993년 12월 중순 여의도에서 저녁을 함께하며 40년 만의 해후를 즐겼다. 그는 가볍게 술 한잔을 나눌 만큼 소탈했고 정다움은 예나 지금이나 변함이 없었다. 시간 가는 줄도 모른 채 정담을 나누었다. 모처럼의 짧은 만남이 무척 아쉬웠다.

마침 이날은 월급날이라 내 속주머니에는 두툼한 월급봉투가 들어 있었다. 이대로 헤어지기가 섭섭해 수표 한 장[10만 원]을 꺼내 스님의 주머니 속에 불쑥 집어넣어 주었다. 스님은 "무슨 돈을 내게 주느냐, 기자가 웬 돈이냐."고 극구 사양했지만 나는 "모처럼 서울에 왔으니 요즘 잘 나가는 책도 사보고 남대문시장도 둘러보고 영화도 한 편 관람하고 내려가라."고 권했다.

나는 절에 다니면서 여러 스님과 교류했다. 나는 평소 스님이라고 산속에만 묻혀 살 것이 아니라 세상과 자주 만나야 한다고 생각해

왔다.

그런 심정으로 스님에게 감히(?) 용돈을 드린 것이다.

그날 밤 그렇게 스님과 작별했다. 밤늦은 시간 귀가해 집사람에게 W 스님과 만난 얘기를 나누고 월급봉투를 내놓았다. 봉투를 열어 본 집사람이 '큰돈' 한 장이 빈다는 것이었다. 나는 월급봉투를 일일이 세어 본 적이 거의 없었다. 그런데 100만 원이 모자란다는 것이었다. 나는 봉투 속에 100만 원짜리 수표가 들어 있으리라고는 상상도 못 했다. 내가 기억하는 것은 10만 원짜리 수표 한 장을 스님께 건넨 것이 전부인데…. 나의 불찰이었다. 10만 원이 100만 원이 되었으니 참으로 난감했다. 당시로서는 100만 원이 결코 적은 돈이 아니었다. 무엇보다 집사람은 내가 월급을 타면 둘째 놈에게 그동안 미뤄왔던 컴퓨터를 사주기로 굳게 약속했던 터라 평소에 안 하던 바가지까지 긁었다. 심지어는 "스님께 자초지종을 말씀드리면 안 될까?"라고까지 말했다.

다음 날 아침 이른 시간에 스님으로부터 전화가 걸려왔다. "S 기자, 무슨 그런 큰돈을 내게 주었어?" 그러나 나는 "그래, 잘못 갔어. 10만 원만 제하고 나머지 90만 원을 돌려주게."라고 말하고 싶었지만 그럴 수는 없었다. 그 대신 "유용하게 쓰도록 하게."라고 짤막하게 속에도 없는 말을 하고 말았다. 쏟아진 물을 다시 주워 담을 수는 없는 게 아닌가.

그날 아침 출근길, 도로 확장공사장을 지나게 되었다. 도로 한편에서는 크레인이 대형 H빔을 반대편 도로로 운반하고 있었다. 그런데 크레인 기사의 조작 실수로 들어 올린 H빔이 공중에서 도로 한가운데로 떨어지면서 내 승용차를 덮쳤다. 눈 깜짝할 사이에 일어난 일이었고 나는 순간 정신을 잃었다. 119구조대가 도착, 찌그러진 차 문을 부수고 어렵사리 나를 끄집어내는 순간 눈을 떴다. 승용차는 악살박살이 났는데, 나는 외상 하나 없이 멀쩡했다. 천운이었다. 지켜봤던 모두가 기적이라고 했다. 나는 나도 모르게 "부처님, 고맙습니다"를 몇 번이나 되뇌었는지 모른다. 아웅산 사건 때 현장에서 구사일생으로 살아남은 후, 꼭 10년 만에 다시 한번 죽음의 골짜기를 벗어난 것이다. 그러면서 어제저녁 스님에게 의도치 않게 크게 보시(?)한 공덕이 날 살린 게 아닌가 하는 생각이 머리를 스쳤다.

그렇게 몇 개월이 지났다. 들리는 말에 의하면 스님은 지병을 앓고 있었는데 늘 주머니가 비어있는 학승이라 누구에게 손 내밀 수가 없어 차일피일 수술을 미루다가 마침 목돈이 생겨 입원 수술을 받게 되었고 그 이후 건강을 회복했다는 것이다. 그 소식에 내 입에서 나도 모르게 "나무 관세음보살!"이 나왔다.

III.

위의 이야기를 역시 불자인 C형에게 전했다. 불교에 공부가 깊은 C형은 곧장 이를 '부주상(不住相) 보시의 위력'과 '인과의 엄중함과 불보살의 가피력'으로 설명했다. 부주상 보시란 상(相)에 얽매이지 않는 조건 없는 보시를 의미하는데, 그 복덕이 마치 동방 허공을 잴

수 없음과 같이 한량없다고 한다. 또 인간이 겪는 세상만사는 내가 지어 온 업(業, 인과)에 따라 이루어지는 것인데, S형의 착한 마음, 보시하는 마음이 곧 불보살의 마음이기 때문에 그런 상상을 초월하는 일이 빚어졌다는 것이다.

- 현강재, 2015. 08. 01

* 위의 스님 W는 어제(3월 5일) 입적한 대한불교종 해인총림 수좌 (首座) 원융(圓融) 스님이다. 삼가 스님의 명복을 빈다.

- 현강재 재록, 2019. 03. 06.

딸과의 약속

1.

1995년 12월 20일, 벌써 20년 저 너머의 오래된 얘기다. 그날 저녁을 먹고 서재에 앉았는데, SBS에서 교양 PD를 하는 딸애가 노크했다. 내 방을 찾는 일이 흔한 일이 아니기에 나는 그녀를 반겨 맞았다. 그랬더니 불쑥,

"아빠, 만약에, 정말 만약에 말이야, 아빠에게 장관을 하라고 하면 하실 거야?"라고 묻는 게 아닌가.

의외였다. 평소에 말수가 많지 않고 그런 류의 대화를 나눠 본 적이 없었기 때문이다.

나는 곧바로 대답했다.

"아니, 결코 그런 일이 없겠지만, 전혀 그럴 생각이 없는 걸, 뭐가 아쉬워서 이제 와서 장관을 하겠니?"

그랬더니, 딸애는 다시 심각한 표정으로,

"그럼 나하고 약속해. 절대 안 하신다고."라고 다그쳤다.
나는 분명히 답했다.
"물론, 그거야 어렵지 않지, 절대 안 할게."

II.

그런데 정말 세상일은 알 수가 없다. 그 이튿날, 오전 11시 개각 발표에 앞서 9시 40분경, 나는 김영삼 대통령의 전화를 받았고, 20분 가까운 설왕설래 끝에 교육부 장관직을 수락했다. 당시 나는 언론에 자주 정치평론을 썼으나, 실제 정치권과는 아무런 교류가 없었고 더구나 한 번도 장관직 하마평에 오른 적도 없었다. 그런 나에게 대통령이 개각 발표 직전에 장관직을 청했다는 것 자체가 아직도 이해가 안 되는 일이거니와 대통령이 강권한다고 그 청을 받아들인 나 자신도 분명 평소에 내가 아니었던 것 같다. 그날 나는 일면식도 없었던 대통령으로부터 불쑥 전화를 받고 무척 당황해서 막무가내로 못하겠다는 말만 되풀이했는데, 김영삼 대통령은 시간에 쫓기면서도 여유가 있었고 무척이나 집요했다. 마침내 그의 청을 받아들이면서, 나는 꽤 참담한 심경이었다. 그 순간 "지금 너는 일생일대에 실수하는 거야"라고 자신을 모질게 힐책했다.

그리고 다음 순간 그 전날 했던 '딸과의 약속'이 떠올랐다. 하루 앞을 내다보지 못하고 큰소리를 친 내가 부끄러웠다. 돌덩이를 품에 안은 듯 가슴이 먹먹했다.

그날은 온종일 정신이 없었다. 여기저기서 전화가 끊이지 않았다.

축하보다는 걱정하는 소리가 압도적으로 많았다. 가까운 이들 눈에도 천생 백면서생인 내게 장관직은 전혀 걸맞지 않았던 게 분명했다. 오후에는 내 연구실에서 간단한 기자회견이 있었다. 저녁에는 김준엽 전 고대 총장님이 베푸시는 송년 만찬이 있었다. 망설이다가 어른과의 약속이라 참석을 했다. 당시 연말이면 김 총장님께서 20명쯤 가까운 사람들을 불러 저녁을 하셨는데, 참석하신 분 대부분이 내게는 선배들이셨다. 이구동성으로 "의외였다."라는 말씀이셨고, 내가 느끼기에도 모두 걱정스러운 눈빛이었다.

그날, 하루 종일 바삐 움직이면서도 문득문득 딸과의 약속이 뇌리를 스쳤다. 그때마다, "그 애를 무슨 낯으로 보나?" 하는 무척이나 불편한 심경이었다.

밤, 조금 늦은 시간에 딸이 회사에서 돌아왔다. 딸애는 굳은 얼굴로 고개만 까딱하고 이 층 제 방으로 올라갔다.

다음날 이른 아침, 내가 잠에서 깼는데, 마루에서 두런두런 소리가 나서 귀를 기울였다. 아내와 딸의 대화였다. 들어 보니,

딸애는 "아빠가 그동안 언론에 민주화하자고 글도 많이 쓰고, 교수 서명에 앞장서고, 시민운동에도 관여했는데, 그게 모두 결국 이러자고 그런 것 아니야."라며 제 아비에 대해 강한 실망을 토로했고, 내 처는 "왜 그러니, 네 아빠는 너보다 내가 더 잘 알지, 네 아빠는 평생 정치나 관직에는 추호의 뜻이 없던 사람이다. 그 근처에 가

본 적도 없는 거 너도 잘 알잖니. 그러잖아도 힘들어하는데, 너까지 이러면 어떡하니."라며 다독거리고 있었다. 난감했다.

나는 선뜻 나가기가 민망해서, 일찍 출근하는 딸애가 직장에 갈 때까지 죄지은 사람처럼 안방에서 머뭇거렸다. 그 후에도, 딸애와의 냉전은 한두 주(週) 계속되었던 것 같다. 내겐 꽤 마음이 무거운 시간이었다.

III.

그리고 20년이 흘렀다. 문득 생각이 나서 작년에 이미 나이가 50 턱밑에 닿은 딸애에게 물었다.

"너 생각나지, 네가 20년 전에 장관 발표 나기 전날, 내 방에 찾아와서 내게 '장관 하면 안 된다'라고 엄포 놓았던 거."

그러나 딸애는 의외에 답변했다.

"그랬었나. 그날 내가 왜 그랬지. 아! 그런 것 같기는 하네."

내가 재차 물었다.

"장관 된 다음에도 네가 나를 꽤 괴롭혔는데, 그건 또 왜 그랬니?"

그에 대한 대답도 내 예상과는 거리가 멀었다.

"그거야 아빠가 교수하는 게 더 좋아서 그랬겠지. 장관하고 아빠는 어울리지도 않고. 이것저것 걱정스러워서 그랬지."

딸애는 마치 남의 얘기하듯 주워섬겼다.

아니, 이건 반전(反轉)이 아닌가.

나는 생각했다. 세월 탓에 딸애의 결기와 감성이 무디어져서 그런가. 그럴 수도 있겠지. 그래도 이건 너무 심하지 않아. 아니면 그때 그 애가 그리 심각하지 않게 말한 것을 내가 너무 무겁게 받아들였던 것인가. 아니, 분명 그건 아닌 것 같은데.

생각 같아서는 "예끼, 아비 속을 그렇게 태우고 인제 와서 고작 한다는 소리가 그것이냐."라고 한 마디 호되게 쏘아붙이고 싶었지만, 그냥 꾹 눌러 참았다.

돌이켜 보면, 당시 주변의 그런 걱정스러운 눈빛과 언사(言辭)가 나를 더 긴장하게, 그리고 스스로를 바로 세우게 만들었고, 이 땅에서 장관직이 선망의 직책이 아니라, 얼마간 부끄러운 '혐오직'이라는 점을 일깨워 주었던 게 분명했기 때문이다.

– 현강재, 2017. 08. 22.

홈커밍

1.

연세대학교 졸업생들은 졸업 후 25년과 50년이 되는 해 5월[개교기념일]에 모교를 찾아 옛 친구들과 은사들을 다시 만나는 이른바 재상봉[홈커밍] 행사를 한다. 5월의 신록처럼 한창 푸른 나이에 학교를 떠났다가 머리가 희끗희끗한 50 문턱의 장년으로, 또 거기에 25주년을 보태 70대 중반 가까이 노년에 이르러 모교를 다시 찾는 것이니, 감회가 남다를 수밖에 없다.

나는 1988년에 25주년 홈커밍을 했다. 서울 올림픽이 열렸던 해이다. 그게 실로 어제 같은데, 세월이 유수처럼 흘러 다음 주 토요일(5월 11일) 50주년 행사를 앞두고 있다. 25주년 때, 저편에 앉았던 50주년 선배들의 모습은 아직도 눈에 선하다. 우선 그분들이 수십 명에 불과해서 그 자리가 무척 허전해 보였다. 하나 같이 파파 할아버지들이셨고 몸을 가누기 어려운 분도 눈에 띄었다. 인생 황혼녘의 처연한 느낌마저 들게 했다.

당시 내가 옆에 서 있던 친구에게, "우리가 저 나이까지 살 수 있을까?" 했더니, 그 친구가 "쉬운 일이 아니지." 하며 "그래도 그럴 수 있으면, 성공이지."라며 빙긋 웃던 기억이 난다. 그런데 내가 어느덧 그 나이가 되어, 며칠 후 그 자리에 서게 된 것이다. "아, 세월이여!"라는 탄성이 절로 나올 지경이다. 그때 내 옆에 서 있던 친구는 이미 이 세상 사람이 아니다.

II.

반백 년 저 너머 그 시절, 나는 연세대 정외과에 다녔다. 1959년 입학해서 2학년 때 4·19를 맞았고, 이듬해 5·16을 겪었다. 격동의 시대에 학창 시절을 보냈다. 졸업할 때 총 60여 명이었는데, 졸업 후 사회 각 부문으로 흩어졌고, 미국 등지로 이민을 간 친구들도 꽤 된다. 여학생이 9명이었으니, 사회과학계열의 다른 학과에 비해 여학생들이 많았던 편이다. 그녀들은 하나같이 야무지고 똑똑했는데, 시대적 제약 때문에 제 그릇을 키우지 못하고 모두 누구의 부인이 되어 가정으로 돌아갔다. 아쉬운 일이다. 동기생 중 10여 명이 국내외에서 박사 학위를 받아 박사를 많이 배출한 학번이라는 얘기를 들었다.

내 경우, 학교에 묻혀 살다 보니 사람들을 두루 사귀지 못해 늘 접촉했던 몇 명 가까운 친구를 제외하면, 많은 이의 소식은 늘 풍문으로 듣는 경우가 많았다. 이제 대부분 현역을 떠났다. 듣기로는 이미 저세상으로 간 사람도 적지 않고, 소식이 닿지 않는 사람, 건강이 좋지 않은 이들도 많다고 한다. 그러니 홈커밍에 몇 명이 올지 알 수 없다. 아마도 이번 만남에서 졸업 후 처음 보는 얼굴도 없지 않을 것으로 생각된다.

III.

2001~2002년 내가 캐나다 밴쿠버 UBC 대학의 객원교수로 가 있을 때, 그 도시에 대학 동창인 K 군이 산다는 소식을 들었다. 그는 대학 2학년 때 군대에 갔고, 그 이후는 본 적이 없는 친구였다. K 군과 통화가 되어 밴쿠버 시내 한 한인 음식점에서 만나기로 약속을 했다. 그런데 문제는 아무리 애써도 그의 얼굴이 떠오르지 않는 것이다. 생각하면 생각할수록 그의 영상은 내 기억에서 더 멀어졌다. 이러다간 친구 얼굴도 못 알아보지 않을까 조바심마저 났다.

나는 조금 일찍 음식점에 당도해서 출입문 가까이 자리를 잡고 앉아 들어오는 사람들 한 명 한 명의 얼굴을 뚫어지게 쳐다봤다. 그런데 정각이 되자 초로(初老)의 한국인 한 사람이 거침없는 발걸음으로 들어서더니 주위를 두리번거리는 것이 아닌가. 그의 얼굴을 보자, 나는 그가 K라는 것을 직감했다. 그래서 손을 번쩍 들고, 나지막하게 그의 이름을 불렀다. 그는 반갑게 내게 다가와서, "고맙네, 세월이 많이 흘렀는데, 어떻게 나를 한눈에 알아봤지?"라고 물었다.

그때, 내 대답이 "잔영(殘影)이 남아 있어서…."였다. 그때로 따지면, 20세 전후에 헤어진 후 40년 만에 만남인데, 머리로 아무리 생각해도 떠오르지 않던 그의 모습이 한눈에 들어온 것은, 역시 그의 얼굴과 몸짓에 남아 있는 '희미한 옛 그림자'가 아니었을까.

이번 홈커밍 때, 졸업 후 한 번도 보지 못했던, 그래서 얼마간 내 기억에서 이미 사라졌던 옛 친구들이 많이 왔으면 좋겠다. 또 그들이 가능하면, 이미 늙고 주름진 얼굴이지만, 자신의 모습 속에 푸르렀던 옛 시절의 '잔영'을 많이 간직해 주었으면 좋겠다. 그래서 반백년만의 해후에서 내가 그를 한눈에 알아보고 "누구야!" 하고 그의 이름을 부르고 싶다.

IV.

요즈음 나는 평론가 김병익의 산문집 『조용한 걸음으로』를 재미있게 읽고 있다. 무엇보다 노경에 든 평론가의 글 속에 나와 동시대인들, 황동규, 마종기, 정현종, 김광규 등의 이름이 자주 나와 반갑다. 책 머리에 "치수에게, '우리들의 남은 젊음을 위하여 건배!'"라는 문구도 인상적이다. 아마도 그와 가까운 평론가 김치수를 두고 하는 말이겠거니 생각된다.

이번 홈커밍에 오는 친구들 모두가 부디 '조용한 걸음으로' 그들의 옛 자리로 왔으면 싶다. 홈커밍의 진짜 주역은 역시 졸업 25주년을 맞는 아직 연부역강(年富力强)한 후배들이다. 따라서 그날의 환희와 축복은 모두 그들에게 돌리고, 우리 노인들은 조금 떨어져서 그들에게 격려의 박수를 보내며, 그냥 우리끼리 잔잔한 미소를 나누었으면 한다.

괜한 노파심이지만, 부디 우리 '50주년 생' 중에 그날 허세를 부리거나 목소리를 크게 내는 친구들이 없었으면 좋겠다. 살만하다고 으스대거나 선배랍시고 후배들에 앞서 주인 노릇을 하는 노추(老醜)는 보이지 않았으면 싶다. 모두가 겸허하게 조용한 걸음으로 옛 보금자리를 찾았으면 싶다.

V.

행사를 주관하는 대표자 모임에서 행사 모금을 결정했다고 한다. 그에 따라 과 대표 이름으로 모금을 독려하는 글이 오고 있다. 오랜만에 모교를 찾으니, 그리고 큰 행사를 해야 하니 빈손으로 될 일이 아닐 것이다. 모금이 불가피하리라 생각된다.

그러나 여기에도 역시 내 노파심이 발동한다. 돈 모으는 것이 일의 본질을 희석시킬까 걱정된다. 모금 소식 때문에 혹시 그날 홈커밍 참석 의사를 접는 친구가 한 사람이라도 생길까 두려워서이다. 분명 70대 중반 나이에 생활고로 어려움을 겪는 친구들이 없지 않을 것이고, 이들에게 거듭되는 모금 얘기는 자칫 가슴 저리는 아픔으로, 아니 오지 말라는 얘기로 들릴 수 있기 때문이다. 따라서 홈커밍 행사는 조심스럽게, 그것도 정말 아주 조심스럽게, 가장 형편이 어려운 친구의 심경을 고려하며 세심히 준비하기를 바란다.

같은 맥락에서 이 행사가 부디 세속적으로 잘 나가는 친구들 중심의 축제가 되지 않았으면 한다. 그들은 이러한 기회가 없어도 그들

끼리 자주 만나고 잘 어울린다. 나 자신도 그들을 만나기 위해 굳이 그날 그 자리에 갈 생각은 없다. 그들보다는 외국에 살아 오래 보지 못했던 그리운 얼굴, 문득문득 생각나는 조용했던 옛 단짝, 굴곡진 인생의 여정에서 고단하게 살아 온 착한 친구, 학창 시절 한 번도 말을 나눠보지 못했던 수줍은 여학생, 그런 온갖 모습의 옛 젊음들을 두루 만나 오랜만에 손을 맞잡고 싶다. 그런 의미에서 대표 측은 부디 좀처럼 올 것 같지 않았던 마지막 친구가 가벼운 마음, 밝은 얼굴로 홈커밍에 편안하게 올 수 있도록, 넓고 푸근한 멍석을 깔아 주었으면 고맙겠다.

VI.

돌이켜 보면, 강은교 시인의 말대로, 우리는 파란만장한 시대에 '꾸역꾸역' 오래 살았다. 해방 후 첫 한글세대로 한국전쟁, 산업화와 민주화, 그리고 그 이후의 때로는 모질고, 때로는 보람찬 긴 세월을 대차게 살아남아 오늘에 이르렀다. 이 나이에 있고 없고가, 이루고 못 이루고가 무슨 대수인가. 홈커밍에 참석하는 우리가 모두 너나없이 '승리자'고 '성공한 인생'이다. 그리고 적어도 마음만은 우리 모두 처음 만났던 푸릇 푸릇한 싱그러운 스무 살의 청년들이다.

그날 저녁 우리 모두 함께 외치자.

"우리들의 남은 젊음을 위하여 건배"

- 헌강재, 2013. 05. 02.

그날, 스톡홀름 거리에서

1.

1994년 7월 중순 한여름 오후, 나는 스웨덴의 스톡홀름의 거리를 거닐고 있었다. 스톡홀름 대학의 한 교수와 약속 시간에 여유가 생겨 한가한 마음으로 거리 산책에 나섰던 길이다. 그런데 멀리서 내 쪽으로 다가오는 모자(母子)의 모습이 보였다. 중년의 서양 여성이 대여섯 살쯤 되어 보이는 남자아이의 손을 잡고 걸어오는데, 멀리서 보아도 그 애가 영락없는 한국 아이였다. 순간 나는 그 애가 스웨덴에 입양된 한국 아이라고 직감했다.

그들은 미처 나를 보지 못한 가운데, 아이가 엄마에게 종알종알 즐겁게 얘기를 건네며 내게 가까이 오고 있었다. 그러다가 그들과 나의 간격이 한 열 발쯤 가까워졌을 때 모자가 동시에 나를 보고 흠칫 놀라는 기색을 보였다. 나는 그들에게 조용히 미소를 보냈다. 그러자 아이는 잠시 발걸음을 멈춘 채 동그래진 눈으로 나를 뚫어지게 쳐다보았고, 엄마는 자못 긴장한 낯빛으로 내게 얼마간 경계의 눈초리를 보냈다. 나는 착잡한 심경으로 미소를 거두었다. 잠시 후, 서로가 엇갈리는 지점에 이르자, 그 서양 엄마는 내 눈빛을 애써 피하며 꼬마의 손목을 바짝 잡아채고 걸음을 재촉했다. 한시라도 빨리 이 상황에서 벗어나려는 모습이 역력했다.

곧 서로 지나쳤다. 그리고 몇 걸음을 옮긴 뒤, 나는 하도 궁금해서 뒤를 돌아보았다. 그런데 놀랍게도 아이는 걸음을 한껏 늦추며, 아예 고개를 뒤로 젖히고 나를 뚫어지게 주시하고 있었고, 당황한 엄마는 얼마간 신경질적으로 아이를 가는 방향으로 계속 잡아당기고 있었다. 한마디로 아이가 엄마에 질질 끌려가는 형국이었다. 곤혹한 심경으로 나는 급히 고개를 앞으로 돌렸다.

한참 뒤에 나는 다시 뒤를 돌아보았다. 그런데 제법 양측의 거리가 멀어진 그때까지도 아이는 여전히 나를 연신 뒤돌아보며 엄마에게 끌려가고 있었다.

무엇이 그 어린아이를 그렇게 행동하게 만들었을까? 핏줄이 당겼나? 비슷한 모습의 미지의 인물에 대한 호기심인가? 무거운 발걸음을 옮기며 나는 예민한 감성의 그 아이가 얼마 후 청소년기 질풍노도 시대에 겪게 될 정체성의 혼란이 미리 우려되어 가슴 저미는 아픔을 느꼈다.

II.

세계 제2차 대전 이후, 전 세계에 입양된 아동의 수는 약 50만 명이다. 그중 약 40%인 20만 명이 한국의 입양인이다. 가히 '입양아 수출국'이라는 오명을 벗어나기 어려운 형편이다. 그중, 유럽으로 건너간 입양아가 6만을 넘고, 그 절반가량이 북유럽, 즉 스웨덴, 노르웨이, 덴마크 3개국에 살고 있다. '수잔 브링크'의 나라 스웨덴의 한인 입양인도 약 1만 1,000명이나 된다.

'수잔 브링크의 아리랑'은 1991년에 개봉된 고 최진실 주연의 한국 영화로, 실존하는 한 스웨덴 입양아의 방황을 그린 영화다. 내용을 간추리면 다음과 같다. 수잔의 한국인 어머니는 생활고에 못 이겨, 네 살짜리 딸 신유숙을 눈물 속에 스웨덴으로 입양시킨다. 그때 어머니가 딸 유숙에게 준 선물은 한복을 입은 작은 인형이었다.

스웨덴에서의 유숙의 앞날은 험난했고, 고통스러웠다. 낯선 환경과 생김새가 다른 사람들 틈에서 느끼는 소외감, 가족에 대한 그리움, 그리고 무엇보다 새엄마의 모진 학대 속에 13살 때 첫 번째 자살을 기도한다. 18세에 자립을 하게 된 유숙은 친모를 찾아 나섰지만 실패하고, 방황 속에 혼전임신과 실연 등 고통으로 점철된 나날을 보내다가, 한 스웨덴 선교사의 도움으로 친모가 살아 있다는 소식을 접한다. 딸과 함께 한국으로 돌아온 유숙은 그토록 그리웠던 친어머니와 해후를 하고 기나긴 방황을 끝낸다.

20만 한국출생 국제입양아의 입양 이후의 삶은 가지각색일 것이다. 개중에는 착한 양부모의 헌신적 사랑과 배려 속에 행복한 삶의 기틀을 마련한 이들이 적지 않다. 놀랍게도 그간 프랑스에서만 두 명의 입양아 출신 장관이 탄생했다. 플레르 펠르랭(한국명 김종숙) 문화 커뮤니케이션 장관과 장뱅상 플라세(한국명 권오복) 국가개혁 장관이 바로 그들이다. 그런가 하면, 양부모의 학대, 낯선 환경에 대한 부적응, 사회적 소외감 속에서 잘못된 길로 접어든 이들도 무수히 많다.

어떤 경우이든, 입양아 대부분은 청소년기에 극도의 정체성 혼란을 겪으며 힘겹게 인생의 고비를 넘긴다. 위에서 언급한 수잔 브링크가 친어머니를 만난 후, 국제 입양을 반대하는 민권운동에 앞장선 것도 자신의 불행했던 과거의 어두운 그림자 때문일 것이다.

국제 입양을 통해 새 자식을 품에 안은 양부모들의 행태도 여러 갈래다. 적지 않은 부모들이 열린 마음으로 아이에게 모든 사실을 있는 그대로 알리면서, 한국과의 태생적 인연을 소중하게 가꾸도록 세심하게 이끈다. 그런가 하면, 어떤 이들은 입양아가 한국과의 관계를 완전히 단절하고 새 둥지에서 다시 출발할 것을 기대하며, 한국과의 흔적을 애써 지우기도 한다. 전문가들에 따르면, 전자의 경우가 입양아들의 정체성 혼란을 줄이고 자연스러운 정서적 성장을 유도하는 데 도움이 된다고 말한다.

나는 그날, 스웨덴 거리에서 조우한 서양 엄마가 처음 내가 보냈던 미소에 대해 따스한 눈빛으로 화답했다면, 다가가 몇 마디 인사라도 나누고 아이의 손이라도 잡아 볼 참이었다. 그런데 그녀가 나와 아이의 접촉을 크게 꺼리는 눈치여서 그럴 엄두도 내지 못했다. 어쩌면, 그 서양 엄마의 반응은 그녀의 깊은 속내의 표현이라기보다, 전혀 마음이 준비되지 않은 상황에서 당황한 가운데 빚어진 촌극일 수 있다. 여하튼, 그날 오래도록 나에게서 눈을 떼지 못했던 그 아이의 집착과 서양 엄마의 차가운 반응은 모두 내게 깊은 인상과 충격을 남겼다.

III.

그날, 나는 혼란스러운 심경으로 스톡홀름 도심의 호텔로 돌아와 막 잠자리에 들려고 하는데, 밖에서 소란스러운 구호와 힘찬 떼창 소리가 들렸다. 나는 놀라서 창문을 열어보니 수많은 젊은이가 운집하여 깃발을 흔들며 열렬히 환호성을 토해내고 있었다. 놀라 프런트에 알아보니, 그날(7월 16일) 방금 전, 스웨덴이 미국 페서디나에서 열린 월드컵 준결승전에서 불가리아를 4:0으로 대파해서 흥분한 시민들이 거리로 쏟아져 나온 것이었다. 그 말을 듣고, 나는 이제 군중들의 숫자가 계속 폭발적으로 늘어나고 분위기는 광란에 가깝게 고조될 터이니, 제대로 잠자기는 다 틀렸다고 지레짐작했다. 그런데 웬걸, 한 시간쯤 지나자 창밖의 소요는 점점 잦아들더니, 두 시간이 가까워지자 거리는 언제 무슨 일이 있었느냐는 듯, 다시 한밤의 고요를 되찾았다. 아니 이럴 수가!

그날 밤, 나는 스웨덴인의 절제와 지나칠 정도의 이성적인 집단행동에 매우 놀랐다. 주지하듯이 영국이나 독일 등 유럽 여러 나라의 축구 열기, 특히 월드컵의 열풍은 가히 전설적이라 범인의 상상을 초월한다. 그런데 축구 강국의 하나인 스웨덴이 1958년 자국에서 개최된 제6회 월드컵에서 준우승한 후 실로 36년 만에 처음으로 3위에 올랐는데, 아무리 한밤중이라도 이 정도의 조촐한(?) 축제로 끝냈다니 도무지 이해할 수가 없었다.

스웨덴인은 남부 유럽은 물론, 중부 유럽 세계에 비해, 감성보다 이성의 몫이 크게 작용하는 사람들이다. 같은 맥락에서 이 나라는 열광적 애국주의의 정도가 전세계에서 가장 낮은 나라로 알려져 있다. 2002년 한·일 월드컵에서 우리가 4강에 올랐을 때, 전국을 휩쓸었던 환희와 열락의 물결과 비교해 보면, 그들의 지나칠 정도의 쿨한 성격은 가히 짐작이 가고 남을 것이다. 그 차디찬 이성이 수잔 부링크를 더 외롭게 만들었는지 모른다.

IV.

그날 밤, 나는 스톡홀름 거리에서 나를 뚫어지게 쳐다보던 그 어린 입양아의 놀란 눈망울이 계속 눈에 밟혀 잠을 크게 설쳤다. 우리와는 문화적 유전자가 다른 낯선 땅에서 그 어린 것이 어떻게 세상을 헤쳐나갈지 걱정이 밀물처럼 계속 밀어닥쳤다.

이제 그 아이도 30대 초반의 헌칠한 청년이 되었을 것이다.

부디, 부디 행복하기를 빈다.

– 현강재, 2021. 04. 28.

2

인생 삼모작

원암리 일기

인생 삼모작을 실험하며

나는 농촌 생활을 시작하면서 가까운 지인들에게 '인생 삼모작'에 관해 자주 말해왔다. 같은 땅에 1년에 종류가 다른 농작물을 세 번 심어 거둔다면 삼모작이라고 하는데, 이에 유추해서 우리도 생애주기에서 세 번 다른 일을 하며 살아가는 것이 어떻겠느냐는 게 내 생각이다.

간략하게 정리하면, 첫 번째 일터에서 한 30년 열심히 일하고, 50대 중반에 이르면 못자리를 옮겨 자신이 평소에 정말 하고 싶었던 일 혹은 보람된다고 생각했던 일을 65세까지 한다. 이때 첫 번째 일자리는 대체로 생계와 연관하여 높은 생산성을 추구하는 경성(硬性)의 일이고, 두 번째 못자리는 보다 적성과 보람을 추구하는 연성(軟性)의 일이라고 상정한다. 다음 세 번째는 못자리를 아예 시골로 옮겨 조용히 텃밭을 일구며 '자연 회귀', '자아 찾기'로 여생을 보내자는 것이다. 물론 이러한 관점은 하나의 '원형' 모형이다. 따라서 현실적으로 이와 연관하여 수많은 '재구성' 혹은 '변형'이 가능하다.

인간의 생애주기를 크게 교육 - 고용 - 퇴직 이후로 크게 나눌 때, 우리의 경우 아쉽게도 교육 기간이 지나치게 길고, 과(過) 투자되는 반면, 고용 기간은 너무 짧고 인적자원이 덜 효율적으로 활용된다. 그리고 퇴직 후 긴 여생에 대한 준비가 대단히 불충분하다. 전보다 형편이 많이 나아졌다고 하나 우리 국민 중 많은 이가 아직도 힘겹고 불안한 삶을 영위하고 있다.

그렇다고 앞날이 그리 밝은 것도 아니다. 무엇보다 인구 고령화의 도전은 가히 폭발적이다. 앞으로 10년 후면, 65세 이상 인구가 총인구의 20%를 넘어가는 초고령사회에 진입한다. 저출산·고령화가 진전될수록 노동 공급의 절대 수준이 감소하고 특히 생산가능인구(15~64세), 핵심 생산가능인구(25~49세)의 수가 줄어들 수밖에 없다. 이런 상황에서 현재와 같은 인적자원의 비효율이 계속되는 경우 지속적인 경제성장이나 삶의 질의 향상은 기대하기가 어렵다. 따라서 이처럼 눈앞에 가까이 다가온 미래의 충격에서 벗어나자면, 우리의 생애주기 내지 인생 설계를 재구성해야 한다고 생각한다.

무엇보다 가난한 노후를 맞지 않으려면, 앞으로 적어도 70세 가까이까지 일해야 하고, 또 그 하는 일이 가능하면 더욱 의미 있는 삶과 연결되었으면 좋겠다는 것이 내 구상의 핵심이다. 이를 위해 우선 노동시장에의 진입 시기, 즉 입직(入職) 시기를 가능한 한 몇 년 앞당기고, 아울러 노동시장에서의 최종 이탈 시기를 지금보다 십수 년 늦춰야 할 것이다. 그리고 그 일의 내용을 '생계 위주'로부터 점차

'가치 지향'으로 옮기는 것이 우리의 삶을 더 풍요롭게 만드는 데 도움이 될 것으로 생각한다. 다만 어떤 경우에도 일정 수준의 생산성은 유지될 필요가 있다.

그러나 이 모든 것이 개개인의 의지대로 되는 게 아니다. 따라서 인생 삼모작이 사회 전체의 맥락에서 빛을 발하기 위해서는 생애주기에 따라 다양한 국가 정책들, 즉 교육·고용·노동·사회복지 정책들의 지원이 절실히 필요하고, 사회구조 및 의식의 변화도 이와 궤를 같이해야 할 것이다.

현재 이른바 '베이비붐 세대(1955~63년생)'의 은퇴가 한창이다. 이들이 직장을 떠나는 연령대는 인간의 생애주기에서 가장 돈이 많이 드는 시기다. 더욱이 이들 세대는 퇴직 후 30년이라는 긴 세월의 여생을 예상해야 하는데, 이들 중 많은 이가 '준비되지 못한 노후'를 걱정하는 형편이다. 게다가 그 '마지막 10년'은 의료비 폭발 시기다. 따라서 오래 산다는 일 자체가 자칫 많은 이들에게 공포이자 질곡이 되기가 십상이다.

세 번째 못자리는 귀촌해서 '자연과 더불어 사는 삶'이다. 70이 가까워지면, 복잡하고 생활비 많이 드는 대도시를 떠나 그윽한 자연의 품에서 보다 단순하고, 마음을 비운 삶을 영위하자는 것이다. 시골은 심신 건강에 좋고, 인생을 관조하고 자아를 찾을 수 있는 최적의 장소다. 자연이 안겨주는 미학과 정신적 여유, 마음의 평화가 우리의 삶을 더없이 풍성하게 만들어 준다.

또한 시골에서는 주거비용과 생활비가 적게 들고, 작은 농사를 하며 텃밭만 가꾸어도 반 자급자족 수준의 삶이 가능하므로 경제적으로도 크게 유리하다. 그런가 하면, 그곳은 인생의 마지막 단계를 영성적으로 준비하기에 더없이 좋은 터전이기도 하다.

개인적 경험으로는 시골살이가 주는 가장 큰 장점은 스스로가 자신의 삶의 주인이 될 수 있다는 것이다. 시골에서는 알량한 체면이나 하찮은 명예에 개의치 않아도 되기 때문에, 내키지 않는 일을 할 필요가 없고, 남이 짜놓은 스케줄에 쫓길 일도 없다. 늙마에 세속의 늪으로부터 해방될 수 있는 것이 얼마나 큰 축복인가.

특히 지식인들, 지적·예술적 작업에 종사하는 사람들에게 자연의 품은 엄청난 영감의 원천이자 창조의 샘이다. 자연은 사람을 생각하도록 만드는, 그것도 깊게, 그리고 치열하게 생각하게 만드는 신비의 힘이 있다. 나는 여름에 농사짓고, 겨울에 글 쓰는 비교적 단순한 생활 리듬에 따라 사는데, 농한기 몇 달 집중적으로 작업하면서도 1, 2년에 책 한 권씩 내고 있다. 내가 서울에서 부대끼고 살았다면 이게 가능했을까. 이는 한여름 땀 흘리며 농사할 때, 문뜩문뜩 떠올랐던 숱한 영감들이 가을빛에 영글어 만들어 낸 수확물이 아닌가 생각한다. 그런 의미에서 나는 세 번째 못자리도 앞의 못자리들에 못지않게 다분히 생산적이라고 믿는다.

인생 삼모작을 논의하며, 꼭 덧붙이고 싶은 얘기는 새로운 못자리에 진입하기 전에 적어도 10년 전부터 미리 충분하고 치밀하게 인생의 다음 막을 준비해야 한다는 것이다. 나는 친구들로부터 "시골 가서 살자고 자네 처(妻)를 어떻게 설득했어?"라는 질문을 자주 받는다. 이에 대한 내 대답인즉슨, "정년 10년 전부터 거의 매일 '정년 되면 나는 서울에서 더 못살아, 시골에 갈 거야.'를 주문처럼 되뇄네. 그랬더니 지성이면 감천이라더니 결국 세뇌가 되던데?"다. 무릇 새 못자리를 마음과 정성을 다해 정밀하게 준비해야 한다.

아울러 인생 삼모작의 성공을 위해서는 앞선 못자리에서 터득한 지식과 기술, 그리고 삶의 체험들, 그 빛과 그림자를 최대한으로 동원해서 새 삶을 개척해야 한다. 내 경우 역시 대학과 정부에서 쌓은 다양한 학습들, 거기서 움텄던 숱한 통찰들, 그리고 회한들이 세 번째 못자리의 기름진 토양이다. 어차피 인생은 평생학습이 아닌가.

-《중앙 SUNDAY 제500호》, 2016. 10. 09.

농사 예찬

요즘 농사일이 무척 바쁘다. 새벽 동트기 전에 농터에 나가 몇 시간 일하고, 늦은 오후 햇볕이 가라앉기 시작하면 다시 일하러 나간다. 잡초 뽑고, 이제 끝물에 이른 보리수, 오디와 지금 한창인 블루베리를 딴다. 가물면 물주고, 간간이 곁가지 전지도 한다. 온통 눈에 보이는 것이 모두 일거리다. 그중 많은 일이 처의 도움이 없이는 할 수 없는 일들이다. 가끔 힘에 부친다고 느껴지지만, 그런대로 아직 할 만하다.

얼마 전 딸아이가 전화로, "아버지, 도대체 왜 아직 농사를 지으세요. 너무 힘드시잖아요. 거기서 뭐 변변히 수확하는 것도 아닌데, 그렇게 무리하실 이유가 도대체 뭐예요?"라고 따지며 농사를 접으라고 다그쳤다. 나는 그냥 허허 웃고 말았다.

II.

농사일을 금전적으로 보면 밑지는 장사인 게 사실이다. 엄청난 노력과 시간을 투입하지만, 거기서 얻는 가시적 수입은 전혀 없고, 수확하는 것도 대단치 않다. 거두는 것은 전부 우리 내외가 소비하고, 남는 것은 가끔 서울 자식들에게 보낸다. 그러다 수확기에 때맞춰 손님이라도 오면 조금 싸주는 정도다.

그래도 농사지어 얻은 채소와 과일이 우리에게 요긴한 먹거리를 제공하고, 무엇보다 농사일은 나에게 일하는 재미, 시골 사는 의미를 부여하며, 내 공부에도 도움이 된다. 그래서 나는 남는 장사라고 생각한다.

내가 경작하는 땅은 약 300평 정도다. 그중 채소밭이 한 30평 정도고 나머지는 모두 과수다. 우리가 아는 이름의 거의 온갖 채소는 고르게 다 심었고, 과일나무도 포스트 포디즘의 '다품종 소량생산'의 흐름에 따라 갖가지 종류가 다 있다. 다양한 과일이 초여름부터 늦가을까지 줄이어 열리는데, 그중 가장 많이 수확하는 것이 요즘 한창인 블루베리다.

농약, 제초제는 전혀 쓰지 않고 채소밭에 비닐멀칭도 하지 않는다. 내가 농약 대신 쓰는 것은 목초액이 전부다. 말하자면 '생'으로 농사를 짓는 셈이다. 그러자니 일이 엄청 많고, 병충해 때문에 큰 고생을 한다. 10년 이상 농사를 지었지만 제대로 모양을 갖춘 사과나 배를 따 먹어 본 기억은 없다. 대체로 바람과 새, 그리고 벌레들에게 반 이상을 헌납하고 나머지는 우리가 먹는다. 농사를 좀 아는 지인이 와서 내가 농사짓는 방식을 보고, 혀를 차며 사서 고생하는 '미련 농법'이라고 명명했다.

그런데 좀 자랑 같지만, 내 농터에는 잡초가 거의 없다. 한마디로 무척 정갈하다. 아침저녁 부지런히 뽑기 때문이다. 그리고 열매가 열리지 않는 나무도, 병들어 찌든 나무도 수명이 다할 때까지 정성껏 열심히 가꾼다. 내 품에 들어온 나무면, 그 기여(寄與)와 관계없이 평등하게, 그리고 똑같이 소중히 다룬다. 그들도 나와 같은 생명이기 때문이다.

III.

나는 이곳 속초/고성에 오기 전에는 평생 책상머리에서, 함량 미달의 머리만 쓰며 살았다. 그러다가 몸을 부려 땀 흘려 농사를 지으면서 또 하나의 다른 세상에 눈을 떴다. 신세계의 체험이다. 그러면서 내가 마침내 균형적 삶을 살고 있다는 자의식을 갖게 되었다. 그것만으로도 농촌 생활이 내게 더할 수 없는 큰 선물을 준 것이다. 그래서 여름에는 열심히 농사짓고, 겨울에는 힘닿는 대로 글을 쓰는 삶을 택했다.

아직은 농사짓는 일 자체가 내게 즐거움을 준다. 청신한 새벽공기 속에 멀리 운무에 싸여 신비한 느낌을 주는 울산바위를 바라보며 일을 시작할 때는 늘 가슴이 설렌다. 자연 속에 파묻혀 하루를 보내는 일도 내 정신세계를 맑게 한다. 온갖 잡념, 증오, 분노가 사라진다.

먹고 살기 위해 하는 일이 아니니, 쫓기지 않고 수확에 연연하지 않아 마음이 편하다. 그리고 스스로 땀 흘려 거둔 먹거리가 내 삶의 값진 양식이 된다는 사실이 나를 기쁘게 한다.

작년 고성산불로 내 삶의 기둥이었던 '현강재'가 소진된 후, 크게 좌절했던 나를 다시 일으켜 세운 것도 바로 농사일이었다. 불탄 집의 잔해와 초토화된 주위 풍경을 보고 망연자실했던 나는 일단 '서울행'을 작정했지만, 결국 며칠 못 가 이곳으로 되돌아왔다. 그 무서운 불길이 천만다행으로 우리 집 농터를 비껴갔고, 봄을 맞아 막 새싹이 돋아나는 그곳의 작물들과 나무들이 나를 애타게 기다리고 있었기 때문이었다. 농사일은 실로 엄청난 힐링 효과가 있었다. 농터에서 일하면서 나를 무섭게 짓누르던 산불의 악몽에서 벗어날 수 있었고, 황폐한 주위 환경에 아랑곳없이 힘차게 뻗어가는 새싹들의 아름다운 합창과 그 엄청난 생명력 속에서 나는 희망의 빛을 발견할 수 있었다.

IV.

농사일은 일면 육체노동이 틀림없다. 하지만 손과 몸을 부려 일하면서, 동시에 사람의 머리는 생각할 수 있는 능력이 있다. 그 때문에 일하면서 뇌 활동을 통해 온갖 상상력과 학습 능력을 발휘할 수 있는 이점이 있다. 그러므로 활용하기 따라서는 육체노동을 정신노동과 병행할 수 있다.

노동의 학습효과는 내가 20대 후반 외국에서 공부할 때 스스로 체득했다. 한창 박사학위 논문을 준비하고 있던 1967년 여름 방학 때 나는 두 달여 동안 오스트리아 린츠(Linz)에 있는 훼스트(Voest)라는 세계적 규모의 제철공장에서 일한 적이 있었다. 백면서생인 내게 매우 과중한 노동이었다. 그런데 나는 철판을 나르는 일을 하면서, 일이 얼마간 익숙해지자 노동과 동시에 뇌를 가동하기 시작했다. 공부 걱정 때문에 생각해 낸 궁여지책이었다. 그러면서 그동안 학위논문의 기본 골격과 줄거리를 마련하고 주요 쟁점도 많이 정리했다. 고되게 몸을 움직이면서, 머리는 명징하게 돌아간다는 사실에 나 스스로도 매우 놀랐다. 가을 새 학기를 맞아 논문 지도교수와 상담을 하는데, 교수님이 내게 "안군, 논문이 엄청나게 진척됐네. 방학 동안 도서관에서만 지냈던 모양이네."라고 말씀하셨던 기억이 아직도 새롭다.

농사일을 하면서, 요즘도 나는 늘 뇌를 가동한다. 일상적인 상상, 공상, 심지어 망상까지 다 한다. 젊은 날의 아름다운 추억들, 옛사랑의 그림자를 더듬기도 하고, 얼마 남지 않은 내 여생을 얼마간 착잡한 마음으로 미리 내다보기도 한다.

그러면서 그중 많은 시간을 농사철이 끝난 후, 늦가을부터 쓰게 될 책과 논문에 집중한다. 비록 갖춰진 서재에서 책이나 학술자료와 더불어 하는 작업은 아니지만, 농터에서 일하며 자유롭게 하는 학습은 그 열린 시공만큼이나 천의무봉(天衣無縫)의 힘이 있다. 컴퓨터에 다가가기 전에 머리로 쓰는 글이라 다소 거칠지만, 큰 그림과 숨은 그림을 볼 수 있는 나름 야생(野生)의 특성이 있다. 그러다가 새로운 아이디어나 논리의 실마리를 찾으면 재빨리 메모해 둔다. 급격하게 쇠잔해 가는 기억력에 대한 대비책이다.

나는 농사일이 내 학문적인 활동에 손해를 끼치기보다는 도움을 준다고 생각한다. 조금 과장해서 말하면, 여름 한 철 농사일로 단련된 몸과 그때 축적한 무수한 생각들의 조각들을 모아 겨울에 글을 쓴다고 생각한다. 그래서 몇 년에 한 권씩 나오는 내 저작들은 여름 농사의 결실이다.

이렇게 볼 때, 분명 농사일은 엄청나게 남는 장사가 아닌가.

– 현강재, 2020. 06. 28.

잡초와의 전쟁

1.

작은 규모이지만 농사를 시작한 후 가장 큰 어려움이 잡초라는 희대의 난적(難敵)과의 싸움이다. 잡초가 제일 맹위를 떨치는 요즈음 여름 한 철에는 적어도 하루 대여섯 시간은 잡초 뽑는 데 시간을 보낸다.

오랜 가뭄 뒤에 비가 오면 반갑기 그지없으나, 비 온 후에 더 기승을 부릴 잡초들을 생각하면 마음 한구석이 무겁다. 땡볕에 쭈그리고 앉아 잡초와 씨름하다 보면, 내가 이 짓을 하려고 이곳에 왔나 한심한 생각이 들 때가 없지 않다. 그런데 2, 3일만 소홀히 해도 농토가 온통 잡초 천지이니 어쩔 수 없이 그들과의 힘겨루기가 일상사가 되었다.

II.

미국의 시인 에머슨은 잡초를 '아직 그 가치가 발견되지 않은 식물들'이라고 했다고 한다. 그러나 잡초는 적어도 지금 당장은 아무 쓸모 없는, 그러면서도 그 강인한 생명력과 가공할 파괴력 때문에 자칫 농사를 통째로 망치게 하는 천하의 무뢰한임이 틀림없다. 초봄엔 땅을 헤집고 올라와 눈 깜짝할 사이에 농토의 구석구석을 파고들어 농작물에 피해를 주고, 아예 제 놈이 주인행세를 하기가 일쑤다. 따라서 잡초는 모든 농사꾼의 공적이며, 그 때문에 잡초를 효율적으로 방제하는 일이 농사의 기본이다.

잡초 제거에 골머리를 앓다가 많은 이들이 끝내는 제초제를 사용한다. 그러나 제초제는 약의 독성 때문에 흙 속의 유익한 미생물까지 서서히 죽여 땅을 황폐화하기 때문에 삼가는 것이 옳다. 그보다는 약 뿌린 후 잡초가 이 구석 저 구석에서 무리 지어 누렇게 고사하는 모습이 마치 전쟁터에 시신이 널려 있는 것 같아, 생명의 땅인 농토에서 행할 바가 아니라는 생각이 든다. 하도 손이 많이 가서 나도 지난봄 작물과는 거리가 있는 농로 입구에 제초제를 한번 뿌려 보았다가 그 처참한 몰골에 기겁해서 그 후로는 제초제에 손을 대지 않는다.

텃밭의 경우, 비닐피복이 가장 일반화된 잡초방제 방법이다. 올해도 망설이다가 그냥 또 한 해 그것 없이 견뎌보기로 했다. 파릇파릇 솟아나는 새 생명을 흙과 더불어 보고 싶어서였다. 까만 비닐 속에서 고개를 내미는 채소가 마치 비좁은 사육장에 갇혀 먹이를 향해 우리 밖으로 머리를 내미는 닭처럼 측은하게 느껴졌기 때문이다. 그러나 이런 생각은 내 상념에 불과하지, 아마 채소의 입장에서는 잡초라는 흉악범으로부터 자신을 보호해 주는 비닐 장막이 고마울지 모른다는 생각도 함께 했다.

흔히 잡초를 뽑을 때, 잡초의 종류에 따라 낫, 곡괭이, 갈고리, 예초기 등 각종 잡초 제거기구가 동원된다. 뿌리가 약한 잡초는 햇볕 좋은 날 곡괭이로 박박 긁어 옆으로 밀어 버린다.

그러나 대체로 많은 경우 몸을 구부리고 앉아 호미로 뿌리를 캐어내는 고전적인 방식을 그대로 답습할 때가 많다. 그런데 호미로 잡초 캐는 일이 실제로 여간 힘든 게 아니다. 앉았다 일어났다 계속 움직이며, 잡초를 캐자면 무릎 관절과 허리에 적잖은 부담이 온다.

요사이 농촌에서는 밭매는 아낙들이 엉덩이에 부착해서 움직일 때마다 덜렁덜렁 따라 이동하는 스티로폼 의자를 많이 사용한다. 보기엔 우스꽝스럽지만 매우 유용한 고안물이다. 그런데 나는 다리통이 커서 이음줄이 몸에 들어가지 못해, 이동할 때마다 그것을 손으로 옮겨 가며 그냥 걸터앉는 간이 의자로만 사용한다. 그래도 엉거주춤 구부리고 일하는 것에 비하면 한결 몸에 부담이 적다.

여름철 땀이 많이 나면, 또 특히 저녁녘에는 온갖 날벌레들이 몰려들어 괴롭힌다. 어제도 호박꽃 주변의 잡초를 뽑다가 벌에게 왼쪽 눈두덩을 제대로 쏘였다. 순식간에 눈이 크게 부풀어 올라 얻어터진 '록키'처럼 인상이 갑자기 달라지니 우리 집 강아지까지 마구 짖어댄다.

III.

뽑고 돌아서면 다시 고개를 내미는 것이 잡초다. 한쪽 구석에 손대다 보면 저쪽 구석이 무성하다. 한나절 일해야 겨우 한 고랑을 마친다. 그래서 잡초와의 전쟁은 영원한 전쟁, 승산 없는 싸움이라는 절망감이 밀려올 때가 많다.

세계 여러 나라 대통령이나 수상들이 '빈곤과의 전쟁', '부패와의 전쟁'을 선포했고, 남미의 대통령들도 자주 '마약과의 전쟁'을 벌여왔다. '조폭과의 전쟁'을 공언한 검사장도 있었다. 그러나 그때마다 세상이 떠들썩댔지만 실제로 크게 성공한 예는 별로 없었던 것 같다. 아마 이 온갖 '전쟁'들을 주도했던 주역들도 내가 비 온 후 마치 불사조처럼 기세등등 새파랗게 다시 솟아오르는 잡초 앞에서 느꼈던 진한 열패감을 맛보았을 것 같다. 암 수술에 임한 집도의가 개복 후, 암세포가 원발부위에서 다른 부위로 크게 전이된 것을 발견하고 느끼는 좌절감도 이와 비슷할 듯하다.

잡초를 캐면서 농작물과 잡초의 관계는 세상의 축약도(縮約圖)라는 생각이 자주 든다. 세상에 좋은 사람도 많지만, 실제로 잡초 같은 사람도 적지 않다. 악인이나 범죄자들이 선량한 시민들을 괴롭히듯, 이들 잡초도 흉포하고 끈질기게 수시로 농작물의 생존을 위협한다.

잡초를 캐다 보면, 이놈들이 농작물이나 수목, 화초의 뿌리 등에 바짝 엉겨 붙어 주 작물의 영양을 뺏어 먹고, 숨통을 죄는 경우를 자주 본다. 이럴 때면, 악인의 손아귀에서 약취의 대상이 된 힘없는 시민이나 왕따를 당하고 있는 심약한 청소년을 연상하기도 한다.

그러고 보면 잡초 제거는 약자의 편에 서서 악한 세력을 퇴치하는 정의로운 공권력에 유추된다. 잡초의 근절, 범죄 없는 세상은 기대할 수 없겠으나, 그것이 현저하게 줄어든 세상은 아마도 가능하고, 그것이 또 우리가 추구하는 세상이 아닐까.

IV.

그래도 잡초 뽑는 일을 하면서 머리로 생각과 상상을 할 수 있다는 것은 다행스러운 일이다. 그래서 그 시간이 그냥 흘러버리는 시간 같지는 않다. 오랜 추억을 더듬어 향수에 젖기도 하고, 얼마간 떨어져서 세상을 지켜보며 사색에 잠기기도 한다. 어제 읽은 책의 내용을 되씹기도 하고, 새로 준비하는 책의 구성을 다듬기도 한다. 그러다가 고개를 들어 철 따라, 시간 따라, 또 시각에 따라 바뀌는 울산바위의 모습을 감상하는 재미도 그런대로 쏠쏠하다.

무엇보다 일생 백면서생이었던 내가 노후에 흙과 더불어 노동을 하며 산다는 느낌이 좋다. 말년에 박완서 선생님이 정원에서 호미로 잡초 뽑는 일이 무척 즐겁다고 하셨던 말씀에 얼마간 공감이 간다. 그래서 잡초 캐는 일은 힘겹고, 짜증 나는 일임에는 틀림이 없으나, 분명 경제적 효율성이나 기회비용으로 따질 일만은 아닌 것 같다.

잡초와의 전쟁을 벌이면서 몇 가지 얻은 결론은 다음과 같다. 너무 상식적인 얘기지만, 세상만사의 해답은 다 그런 게 아닌가.

첫째는 인내와 끈기로 임하자.

잡초 제거도 하루도 거르지 않고 열심히 하면 힘들지만, 그런대로 해 볼 만한 싸움이다. 방심과 게으름, 미루기는 금물이다. 매일 전사(戰士)처럼 결의에 찬 모습으로 싸움터로 나가자. 그리고 잡초가 뿌리를 깊게 내리기 전에 선제공격하자. 매일 하는 것, 하루도 소홀히 하지 않는 것이 어학 공부의 왕도라는 얘기는 여기도 그대로 통한다.

둘째 피할 수 없으면 즐기자.

농사를 그만두지 않는 한, 잡초와의 전쟁은 불가피하다. 이왕 해야 할 것이면 즐겁게 일하는 게 상책이다. 그러나 힘겨운 노동을 하면서, 생각과 마음을 즐겁게 하기가 어디 그리 쉬운 일인가. 이 문제는 아직도 해결되지 못한 숙제이다.

그러나 요즈음 내가 즐겨 쓰는 방식은 일하러 나갈 때 화두(話頭)처럼 한 가지씩 '생각할 거리'나 '추억거리'를 머리에 담고 나서는 것이다. 비교적 크게 부담 없는, 그러면서 흥미 있는 주제 하나를 갖고 나서면 일하는 동안 즐겁게 머리를 가동할 수 있다. 자유롭고, 여유롭게, 그리고 스스로 상상력을 자극하면서 '사두(思頭)'에 다각도로 접근하는 것이다.

궁구(窮究)가 필요한 무거운 주제는 가급적 피하는 것이 좋다. 그것도 부담스러우면, 과거의 재미있는 추억거리 하나를 챙겨서 나서도 좋다. '부산 피난 시절'도 좋고, '유학 시절 친구 한스(Hans)'도 좋다. 그러면 일하면서 자기도 모르게 미소를 머금게 된다.

V.

잡초 뽑다가 가끔 일어나 크게 기지개를 켠다. 그리곤 올해 제법 많이 열린 블루베리 몇 개를 따 먹는다. 잡초와의 전쟁은 이제 한 고비를 넘고 있지만, 어차피 찬 바람이 불고 뒤이어 동장군(冬將軍)이 찾아오면, 결국 내가 위대한 자연의 힘을 빌려 승리자로 등극할 것이다. 적어도 내년 봄까지는 말이다.

- 현강재, 2012. 07. 11.

그해 겨울, 벽난로의 낭만

1.

2008년 이곳 원암리에 새집, 현강재를 짓기 시작할 무렵부터 나는 벽난로를 간절히 원했다. 그러면서 하얗게 눈 덮인 겨울 따스한 벽난로 옆에 비스듬히 누워 한가로이 책을 읽어나 음악을 듣는 정경을 떠올리곤 했다. 설계부터 시공까지 집 짓는 과정을 도맡았던 처에게 내가 주문했던 것은 단지 그것 하나였다.

공사가 꽤 진행되었을 때, 내가 벽난로를 잊지 말라고 다시 일깨웠다. 그러자 처는 걱정하지 말라며 벽난로가 들어앉을 자리와 벽에 연통이 나갈 구멍까지 마련했다고 나를 안심시켰다. 하루는 벽난로를 보러 가자며 서울 강남의 어느 건축자재 전문 백화점으로 데리고 갔다. 다양한 철제 벽난로 중에 내 마음에 들었던 것은 노르웨이제 벽난로였다. 무엇보다 요란스럽지 않고 간단해서 좋았다. 가게 주인도 "잘 고르셨습니다. 성능도 뛰어나고 작아도 기품이 있지요."라며 한껏 부추겼다. 그런데 값이 너무 비쌌다. 내 기억으로는 700만 원을 요구했던 것 같다. 그 반값 정도를 예상했던 우리는 결국 벽난로 사는 일을 뒤로 미루고 되돌아왔다. 아쉬웠지만 별도리가 없었다.

공사가 막바지에 들어서면서, 내 처는 자주 자금이 달린다고 걱정을 했다. 그러더니 하루는 미안한 얼굴로, "아무래도 벽난로 설치는 뒤로 미루어야겠다."라고 말했다. 나는 볼멘소리로 "내가 당신한테 주문했던 게 딱 그거 하난데 그것도 어려워?"라고 불평을 했지만, 꽤 돈에 쪼들리는 것을 알았기에 어쩔 수 없었다.

현강재가 완공되어 입주한 지 한 달쯤 됐는데, 고성군에서 연락이 왔다. 내용인즉슨, 우리 집이 '경관이 아름다운 집'으로 선정이 되었으니 상금을 타러 군청으로 오라는 것이었다. 나는 놀라 내 처에게 군에 그런 것 신청을 한 적이 있느냐고 물었다. 처는 그런 적이 없다며, 다만 얼마 전에 토성면에 건축 관계하는 분이 집 안팎 사진 몇 장을 보내달라고 청해서 준공검사에 필요한 듯싶어 그대로 했을 뿐이라는 것이었다. 그러면서, "그럼 그분이 우리를 대신해서 신청한 게 아닐까?"라고 추정했다. 나중에 보니 그 추측이 맞았다.

다음 날, 우리는 함께 군청으로 갔다. 가는 도중 내 처가 "상금이 얼마나 될까. 100만원, 아니 그래도 200은 되지 않을까?"라며, 무엇보다 자기 작품(?)이 인정을 받아 기분이 좋다고 즐거워했다. 그런데 의외로 상금은 거금 500만 원이었다. 우리는 매우 놀랐다. 그러면서 거의 동시에 "벽난로!"를 외쳤다.

II.

며칠 후, 내 처가 양평에 벽난로를 보아 둔 것이 있다며, 나를 그곳으로 데리고 갔다. 전에 강남에서 내가 골랐던 바로 그 노르웨이산 벽난로인데, 흥정은 의외로 빨리 진행되어 500만 원으로 낙착됐다. 바로 '경관이 아름다운 집' 상금, 바로 그 가격이었다. 우리는 모든 게 그림처럼 맞아떨어져 신기 가득한 눈빛을 주고받았다.

다음 날, 양평 난로 가게 사장님이 직접 벽난로를 차에 싣고 와서 설치해 주셨다. 무쇠 벽난로가 워낙 무거워 나와 둘이 땀을 뻘뻘 흘리며 겨우 일을 마무리했다. 그런데 떠나기에 앞서 그가 웃으면서, "교수님! 오늘 저는 난로가 아니라 낭만을 설치하고 갑니다."라고 말했다. 예사롭지 않은 말투였다. 나는 "멋진 말씀이네요. 그런데 혹시 저를 아세요?"라고 물었다. 그랬더니. "제가 작년까지 《시사저널》 기자였습니다. 전에 교수님이 정부에 계실 때 제가 단골로 몇 번 인터뷰를 했었는데, 혹시 알아보실까 했더니 끝내 못 알아보시더군요."라는 게 아닌가. 나는 너무 민망해서 "제가 워낙 면치(面癡)라서, 죄송합니다."를 거듭했다. 그러면서 예상치 못했던 인연이 소중하게 느껴졌다.

III.

그해 겨울, 새로 설치한 벽난로 곁은 우리 세 식구, 나와 내 처 그리고 작년에 하늘나라로 떠난 반려견 '애리'가 가장 선호하는 명당 자리였다. 그 해 따라 큰 눈이 기록적으로 자주 내렸다. 현강재가 며칠 동안 완전히 눈에 갇혔는데, 난로 곁은 언제나 천상의 낭만이 가득했다.

* 이 낭만이 가득 깃든 벽난로도 2019년 4월 고성산불로 거센 불길 속에 한낮 쓸모없는 고철이 되어 버렸다. 그런데 내 처는 그냥 폐기하기 너무 아쉽다고, 새로 지은 '현강재' 뒤뜰 한구석에 유물처럼 안치해 놓았다.

– 현강재, 2020. 05. 13.

고성산불, 그 잔인한 기억

1.

고성산불이 난지 벌써 오늘로 만 1년이 되었다. 간신히 목숨은 건졌지만, 집이 전소되고 무엇보다 그간 책을 쓰려고 모았던 온갖 자료들을 잃은 후 너무 허망해서 한동안 넋이 나간 느낌이었다. 곧바로 새로 컴퓨터를 사고 다시 글을 쓸 채비를 했으나, 도무지 책상에 가까이 다가갈 수 없었다. 컴퓨터 앞에 앉았다가도 한숨 크게 쉬고 손가락만 몇 번 만지작거리다가 그냥 일어나기가 일쑤였다. 몸은 멀쩡한데 마음이 따르지 않았다. 그렇게 1년을 보냈다.

그런데 그나마 내 마음을 잡아준 것은 농사일이었다. 산불이 났을 때, 이미 농사철에 접어들었고, 그 일이 나를 기다리고 있었다. 농터와 알뜰히 가꿨던 대부분의 과수는 다행히 큰 피해 없이 화마를 피했고, 파릇파릇 솟아오르는 나무의 새싹들이 초토화된 주위 산림과

묘한 대조를 이루며 내 마음을 움직였다. 자식들이 이 기회에 시골 생활을 거두고 서울로 올라오라고 성화를 했지만, 단 나흘 서울에 머물다가 다시 고성으로 내려왔다. 그리고 열심히 농사에 전념했다. 그러면서 마음이 가라앉았다.

II.

작년 오늘, 이맘때면 늘 찾아오는 '양간지풍'이 기승을 부려, 초속 30m에 이르는 대형 태풍급 강풍이 휘몰아치고 있었다. 게다가 몇 달째 비가 오지 않아 산천초목은 바싹 메말라 있었다. 나는 그날 속초의 K 형과 C 형과 함께 속초에서 점심을 하고 벚꽃 구경차 영랑호를 찾았다. 어제까지 한창 흐드러지게 피었던 영랑호 변에 벚꽃도 강풍에 힘없이 나부끼며 흩날리고 있었다. 바람 때문에 차에서 내리지도 못하고 그냥 스치듯 호반을 한 바퀴 돌고 일찍 집으로 돌아왔다.

내 처는 병원 약속 때문에 서울에 가서 나 혼자 간단히 요기를 끝내고, 어둑해지는 7시 반경 커튼을 닫았다. 그러면서 집 안에까지 크게 들리는 세차고 요란한 바람 소리에 마음이 불안했다.

8시를 조금 넘어설 때쯤, 전화가 왔다. 몇 년 전 퇴직 후 귀촌해서 산 너머 신평리에 사는 제자 노성호 군이었다. 그는 매우 다급한 목소리로, "저는 마침 일이 있어 창원에 내려왔는데, 방금 집사람 전화를 받고 말씀드립니다."라며, "교수님! 원암리 위쪽에서 큰불이 났어요. 빨리 피하세요!"라고 큰소리로 외쳤다.

나는 다급히 윗도리를 챙겨 입고 상황을 살필 겸 오른편 작은 현관으로 다가갔다. 그런데 바람이 워낙 세서 아무리 힘을 써도 문이 열리지 않았다. 하는 수 없이 바람의 영향이 적은 뒷창문을 간신히 열고 밖으로 뛰쳐나왔다.

순간 상황의 심각성을 직감할 수 있었다. 주위는 온통 연기로 가득했고 불길도 멀지 않은 곳 여기저기서 치솟아 일고 있었다. 무엇보다 사방으로 흩날리는 불씨가 온 세상을 뒤엎고 있어 눈 앞을 가릴 지경이었다. 나는 뒤돌아보지 않고 그냥 정신없이 큰 길가로 뛰었다. 약 200m 거리를 폭풍처럼 질주했다. 막상 큰길에 나와보니 자욱한 연기 속에 우선 내가 피신할 길목조차 분간이 어려웠다.

무엇보다 불길이 바람 방향 따라, 소나무 숲길 따라, 또 불씨가 튀는 대로 마구잡이로 번져 가기 때문에 산불 발원지에서 제법 멀리 떨어진 성천리 쪽도 이미 곳곳에 불길이 퍼져 있었다. 근처에는 사람의 그림자도 보이지 않았다. 절체절명의 위기감 속에 고립무원이라는 절박한 느낌이 엄습했다. 마치 재난영화의 한 장면 같았다. 이 판국에 뛰어 봤자 소용없고 내가 살 수 있는 유일한 길은 혹 뒤늦게 달려오는 차가 있으면 그편에 위기를 탈출하는 길밖에 다른 도리가 없다고 생각했다.

어둠이 더 짙어지면서, 여기저기서 솟아오르는 시뻘건 화염이 더 극명하게, 더 위협적으로 모습을 드러냈다. 그런데 마침 울산바위 쪽에서 무서운 속도로 달려오는 차가 있었다. 나는 길 한가운데로 다가가서 힘껏 손을 흔들었다. 그런데 그 차는 오히려 무섭게 가속을 하며 거침없이 앞으로 치닫는 게 아닌가. 나는 놀라 황급히 길가로 몸을 피했다. 절망감이 무섭게 엄습했다.

그런데 다음 순간 자옥한 연기 사이로 또 하나의 차가 모습을 드러냈다. 마지막 차일 수도 있다고 생각했다. 다시 길 한가운데로 나가 손을 한껏 흔들었다. 그런데 이 차는 가까이 오면서 속도를 크게 줄여 내 앞에 천천히 멈춰 섰다. 그리고 젊은 운전자는 "타시지요."라고 내게 나직이 말했다. 나는 "감사합니다!"를 연발하며 재빨리 차에 올랐다. 구사일생이자, 천우신조가 아닐 수 없었다,

차가 성천리로 향하는 동안, 불길이 때로는 가까이서 동행했다. 나는 마음이 다급해서 운전자에게 "좀 더 빨리 달리시지요."라고 청을 했다. 그랬더니 운전자는, "예. 연기 때문에 잘 보이지 않아서…."라고 짤막하게 대답했다. 지금 생각해도 얼굴이 화끈해지는 부끄럽기 짝이 없는 염치없는 주문이었다.

차가 용천 바닷가에 이르니 큰 불길 하나는 우리를 앞질러 이미 속초 시내 진입을 서두르고 있었다. 나를 태워준 고마운 운전자는 나를 속초 시외버스터미널까지 데려다주었다. 그에게 이름과 전화번호를 청했더니 거듭 고사하다가 마지못해 내게 알려주었다.

III.

고성 생활 12년 동안 세간살이, 옷가지, 소장품 등은 물론 책들도

쓸만한 것은 모두 서울에서 이곳 현강재(玄岡齋)로 옮겼다. 그간 집 안팎도 정성껏 아름답게 가꿨다. 그래서 바야흐로 내 집 현강재의 '완성도(完成度)'가 소박한 내 꿈의 경지에 가장 근접하게 이르렀다고 생각하는 바로 그 순간에 그 모든 것이 잿더미로 변했다. 어디 그뿐인가. 내가 늘 아끼고 자랑삼던 집 뒤에 울창한 소나무 숲도 그 청정한 기운과 함께 모두 사라져 버렸다. 나이 80을 몇 달 앞두고 이런 일을 당하다니, 도무지 믿기지 않는 잔인한 현실 앞에서 나는 실로 망연자실하지 않을 수 없었다.

그러나 절체절명의 위기 속에서 목숨을 건졌다는 사실 앞에서 나는 다음 순간 스스로 숙연해짐을 느꼈다. 그리고 고마운 마음이 샘솟았다. 만약 그날 저녁 제자 노성호 군의 원거리 전화가 없었다면, 그리고 극적인 상황에서 나에게 구원의 손길을 내밀었던 마음 착한 운전자 김 선생이 없었다면 나는 어떻게 되었을까. 그 때문에 나는 그날 밤부터 이튿날 새벽에 이르기까지 수없이 걸려오는 친지들의 휴대폰 안부 전화를 받으며, 비교적 밝은 음성으로 "걱정하지 마시게, 아무 일도 없네."라고 대답할 수 있었다.

* 이 기회에 불초 소생은 고성산불 이후 전화, 문자 메시지를 통해, 혹은 직접 어려운 발걸음을 통해 저를 위로하고 격려해 주신 수많은 친지, 제자들께 심심한 감사의 말씀을 드립니다. 여러분의 덕택으로 저는 얼마간의 설레는 가슴과 새로운 결의 속에 목하 '인생 4모작'을 준비하고 있습니다. 그간 휴면 상태에 있던 블로그 '현강재'도 다시 개통합니다. 여러분의 성원을 부탁드립니다.

– 현강재, 2020. 04. 04.

어쩌다 '코로나' 소동

1.

작년 말 가까운 제자 C 군이 내게 전화를 걸어 아들 주례를 부탁했다. 이곳 속초/고성으로 온 후 웬만해서는 주례를 사양해 왔는데, C 군과의 각별한 관계 때문에 이번에는 거절하지 못하고 순순히 응낙했다. 혼주인 C 군은 연세대 행정학과 75학번 옛 제자인데, 특히 내가 『연세춘추』 주간을 할 때 학생기자로 유신 말기의 어려운 시기를 함께 헤쳐나갔기에 나와의 인연이 무척 깊고 오래되었다. 더욱이 내가 30여 년 전 C 군 주례를 했기 때문에 아들 주례까지 맡게 되면 '부자' 주례를 하게 되는 셈이다. 결코 흔치 않은 일이 아닌가.

그런데 더 신기했던 일은 결혼 예정일이 다음 해(2020년) 2월 29일이었다. 이날은 4년마다 윤년이 되어야 찾아오는 달력에서 가장 드물게 등장하는 날짜인데, 그날이 바로 52년 전에 내가 멀리 이국땅 알프스 산록의 작은 성당에서 내 처와 손을 맞잡았던 나의 결혼기념

일이기도 했다. 그래서 나는 그날을 기쁘게 마음에 새겼다.

II.

작년 말 중국 무안에서 발생한 '코로나바이러스'는 올 2월 중순에 들어서면서 우리나라에도 급속히 확산하기 시작했다. 청정지역으로 알려진 이곳에서도 2명의 확진자가 발생해서 점차 긴장이 고조되고 있었다. 급기야 2월 23일 정부는 감염 위기 경보를 '심각'으로 격상했다.

그런데 바로 그날 오후부터 나는 약간의 발열과 오한, 그리고 얼마간의 인후통을 느꼈다. 기침은 없었다. 며칠간 겨우내 크게 자란 잡초들을 뽑느라고 조금 무리했기 때문에 그러려니 하고 처음에는 별로 마음에 두지 않았다. 그런데 웬걸 밤새 몸을 뒤척이며 앓는 소리를 냈다. 아침에 인후통은 가셨는데 열이 떨어지지 않았다. 작년 고성산불에 체온기도 타버려 실제로 재보지는 못했지만, 체온이 좋이 38도 가까이 될 듯싶었다. 거울로 보아도 얼굴이 뻘겋게 달아올라 있었다. 급한 대로 해열제를 먹어도 열이 조금 내려가다 다시 올라갔다. 기분이 영 언짢았다. 하필 코로나가 창궐하는 이때, 그것도 주례를 며칠 앞선 이 시점에서 발열이라니, 이게 무슨 변고인가.

자연히 코로나19가 우려되었지만, 지난 몇 주간 나의 생활궤적에 비추어 바이러스에 감염될 가능성은 거의 없었기에 스스로 고개를 모로 저었다. 그러나 불편한 심경은 어쩔 수 없었다. 그렇게 하루를 보냈다. 그런데 다음날 (25일) 아침 서울에서 아들이 들이닥쳤다. 제

엄마한테서 내 이야기를 듣고 걱정이 돼서 온 모양인데, 내 이마를 만져보더니 일단 서울로 가자고 서둘렀다. 며칠 후 결혼식에 가자면, 어차피 시외버스를 이용해야 하는데, 아들 승용차로 안전하고, 쉽게 갈 수 있기에 우리 부부는 주저 없이 따라나섰다.

서울에 온 후, 그다음 날(26일)까지 열도 조금 내리고 한결 몸이 가벼워진 것을 느꼈다. 그렇게 나았는가 싶었는데, 다음 날(27일) 아침부터 다시 열이 오르기 시작했다. 해열제를 먹어도 별 소용이 없었다. 불길한 생각이 자꾸 고개를 들어, 잘 아는 동네 내과를 찾았다. 의사 선생님은 그간의 정황이나 몸 상태로 보아 코로나19는 분명 아닌 듯하나, 검체 검사를 받기 전에는 확언하기는 어렵다고 말씀하셨다. 나는 하도 답답해서 모래 결혼식 주례가 예정되어있는 내 형편을 얘기하면서, "선생님이시면 어떡하시겠어요?"라고 유치한 질문을 던졌다. 그는 곤혹스러운 표정을 지으면서, "제가 어떻게 그 대답을 합니까? 교수님 스스로 결정하셔야지요."라며, "주례를 하지 않으실 수 있으시면, 그게 최선의 방법이지요."라고 답했다. 정답은 분명한데, 내가 실천하기 어려운 답이었다.

III.

나는 실로 심각한 고민에 빠졌다. 결혼식을 이틀 앞두고, 주례를 하지 않겠다고 통보를 하는 것은 너무 얄팍하고, 어른답지 못하다고 느껴져 그것은 일단 대안에서 제외했다. 그렇다면 주례를 해야 하는데, 내 스스로의 느낌은 물론, 객관적으로도 코로나 감염 확률이 무척 낮으므로 눈을 딱 감고 감연히 주례에 나서는 것이 어떨까. 그것도 분명 하나의 대안일 수 있었다. 하지만 그것을 뇌리에 담는 순간, 동시에 이에 맞서 최악의 시나리오가 수면 위로 떠올랐다.

'그런데, 내가 만약에, 백에 하나 코로나19에 감염되었다면?'이 그것이었다. 순간 나는 온몸에 전율을 느꼈다. 만약 바이러스 비말이 불과 수십 센티 앞에 서서 주례사를 경청하는 신랑, 신부에게 튀게 된다면, 아니 더 나아가 식장을 가득 메운 하객들에게도 그 음습한 영향이 미친다면, 그것은 실로 상정하기조차 무서운 참담한 상황이 아닌가. 그리고 비록 미세하지만, 그 작은 가능성에도 불구하고 내가 주례로 나선다면 그것은 범죄행위와 다름없는 게 아닐까. 생각이 이에 미치자, 즉시, 내가 가능한 한 빨리 검체 검사를 받아 비감염자인 것을 스스로 확증하는 이외에는 달리 해답이 없다고 결론을 내렸다.

서대문구청 옆 선별진료소는 제법 붐볐다. 일단 등록을 마치고 집에서 세 시간 기다려 연락을 받고 진료소로 갔다. 27일 오후 4시였다 그런데 여기에 새로운 암초가 기다리고 있었다. 내가 담당 의사에게 검사 결과가 언제 나오느냐고 문의하니, "이틀 정도…."라고 대답했다. 그래서 간곡하게 내 사정을 얘기하며, 좀 더 일찍 알 수 없겠느냐고 묻자 그분은 단호한 어조로, "당장 주례를 할 수 없다고 말씀하세요. 아무리 빨리 챙겨도 내일 밤까지 결과가 나올 가능성은 반이 안 됩니다."라는 것이었다. '아차, 한발 늦게 왔구나.'라는 생각이 엄습하며 무척이나 당혹스러웠다. 그러나 일단 검체 검사를 받았다. 그리고 별 소용이 없을 것 같았으나, 구청 보건소 담당 직원에게 가능한 한 빨리 결과를 알려 달라고 손이 발이 되도록 빌었다.

집에 돌아오니 암담한 심경이었다. 만약 검체 검사 결과가 내일 밤까지 나오지 않으면 어떻게 해야 할지 아무리 궁리해도 답이 안 나왔다. 고심 끝에 나를 대신해서 주례를 맡아 줄 착한 후배 교수 한 분을 머리에 담아 놓았다. 그러면서 제발 내일 한밤중에 그에게 곤궁한 전화를 거는 불상사가 일어나지 않기를 간절히 빌었다. 스트레스가 쌓여서 그런지 열은 38도 근처를 오르락내리락하며 떨어질 기세를 보이지 않았고 입술과 목이 타서 계속 물만 들이켰다. 그렇게 안절부절 서성거리며 28일 하루를 천년처럼 보냈다.

오후 6시, 애타게 기다리던 전화가 왔다. 예상대로 음성판정이었다. 나는 고맙다는 말을 연발했다. 진정으로 감사한 심경이었다. 굳게 닫혔던 세상이 훤히 열리는 기분이었다. 신기한 것은 결과 통보를 받고 나자 그토록 끈질기게 나를 괴롭히던 발열 증세가 서서히 가라앉기 시작한 것이다. 그래서 잠자리에 들 때쯤은 평온을 다시 찾았다. 그리곤 실로 엿새 만에 긴 단잠을 푹 잘 수 있었다.

IV.

다음 날, 코로나 소용돌이에도 불구하고 결혼식장은 놀랍게도 밝게 빛나고 있었다. 행복한 얼굴로 해맑게 웃는 신랑, 신부의 모습이 돋보였고, 이들을 축복하러 식장을 찾은 친지, 동료들로 여느 때와 다름없이 붐비고 있었다. 나는 주례사 말미에, “신랑, 신부는 오늘

코로나의 위험에도 불구하고 어렵게 이 자리에 함께하신 하객 여러분께 평생 감사해야 한다."라고 강조했다.

이렇게 나의 어쭙잖은 코로나 해프닝은 끝났다. 내가 평생 약 300회 주례를 섰는데, 이번처럼 크게 혼난 것은 처음이었다.

- 현강재, 2020. 05. 26.

내 사랑 영랑호

1.

얼마 전에 내 처가 느닷없이 내게 물었다.

"만약에 내가 먼저 세상을 뜨면, 당신 혼자 여기 원암리(내가 사는 동리 이름)에 그냥 살겠어요?"

나는 별로 망설이지 않고 대답했다.

"아니, 그럴 생각 없는데. 당신 없이 혼자 농사를 어떻게 지어. 떠나야지."

그러자 내 처는,

"그럼, 서울로 되돌아가겠다는 얘기네."

이에 대해 내 대답은 단호했다.

"아니. 내가 왜 서울로 다시 가. 그곳이 진저리나서 내려왔는데…."

그러자 내 처는 답답한 듯,
"여기는 떠나겠다. 그런데 서울은 안 가겠다. 도대체 그게 무슨 말이야?"라고 재차 물었다.

나는 숨을 한번 크게 내쉰 후,
"만약에, 그럴 리 없겠지만 정말 만약에 말이야, 당신이 먼저 죽으면, 나는 영랑호 주변에 한 20평짜리 몇 년 된 아파트 하나를 구해서 거기 혼자 살 거야. 당신 내가 영랑호 좋아하는 것 잘 알잖아. 경관이 일품이지, 매일 새벽 산책할 수 있지. 시외버스터미널과 시장 가깝고, 버스 편도 좋잖아, 대형병원도 호숫가에 있고. 그뿐인가. 몇 발자국이면 바닷가 아냐. 세상에 그런 데가 어디 있어. 특히 나처럼 운전 못 하는 사람에게는 그야말로 딱이지."

이렇게 혼자 주절거리다, '아차 너무 나간 것 아닌가' 싶었는데, 아니나 다를까. 내 처가,
"당신, 인제 보니 나 먼저 보내고 살 궁리 다 해 놓았군. 그러면 벌 받아."라고 일침을 가했다. 그리고는 "당신 좋아하는 거 보기 싫어서라도 좀 더 살아야겠네요."라고 말을 맺었다. 뒤끝이 만만치 않다.

사실 나는, 그 며칠 전, 영랑호 주변을 혼자 걷다가, 문득 "만약 내가 혼자된다면?"의 가정 아래 앞의 시나리오를 한번 스치듯 생각해 보았다. 그랬던 터라 눈치 없이 내 처가 서운할 정도로 대답이 막힘없이 술술 나왔던 것이다.

II.

나는 속초/고성에 오기 전에는 속초의 청초호는 알았지만, 영랑호는 들어 보지도 못했다. 그런데 이곳에 와서 가까이에 영랑호라는 천혜의 보고를 발견하고는 '아니 세상에 이런 곳이!' 하고 감탄해 마지않았다. 속초 서북부에 자리한 영랑호는 바다와 맞닿아있는 이른바 석호로 둘레 7.8Km, 약 36만 평의 아름다운 자연 호수다. 영랑호라는 이름은 신라 화랑인 '영랑'이 이 호수를 발견했다는 삼국유사의 기록에 근거하고 있단다. 이름난 철새도래지로 백로의 무리인 고니와 청둥오리, 가창오리 등이 늦가을부터 봄까지 월동한다. 고니의 비상하는 모습은 한 폭의 그림이다. 때로는 현란한 군무도 펼쳐진다.

봄철 벚꽃과 가을 단풍도 단연 일품이다. 겨울 눈 속에 영랑호는 신비의 설국이다. 영랑정, 범바위 등 이름난 관광명소가 있는가 하면, 카누경기장과 가까이는 옛 화랑 후예들이 마상무예 체험단지도 있다.

영랑호를 한 바퀴 돌자면 감탄사가 절로 나온다. 전체 호수가 시야에 들어올 때도 있지만, 굽이굽이 돌 때가 많은데, 눈 앞에 펼쳐지는 장면이 그때마다 바뀌고, 저마다 특색있는 정경을 선보인다. 멀리 설악의 연봉과 장엄한 울산바위가 보이는가 하면, 범바위 같은 절경을 만나기도 하고, 때로는 숲속에 감춰진 신비한 연못에 당도하기도 한다. 해돋이와 해넘이가 모두 장관이다. 호수를 가운데 두고 산과 바다, 꽃과 나무, 철새와 바위가 함께 펼치는 자유변주곡은 네

계절 어느 때도 관객들을 황홀의 경지로 몰고 간다.

11년 전 처음 이곳에 왔을 때는 영랑호 한 바퀴 도는데, 대체로 1시간 20분 걸렸다. 그때는 마치 경보 선수처럼 빠른 속도로 걸었다. 그런데 이제 여유를 가지고 주변을 즐기면서 걷는다. 그러다 보니 1시간 40~50분이 걸린다. 나이 탓도 있겠지만, 그보다는 내가 점차 탐미주의적으로 바뀌는 것이 아닌가 싶다. 호수가 주위의 아름다운 자연과 함께 호흡하고 있어 그 점이 최상의 매력 포인트인데, 최근 주변에 고급아파트가 건축되는 등, 인공화, 세속화, 현대화의 격류가 점차 가까이 다가오고 있음을 느낀다. 호수 특유의 '자연미'가 상실될까 우려가 된다.

내 처는 내가 영랑호에 홀딱 반했다고 말한다. 아름다운 호수인 것은 사실이지만, 내가 지나치게 거기에 탐닉해 있다는 것이다. 그럴까. 그럴 수도 있겠지. 어떻든 영랑호가 이곳 속초/고성에서의 내 삶을 보다 풍요롭고 사색적으로 만드는 데 크게 기여하는 것은 부정할 수 없는 사실이다.

그렇지만, 부디, 아니 결단코 내가 이 근처에 아파트를 얻는 일은 없기를 바란다.

– 현강재, 2017. 05. 02.

3

혜화동 연가(戀歌)

내 마음의 고향

혜화동 연가(1)

1.

지난 6월 초여름 햇볕이 유난히 따가웠던 날이었다. 병원 약속이 있어 오랜만에 서울에 갔다. 그런데 예상보다 일이 일찍 끝나 다음 약속까지 두 시간이 비었다. 서울에 갈 때면 으레 그곳에 머무는 시간을 최소화하기 위해 스케줄을 촘촘히 짜는데 그날은 예상치 않게 시간 여유가 생긴 것이다. 두 시간 동안 무엇을 할까 곰곰이 생각하며 병원 문 앞을 나오는데, 문득 섬광처럼 '혜화동'이 떠올랐다. 순간 나는 '옳지!' 속으로 쾌재를 부르며, 아무 망설임 없이 택시를 잡았다. 혜화동은 내 어린 시절과 20대 중반까지의 청년기에 많은 추억과 낭만이 깃들어 있는, 마치 옛사랑의 그림자와 같은 곳이다.

혜화동으로 가는 동안 '오늘은 잊고 지내던 친구에게서 전화가 왔네. 내일이면 멀리 떠나간다고.' TV 드라마 '응답하라 1988'의 배경

음악으로 인기를 끌었던 리메이크 된 노래 혜화동이 귓가에 맴돌았다. 그리운 옛 친구들의 얼굴과 그들과 어울리던 혜화동 골목길이 떠오르면서 가슴이 벅차올랐다. 마지막으로 혜화동을 스치듯 지나간 것도 10여 년 전이니, 그곳을 잊고 살았던 기간이 너무 길었다. 그런데 여유시간이 두 시간이니 택시로 오가는 시간을 빼면 막상 그곳을 둘러 볼 시간은 고작 1시간 남짓이다. 마음이 급했다. 나는 택시 운전사에게 '명륜동 성대 입구'에서 내려 달라고 청했다.

II.

나는 돈암동에서 태어나서 20대 중반까지 그곳에 살았지만, 바로 동소문 고개 너머의 혜화동/명륜동과 인연이 무척 깊었다. 내가 여기서 말하는 혜화동은 대체로 혜화동과 명륜동의 통칭이다.

나는 어려서부터 어머니를 따라 혜화동 성당을 다녔고, 그 부속 혜화유치원 출신이기도 하다. 그래서 내 어린 시절의 많은 추억과 사연들이 혜화동성당과 이어진다. 초등학교, 중고등학교, 대학교를 거치는 동안에도 많은 친구가 혜화동에 살아 그들과 그곳에서 어울리는 시간이 많았다. 그러다 보니 내 유년기, 사춘기, 청년기의 추억과 낭만, 희비 애환의 큰 부분이 혜화동 일대와 깊이 얽혀있다. 그래서 빛바랜 사진 같은 1950, 60년대 혜화동의 풍경을 머리에 떠올리면, 곧장 내 내면에서 아련한 그리움과 설렘, 그리고 애잔한 서정(抒情)이 일렁인다.

혜화동, 명륜동 일대는 원래 조선 시대 성균관에 물자를 대는 상업의 공간이었으나, 1920년대 이후 조선인 중산층, 지식인의 새로운 주거공간으로 급부상, 격조와 세련미를 갖춘 서울의 대표적인 중산층 동네로 발전했다.

이후 그곳은 전통과 현대가 사이좋게 공생하면서 특유의 그윽한 지적, 문화적 향기를 풍겼다. 1950, 60년대를 돌아보면, 그곳에 특히 문화, 예술계 인사들이 많이 살았다. 마해송, 장욱진, 조병화, 한무숙, 장발, 이대원 등 당대의 기라성 같은 문인, 예술가들이 일찍부터 거기에 둥지를 틀었다. 인근의 성북동에도 김광섭, 김기창, 조지훈, 최순우, 김환기, 윤효중 등이 살았고, 한용운의 심우장, 전형필의 간송미술관, 이태준 고가도 바로 거기에 있다. 가히 혜화동-성북동 문화 벨트라 칭해 전혀 손색이 없지 않은가. 그리 넓지 않은 지역에 이처럼 한국의 대표적 문화계 인사들이 모여 살았다는 사실은 지금 생각해도 정말 예사롭지 않은 일이다. 이밖에 유홍열, 이해남, 이가원 등 유명 교수들, 그리고 장면, 오위영, 김상협, 나용균, 홍종인, 오재경, 조영식 등 정치인, 언론인, 교육가들도 여기에 살았다.

재계, 금융계 인사들도 적지 않았다. 우리 세대 중에는 이수성 전 총리, 이인호 전 러시아 대사, 정근모 전 과기처 장관, 마종기 시인 등이 그 당시 혜화동, 명륜동에서 청소년기를 보냈던 내 몇 살 위 선배들이다.

많은 시인, 음악가들이 혜화동을 시제와 악상의 주제로 삼았다. 혜화동에 오래 살았던 조병화는 이곳을 '나의 터미널'이라 명명했고, 역시 그곳 출신인 강은교는 '황혼이 유난히 아름다운 곳'으로 추억했다. 그런가 하면 피아노 맨(김세정)은 '참 눈이 부셨어. 혜화동 거리에서 너를 본 날'을 노래했다.

혜화동에 가까워지면서 내 가슴이 다시 뛰기 시작했다. 이곳저곳 골목에서 옛 친구들이 장난기 서린 웃음 띤 얼굴로 뛰쳐나오면서, 당장 내 이름을 부를 것 같은 환상에 젖는다. 그중에는 이미 이 세상 사람이 아닌 친구들이 적지 않았다.

III.

명륜동 큰길가에서 택시에서 내려 빠른 걸음으로 성균관대학교 쪽으로 접어들었다. 주위가 크게 달라졌지만, 양쪽에 상가들이 즐비한 것은 예전이나 다를 바 없었다. 성균관대학교가 크게 변해 있었다. 정문은 없어지고 학교 앞이 크게 트였다. 옛것을 지키면서 세계화에 발맞춰 개방체제를 지향한다는 의지가 엿보이는 듯했다. 한번 기웃거리면서 학교의 변한 모습도 살펴보고, 명륜당의 그윽한 정취도 맛보고 싶었다. 그러나 꾹 참고 그냥 지나쳤다. 거기서 혜화동으로 넘어가는 윗길은 제법 멀어 시간이 한참 걸렸다. 내 기억 속에 옛날에는 이곳에 너른 앵두밭이 있었는데, 상전벽해(桑田碧海), 이제 모두 사라졌고, 새로 조성된 복잡한 주택가 속에 내 추억의 실마리를 더듬을 수 있는 곳은 별로 없었다.

옛 보성 중고등학교도 자취를 감췄다. 눈에 선한 너른 운동장과 붉은벽돌건물 대신 거기에는 올림픽기념국민생활관이라는 생소한 건물과 과학고등학교가 들어서 있었다. 명문사학으로 혜화동 깊숙이 터줏대감처럼 자리했던 보성학교가 없어졌다는 게 마음을 허전하게 만들었다. 다만 그 건너에 경신학교는 아직 건재한 듯해서 작은 위안이 되었다.

혜화초등학교는 그 자리에 그대로 있었다. 무척 반가웠다. 혜화초등학교는 왕년에 혜화동, 명륜동은 물론 성북동, 돈암동 일대를 통틀어 최고의 명문이었다. 그래서 내가 초등학교 입학할 때, 기대했던 혜화가 아닌 창경초등학교로 배정되자 우리 부모님이 무척이나 안타까워하시던 기억이 새롭다. 1950년 9.28 수복 후에 나는 결국 부모님의 성화로 결국 혜화초등학교로 전학을 했으나, 1.4 후퇴 때 다시 피난을 가게 되는 바람에 실제로 한두 달 혜화에 다녔던 것 같다. 이렇게 혜화초등학교와의 인연은 짧았지만, 고모, 누나, 그리고 대부분의 성당 친구들이 다 그곳을 다녀 혜화 얘기는 늘 귀에 달고 다녔다. 지금도 생각나는 얘기가 "혜화가 소풍을 가려면 꼭 비가 온다"라는 속설이다.

혜화초등학교 주변에는 골목마다 많은 중·고등학교 친구들이 살았고, 내 처도 혜화 뒷담 근처에 살았다. 한 20년 전쯤인가, 내 처와 함께 그녀의 옛집을 찾았더니 놀랍게도 고풍스러운 기와집 한옥이 거의 옛 모습 그대로 보존되어 있어, 놀랍고 반가웠던 기억이 새롭다. 나는 골목길을 따라 잠시 그 집을 다시 찾아볼까 생각했으나 곧 포기했다. 시간도 없었거니와 그보다는 십중팔구 이미 자취를 감췄거나 크게 바뀌었을 오늘의 그 집 모습을 보고 나 스스로 실망할까 두려웠기 때문이다.

주마간산 식으로 스쳐 가는데 한두 군데 전시장과 공연장의 모습도 보였다. 작은 박물관도 있었다. 혜화동, 명륜동 특유의 예술과 문화의 향기가 전승되는 듯 느껴져서 반가웠다. 이 일대는 지난 반세기 동안 크게 변했다. 그러나 신식 건물 사이에 비록 개조된 모습이지만 아직 기와지붕의 옛 한옥들이 제법 많이 남아있고, 곳곳에 골목길들이 살아있어 크게 낯설지 않았고, 여기저기서 반세기 저 너머의 옛 풍정을 아련히 되새길 수 있었다. 골목으로 접어들수록 한옥도 많이 남아있고, 혜화동 고유의 특성과 정취가 더 진하게 우러날게 분명한데, 시간에 쫓겨 그럴 수 없는 게 못내 아쉽고 안타까웠다. 몇 발자국만 더 가면 진짜배기 속살을 볼 수 있는데, 그것을 외면하고 큰길가 겉껍데기 파사드(facade)만 스쳐보니 크게 잘못된 게 분명했다. 그래서 혼자 다짐했다. 다음에는 꼭 충분한 시간을 갖고 여유 있게 다시 찾아와야지. 그때는 옛 추억을 공유하는 혜화동 친구 한, 두 명을 불러 함께 오면 더 좋겠지. 아니면 내 처와 함께.

혜화초등학교에서 로터리 쪽으로 조금 더 내려가면 뒤에 복개한 개천 옆에 국무총리를 역임한 장면 박사(1899~1966)의 집이 있었다. 겉모습이 옛 그대로였다. 문이 조금 열려있어 다가가 보니 '장면가옥'이라는 팻말과 함께 문화재로 등록되어 집 안이 시민들에게 공개되어 있었다. 아무리 바빠도 이곳을 지나칠 수 없어 집 안으로 발을 옮겼다.

운석(雲石) 장면 박사는 이 집이 1937년에 건립된 이래 쭉 여기 살았다. 교육자, 종교인, 외교관, 정치가로 일세를 풍미했던 그는 현대

한국 정치사에서 매우 드물게 깨끗하고, 청렴한 정치인으로 대한민국 건국에 공로가 컸고, 특히 초대 주미대사로 한국전쟁 발발 직후, 유엔군의 참전을 이끄는 데 결정적 역할을 했다. 불행히도 5·16쿠데타로 물러나는 바람에 역사적으로 저평가되었으나, 그는 한줄기 청신한 빛처럼 한국 민주주의 역사에서 잊지 못할 정치인이다.

장면가옥은 그리 크지 않은 규모로 아담한 느낌을 주었다. 한식, 일식, 서양식이 혼합된 주거 양식이어서 마치 한국의 근·현대사를 집약해 놓은 것 같았다. 옛 모습을 그대로 재현한 안채와 사랑채를 둘러보니 한 올의 사치나 허식(虛飾)이 없이 정갈하고 단정했다. 마치 생전의 장면 박사의 모습을 보는 것 같았다.

장면가옥에서 조금 더 내려오니 왼편에 국내 최초의 한옥 동주민센터인 혜화동주민센터가 있었다. 겉모습으로도 한옥의 멋과 품격, 그리고 정겨움이 풍겨 보기 좋았다. 이곳도 한번 기웃거리고 싶었으나, 시계를 보니 혜화동 일대에서 머물 수 있는 시간이 얼마 남지 않아 포기했다. 그리고 이마에 흐르는 땀을 씻으며, 발걸음을 재촉했다.

– 현강재, 2018. 10. 27.

혜화동 연가(2)

01.

혜화동 로터리에 이르렀다. 이곳은 혜화동의 모든 것이 시작되고 마무리되는 글자 그대로의 '터미널'이다. 모든 만남, 때로는 반가운 얼굴, 혹은 달갑지 않은 얼굴과의 해후도, 그리고 그와의 헤어짐도 이곳에서 이루어졌다. 저녁녘이면 직장인들은 여기서 버스나 전차에서 내려 자신의 보금자리로 향했고, 다음 날 아침 어김없이 다시 이곳을 찾았다.

이 일대에 사는 대부분의 청소년은 이 로터리에서 버스를 기다리다가 처음으로 이성에 대해 눈을 떴고, 로터리 주변의 플라타너스 그늘에서 사랑이 움트고, 익어갔다. 그러다가 이별의 아픔을 경험하기도 했다. 그래서 이 일대에서 젊은 날을 보낸 많은 이들의 뇌리에는 혜화동 로터리를 배경으로 한 갖가지 추억과 낭만이 수백 장의 사진첩으로 겹겹이 쌓여있다.

혜화동 로터리는 특히 내가 중·고등학교에 다닐 때, 여러 해 동안 안국동-광화문으로 가는 버스의 시발점이자 종점이었기 때문에 그 나이 때에 있었음직한 숱한 추억이 그 주변에 깃들어 있다.

로터리 오른쪽 코너에는 유서 깊은 혜화동 우체국이 있다. 여기서부터 반월형으로 둥글게 돌아 전찻길에 이르는 길이 혜화동 로터리에서 가장 사람들이 붐비는 지점이다. 버스가 여기서 정차하고, 상점들이 밀집해 있기 때문에 로터리의 핵심이라고 할 수 있다. 혜화동 로터리라고 하면 곧장 이곳이 연상되는 것도 그 때문이다. 이곳의 대표적 명소는 혜화동 우체국, 동양서림, 그리고 중국집 금문(金門)이다. 그래서 나는 무엇보다 이들이 아직 남아있는지, 또 있다면 어떻게 변했는지가 크게 궁금했다.

그런데 놀라운 것은 이들 셋이 모두 의연히 제 자리에 옛 이름을 그대로 지닌 채 건재하다는 사실이다. 그뿐만 아니었다. 그 왼쪽 건너편에 파출소와 주유소도, 그리고 동양서림 바로 옆에 자리한 약국도, 그리고 저 멀리 전찻길 가까이에 빵집까지도 옛날과 크게 달라지지 않은 모습으로 여봐라는 듯이 한눈에 들어왔다. 한마디로 큰 그림은 예전과 별반 다르지 않았다. 상가의 업종과 배열이 반세기 저 너머를 그대로 재현하고 있었고, 세월 따라 디테일은 달라졌지만 그 변화의 폭도 그리 크지 않아 옛 모습을 회상하기에 그리 어렵지 않았다. 가슴이 따듯해졌다. 분명 여기서 고속 질주하던 시간이 아주 느리게 감속 운행한 것이 분명했다. 성형수술을 하지 않고 자연스럽게 늙어가는 잔주름의 아름다운 여배우의 모습을 연상했다.

이 한 폭의 그림을 보면서, 나는 급속한 세상 변화에 아무 고민 없이 즉응(卽應)하기보다 제 고유의 모습을 지키면서 적절하게 변화에 대응하는 능력도 역시 혜화동 특유의 문화와 전통의 힘이 아닐까 생각했다.

II.

가장 먼저 나를 반긴 것은 혜화동 우체국이었다. 신식 건물로 새단장을 했고, '살아있는 우체국(Live Post)'이란 이름으로 이제 우편 업무와 더불어 그 안에서 커피도 팔고 지역홍보도 하는 문화공간으로 탈바꿈했다. 우리 세대에게는 혜화우체국은 바로 그 앞에서 1947년 몽양 여운홍이 피살되었기 때문에 더 기억에 남는다. 어렸을 때, 내 가까운 형이 혜화초등학교 때 바로 그 극적인 현장을 목격했다며 몇 차례 실감 나는 연기를 내게 선보였다. 그래서 나는 한때 마치 내가 그 장면을 직접 본 것처럼 착각이 들기도 했다.

동양서림 역시 옛 이름을 그대로 지닌 채, 크게 변하지 않은 모습으로 그 자리에 건재했다. 마치 시간이 멈춘 것 같았다. 이 책방은 내가 중학교 입학했던 1953년에 역사학자 이병도의 따님이자 장욱진 화백의 부인인 이순경 여사가 '호구지책으로' 문을 열었다고 들었다. 이후 동양서림은 60여 년이라는 장구한 세월 동안 책을 통해 이 지역에 지식과 문화의 향기를 전파해 온 혜화동의 살아있는 전설이다. 이 서점은 현재 '서울 미래유산'으로 등록되어 있다고 한다. 쇠락 일로의 종이책 서점이 격변하는 세월 속에서 모진 풍파를 겪으며 온라인과 전자책 시대까지 한 곳에 버텨왔다는 것은 정녕 기적에 가까운 일이다.

개인적으로 내가 이 서점에 남다른 애착을 느끼는 까닭이 있다. 중고등학교 시절, 하굣길에 바로 동양서림 앞에서 버스에서 내렸는데, 마치 일과처럼 으레 책방으로 직진했다. 그래서 적어도 반 시간 이상, 어떤 때는 두어 시간 동안 그 안에서 서성이며 신간 잡지와 각종 서적을 골라 읽다가 어둑어둑할 때쯤 책방을 나오곤 했다. 그렇듯 이 서점에서 공짜로 책을 읽으면서 나는 세상에 관한 관심과 통찰력을 키우고, 지적, 정서적 잠재력을 함양했다. 장사하는 책방을 자신의 독서실로 활용했던 나의 몰염치와 안면몰수에 대해 서점 측은 한 번도 싫은 내색을 하지 않았다. 뒤에 이 서점에 발걸음이 잦았던 문인, 지식인들이 무척 많았다는 사실을 알았다. 시인 김수영, 성춘복, 그리고 고대 김준엽 총장도 이 서점의 단골손님이었다고 들었다.

역사를 자랑하는 중국집 금문(金門)도 여전히 그 자리에, 옛 이름, 옛 모습을 그대로 지닌 채 엄존하고 있었다. 70년 전에 화상(華商)이 처음 문을 연 이래 이 음식점은 이 일대에서 얼마간 고급스러운 중국집으로 알려져 있었다. 내가 어렸을 때는 평소에 이 집을 드나든다는 것은 생각하기 어려웠고, 친지 중 누가 상급학교에 합격하거나 인근의 학교를 졸업할 때 비로소 하객 중 하나로 이곳을 찾곤 했다. 가까운 동네 형이 보성고등학교 졸업할 때 따라갔다가 이곳에 들려 고구마탕을 맛있게 먹었던 기억이 난다. 인근 동숭동(대학로)에는 서울 문리대와 법대, 의대를 겨냥했던 유명 중국집 진아춘(進雅春)과 공락춘(共樂春)이 있었다. 그러나 1975년 서울대학교가 옮겨간 후 잘나가던 이 두 집은 모진 서리를 맞았다. 그래서 공락춘은 이미 역사에서 사라진 지 오래고, 까마득한 옛날 1925년에 문을 열어 장구한 역사를 자랑하던 진아춘은 몇 번 자리를 옮겨 명륜동 어디서 아직 명맥을 유지하고 있다고 한다.

III.

혜화동 우측 로터리에서 내가 잊지 못할 장소의 하나는 명륜동을 향하는 코너 2층에 있었던 '전원(田園) 다방'이다. 이름부터 낭만적인 그곳은 내가 대학교 다닐 때 혜화동 일대의 많은 친구와 늘 모여 정담을 나누며 살갑게 교류하던 아지트였다. 현재도 예전처럼 아래층에는 빵집이, 그리고 이 층 바로 전원다방 자리에는 'A Twosome Place'라는 커피집이 있었다.

내가 다녔던 K 고등학교 동기들이 혜화동 일대에 많이 살았는데, 그중 다수가 전원다방 단골이었다. 그래서 우리는 수시로 그곳을 찾았다. 아무 때나 그곳에 가면, 한두 명 반가운 얼굴들을 만날 수 있기에 굳이 별도의 약속 없이도 그곳을 향하는 경우도 적지 않았다. 20대 초 황금기, 풋풋하고 싱그럽던 우리는 거기에서 격의 없는 대화를 나누며 우정을 키웠다. 젊은 날의 꿈과 사랑, 고뇌와 낭만을 논하고, 나라와 세상 걱정도 하고, 때로는 연애상담도 했다. 대학교 2학년 때 4.19, 그리고 다음 해에 5.16으로 이어지는 역사적 격랑기에 처해 있었기 때문에 자주 열정적으로 정치토론도 하고, 암담한 현실에 대해 울분을 토하기도 했다.

많은 일이 전원다방에서 이루어졌다. 나는 거기서 '빼끔담배'를 배워 20년 동안 줄담배를 피웠다. 그런가 하면 우리 몇몇은 이 다방에서 대학 입학 후 첫 여름방학에 강원도 무전여행을 모의했고, 결국 결행했다. 돌이켜 보면, 그 시절 우리는 때로는 지나치게 진지했고, 또 어떤 때는 유치하기 짝이 없었다. 그렇듯 미성숙했기 때문에 더 애착이 가는, 우리의 젊은 날, 옛 모습이 오늘 사무치게 그립다.

한 20년 전쯤인가, 우리 자칭 이른바 '전원다방파(派)'들 중 쉽게 연락이 되는 친구 6, 7명이 시내에서 함께 모였다. 개중에는 자주 만나던 친구도 있었지만, 오랜만에 보는 얼굴도 있었다. 희끗희끗한 머리에 어깨가 조금 처져있었으나 옛날의 호기는 여전했다, 이제 환갑이 가까우니 자주 만나자는 약속을 나누며 헤어졌다. 그리고 다시 10여 년이 지나 몇 해 전에 재회했다. 모두 은퇴했고 인생의 황혼길에 있었다. 깊게 주름진 노안(老顔)을 서로 마주보며 쓸쓸하게 웃었다. 그러다가 화제가 혜화동 전원다방에 이르면서 점차 목소리가 높아지고 환한 웃음꽃이 피기 시작했다. 전원다방을 촉매로 우리는 서서히 20대 초의 약동하는 청년으로 회춘(回春)하고 있었다.

IV.

옛 전원다방 앞에서 택시를 기다리며 주위를 돌아보았다. 천만다행인 것은 1970년대 초에 이곳에 등장했던 흉물스러운 고가도로가 그간 사라져 시야가 훤히 트였다는 사실이다. 옛날이나 다름없이 한

가한 느낌을 주는 건너편 로터리는 그 일대의 가톨릭 타운을 이어주는 주요한 연결고리다. 시선을 혜화동성당으로 향하면서 나는 다시 옛 추억에 잠겼다.

- 현강재, 2018. 11. 01.

리스본행 야간열차

1.

나는 내가 예전에 살았던 곳을 무척 그리는 편이다. 이제 나이가 80 문턱에 이르렀고 그런대로 변화무쌍한 세월을 보냈으니 국내외에서 내가 그간 머물렀던 곳도 꽤나 많았다. 따져보니 한 20여 차례 옮겨 살았다. 그런데 되돌아보면 그 한 곳 한 곳이 다 내 마음의 고향같이 느껴진다.

어쩌다가 옛날에 살았던 도시나 동네 근처에 가는 길이 있으면, 나는 무리를 해서라도 옛집과 옛터를 찾아 나선다. 외국의 경우, 대체로 내가 살던 집과 이웃 동네가 마치 그간 시간이 멈췄던 듯 옛 모습을 그대로 지니고 있는데 비해, 한국에서는 변화의 폭이 커서 몇 년 후에 찾아가도 완전히 딴 세상이 되어버린 경우가 많다. 그러나 어떤 공간적 변화에도 불구하고, 옛 시간은 그 언저리에 그대로 남아 맴돌며 나를 반기고 낭만을 곁들여 옛 추억을 쏟아 놓는다. 그곳에서 나는 옛날로 돌아가 전에 그곳에 남겨 두었던 나의 영혼의 한 조각과 만나 깊은 대화를 나눈다.

어떤 이는 자신이 곤고한 삶을 보냈던 곳은 끔찍하고 진저리가 나서 다시 돌아보기도 싫다고 하는데, 나는 내가 어렵고 힘겨운 시간을 보냈던 옛 장소가 더 나를 무섭게 끌어당기는 것을 느낀다. 그래서 옛터를 찾을 때면 늘 가슴이 설레고 마음 한구석이 찡하다. 어쩌다 10대 초에 피난 시절을 보냈던 대구나 부산에 가면, 으레 까마득한 옛날 내가 살았던 가난한 동네, 내가 다녔던 산비탈 판잣집 피난학교 터를 찾아 나선다. 이제 천지개벽을 한 듯 완전히 딴 세상이 되어 버렸지만, 그 근처에서 옛 추억으로 이끄는 작은 흔적이나 한 가닥 실마리라도 찾아보려고 기웃거린다. 그러다가 아직 남아있는 비좁은 골목이나 계단, 허물어진 돌담이라도 만나면, 오랜 친구를 만난 듯 기쁘고 반갑다. 눈물이 핑 돌 때도 있다. 그리고 나는 곧 그 자리에서 티 없이 맑은 10대 소년으로 되돌아간다.

그러나 옛터를 뒤에 하고 돌아설 때면, 늘 쓸쓸하고 아쉽다. 그러면서 다시 그곳에 남기고 가는 나의 분신이 안쓰럽다. “다시 와야지.” 속으로 다짐한다.

II.

며칠 전 낮 시간에 TV를 켜고 채널을 돌리는데, 분위기 있는 영화하나가 스쳤다. 되돌아가 보니, 제레미 아이언스 주연의 '리스본행 야간열차'였다. 아이언스는 내가 좋아하는 배우다. 훤칠한 키에 지적이면서 중후한 멋을 지닌 '꽃 중년'(이젠 '꽃 노년'?)이다. 가톨릭 고위 성직자로도 잘 나오는 그는 영화 '미션'에서 내게 큰 울림을 주었다. 영화는 이미 끝나가고 있었다. 그런데 그때 기가 막힌 명대사가 나왔다. 나는 그 순간 망치로 머리를 한 대 맞은 느낌을 받았다. 내가 옛터를 찾을 때마다 느꼈던 감정을, 이보다 더 문학적으로, 철학적으로, 아니 실존적으로 표현할 수 있을까.

포털사이트에 접속해 보니, 이 영화의 원작 소설을 쓴 이는 베를린대학의 철학 교수이자 작가인 파스칼 메르시아였다. 그러니 이 명대사도 그의 작품이다. 그럼 그렇지. 역시 철학 냄새가 나더니. 이 책은 2004년 출간 이래 독일에서만 150만 부를 판매, 현재까지 3년 연속 아마존 베스트셀러 10위권을 고수하고 있다고 한다. 나는 즉시 책을 주문했다.

나를 열광시킨 그 명대사는 아래와 같다. 다시 읽어보아도 역시 일품(逸品)이다.

> 우리가 어느 곳을 떠날 때
> 우리 스스로 무언가를 뒤에 남기고 간다.
> 우리가 가버린다고 해도 우리는 거기서 머문다.
> 거기에 다시 가야만 우리가 찾을 수 있는
> 우리 안의 물건들이 거기에 있다.
> 어느 장소에 간다는 것은 우리 스스로

여행을 간다는 것이다.
하지만 스스로 여행한다는 것은 스스로
고독을 마주해야만 한다.

- 현강재, 2019. 03. 01.

4

부끄러움에 대해

삶의 단상들

부끄러움에 대해

'한국 문학의 어머니' 박완서(1931~2011) 10주기를 맞아, 부끄럼을 자주 타며, 그러면서도 늘 당당하고 더없이 따듯했던 그녀에게 아랫글을 바칩니다.

1.

나는 어려서부터 부끄러움을 꽤 많이 탔다. 그래서 남들 앞에 나서기를 망설일 때가 많았고 별스럽지 않은 일에도 자주 얼굴을 붉혔다. 나이가 들면 나아지려니 했는데, 아직도 별로 나아질 기미가 없는 것을 보면 이것이 천성인 듯하다.

신문에 글은 자주 썼지만 1995년 처음 정부에 들어갈 때까지 한 번도 TV나 라디오에 나간 적이 없었다. 여러 번 출연 요청이 있었으나 언제나 한마디로 거절했다. TV 출연한다는 생각만 해도 가슴이 울렁거렸고 얼굴이 달아올랐기 때문이다. 그렇다고 TV에 자주 출연하는 다른 '스타 교수'들에 대해 비난하거나 질시하는 감정이 있었던 것도 아니다. 다만, 나와는 '다른 세계'에 사는 사람들이거니 생각했을 뿐이다.

그러나 천만다행인 것은 내가 꼭 해야 할 일을 할 때는 그 부끄러움이 씻은 듯이 사라지는 것이다. 대학에서 강의할 때나, 학회에서 발표할 때, 또 가끔 외부에서 특강을 할 때는 별다른 부담 없이 자연스럽게 임하곤 했다. 정부에 들어가 두 번 장관직을 수행하는 동안 수없이 TV에 출연했는데, 내심 불편한 심경이 없었던 것은 아니었으나 '이게 내 일이다'라고 생각하니 수줍음이 눈 녹듯 사라졌다. 그때 수없이 대담, 토론, 특강 등에 나섰는데, 주저하는 마음이 생길 때마다 프랑스의 작가이자 정치가였던 '앙드레 말로'를 떠올렸다. 말로는 드골 정권하에서 매우 성공적으로 문화상(文化相) 직을 수행했는데, 당시 그는 시민과 잦은 소통을 통하여 대중의 의식 속에 정부의 문화정책을 깊숙이 심었다.

그러나 정부에 있을 때도 천성적 부끄러움증은 항상 나를 따랐다. 장관의 공식적 역할을 할 때는 멀쩡하다가도 비공식적 모임이나 사적인 어울림에서는 늘 이 병이 도지곤 했다. 장관을 하다 보면 직접 일과 연관되지 않는 외부 행사나 리셉션에 참여하는 일이 적잖은데, 그런 날이면 아침부터 마음이 불편하고 도통 일이 손에 잡히지 않았다. 특히 정치인, 재계 인사 등이 많이 참여하는 리셉션 때는 더 그랬다. 그런 데 가게 되면, 별로 아는 사람도 없을뿐더러 분위기에도 익숙하지 않아 주변에 잠시 머물다가 슬그머니 빠져나오곤 했다.

장관을 그만둔 후에는 TV 출연을 한 적이 없다. 생각만 해도 '부끄럽기' 때문이다. 택시를 탔다가 기사가 우연히 내 얼굴을 기억하고 말을 걸어오면, 반갑기보다는 부끄러워 좌불안석이 된다. 이곳 속초/고성에 살며 마음 편한 것 중 하나가 여기서는 '익명성'이 보장된다는 것이다. 다시 말해 부끄러워질 계기가 없기 때문이다.

부끄러움을 타는 내 성격이 나를 소극적으로 만들고, 행동반경을 좁게 만드는 것은 사실이지만, 나 스스로 그런 습성을 그리 나쁘게 받아들이지는 않는다. 부끄러움을 아는 마음을 잘 가꾸면 매우 아름다운 꽃을 피울 수 있기 때문이다.

II.

성격 탓인지, 나는 부끄러움을 아는 사람, 얼마간 'shy'한 사람을 좋아한다. 그래서 나는 얼마 전에 돌아가신 박완서 선생님이 부끄러운 듯 짓는 수줍은 미소를 무척 좋아했다. 그분은 팔순에도 언제나 소녀의 부끄러움을 간직하고 계셨다. 돌아가신 후, 박 선생님이 새색시 때 아기를 안고 찍으신 사진이 공개되었는데 거기에도 예의 때 묻지 않은 수줍은 미소가 빛나고 있었다.

박완서 선생님은 글이나 언행 모두 바르고 당당하셨던 분이다. 나는 그분이 자신의 강직하고 올곧은 속내를 수줍고 따듯한 미소로 감싸고 계셨기에 더 좋아했던 것 같다. 박완서 선생님의 글, 「부끄러움을 가르칩니다」는 그분의 생활철학이 담긴 작품이다. 그래서 많은 사람에게 큰 공감을 불러일으켰을 것으로 생각한다.

『간디 자서전』을 보면 간디도 꽤 부끄러움을 많이 탔던 사람이다. 영국서 공부하고 돌아와서 변호사 일을 시작했는데, 첫 변론에서 눈

앞이 캄캄해져서 아무 말도 못 하고 한참이나 머뭇거리다가 주저앉는다. 스스로 자질이 부족하다고 생각했고, 자신의 개인적 이득을 위해 다른 사람 앞에 나서는 일이 부끄럽고 떳떳지 못하다고 느꼈다. 결국 생계의 수단으로 변호사직을 하는 일을 포기했다.

그러던 그가 남아프리카에서 벌어지는 유색인종에 대한 차별정책에 분노하면서, 결연히 인종차별 반대 투쟁에 앞장을 선다. 공공선을 추구하는 과정에서 자신의 천성적인 부끄러움을 극복한 것이다. 이후 그는 인도 독립운동의 정신적 지도자로, 인도 건국의 아버지로, 그리고 금세기 마지막 성자로 보람찬 생애를 이어간다. 그의 비폭력저항운동의 근간이 되었던 '사티아그라타(진리의 파지把持')' 정신은 '불상해(不傷害)', '극기', '금욕'을 바탕으로 하는데, 나는 이 원칙들이 모두 부끄러움을 아는 마음에서 비롯된다고 생각한다.

간디는 자서전에서 자기가 워낙 부끄러움을 타기 때문에 유리한 점이 있는데, 그것은 무슨 말을 할 때 그냥 내뱉지 않고 조심스럽게 되씹어 보고 말을 하기에 별로 말실수를 하지 않았다는 것이다. 새겨 둘 만한 얘기다. 그러나 따지고 보면 간디는 단순히 부끄러움을 탔던 순진한 사람이 아니라, 부끄러워하는 마음을 '진리 파지'의 지렛대로 승화시켰던 위대한 사상가였다.

석가는 두 가지 '깨끗한 법(二淨法)'이 있는데, 그것은 '자기 자신에 대해 부끄러워하는 것'과 '남에게 부끄러워하는 것'이며, 이 두 법에 의해 세상은 보호된다고 설파하셨다. 우리는 흔히 남에게 부끄러워하는 것만을 생각하기 쉬운데, 그에 못지않게 중요한 것이 자기 스스로 부끄러운 것으로 생각하는 것이다. 누구나 지난날을 되돌아보면서 낯 뜨거워 견디기 어렵고, 스스로 환멸을 느낄 때가 종종 있다. 나는 스스로 부끄러워할 줄 아는 마음은 실로 보배 같은 감정이라고 생각한다. 부끄러움이라는 잣대 없이 우리는 진정한 의미의 자기 성찰이 불가능하기 때문이다.

III.

부끄러움은 우리의 피폐한 마음을 정화(淨化)시키는 위대한 힘을 갖고 있다. '하늘을 우러러 한 점 부끄럼 없기를' 노래했던 윤동주의 시심이 우리의 가슴을 울리는 것도, 바로 '염치(廉恥)'를 갈구하는 우리 내면의 순수한 욕구 때문이 아닐까.

박완서는 「부끄러움을 가르칩니다」에서 중년 여성인 화자(話者)를 통해 모처럼 찾아온 '부끄러움의 통증'과 그것을 만인이 공유하고 싶은 간절한 심경을 다음과 같이 술회하고 있다.

> 처음엔 나는 왜 내가 그 말뜻을 알아들었을까 하고 무척 미안하게 생각했다. 그러다가 몸이 더워 오면서 어떤 느낌이 왔다. 아 아 그것은 부끄러움이었다. 그 느낌은 고통스럽게 왔다. 나는 마치 내 내부에 불이 켜진 듯이 온몸이 뜨겁게 달아오르는 걸 느꼈다……. 나는 각종 학원의 아크릴 간판의 밀림 사이에 '부끄러움을 가르칩니다'라는 깃발을 펄러덩 펄러덩 휘날리고 싶다.

- 현강재 재록, 2021. 02. 05.

감동하는 능력에 대하여

1.

아주 오래전 우리 집 아이들이 초등학교 다닐 무렵 얘기다. 두 살 터울인 남매와 동네에서 함께 산보를 나갔다. 마침 서편 하늘을 보니 뉘엿뉘엿 해가 지고 있었다. 붉게 물든 노을이 무척 아름다웠다. 장엄하고 신비로웠다. 그래서 나는 아이들에게, "저걸 봐라. 얼마나 아름답니, 놀랍잖니?" 하고 물었다. 그랬더니 아이들이 그쪽을 흘깃 쳐다보더니, 그냥 눈을 돌렸다. 별로 감흥이 없어 보였다. 나는 재차 "정말 멋있지?" 하고 다그치듯 다시 물었다. 그랬더니 마지못해, "응, 근사해."라고 건성으로 대답했다. 눈길은 이미 거기서 떠나 있었다. 감동한 눈빛이 아니었다.

나는 속으로 화가 났다. 아니 한창 감수성이 뛰어나야 할 그 나이에 저 자연의 신비, 오묘한 절경을 보고 마음이 움직이지 않는다니.

도시아이들이라 그럴까. 내가 잘못 키워 그런가. 내가 어렸을 때는, 『쌍무지개 뜨는 언덕』이라는 김내성의 책 제목만 보고도 가슴이 뛰었는데.

II.

나는 자주 감동한다. 바다 위로 힘차게 치솟는 붉은 아침 해를 보고 감동하고, 깊은 주름의 구순 시골 할머니의 인자한 눈빛에 감동한다. 헬렌 켈러, 간디, 슈바이처, 장기려 선생, 테레사 수녀, 김수환 추기경에 감동하고, 모차르트, 샤갈, 가우디, 윤동주에 감동한다. 며칠 전에 끝난 런던 장애인올림픽에서 경기장을 가득 메운 관중들을 보고 또 크게 감동했다.

감동을 느낄 때, 나는 내가 정화(淨化)되고 치유(治癒)되는 느낌을 받는다. 내 심신에 배어 있는 온갖 거짓과 위선, 허욕과 교만, 내상과 트라우마, 묵은 때와 잡티가 제거되고. 말갛게 씻긴 모습으로 다시 태어나는 느낌이다. 그리고 이러한 재탄생의 희열 속에 새 삶에 대한 의욕이 샘솟는다.

감동은 또한 내게 행복감을 선사한다. 아니 내가 이런 체험을 할 수 있다니, 인간이, 그리고 세상이 저렇게 아름다울 수 있다니 등의 감흥이 그것이다. 감동을 통하여 우리는 어두운 세상에서 한 줄기 빛을 발견하고 실존의 의미와 기쁨을 체득할 때가 많다.

그래서 나는 감동할 줄 모르는 사람을 보면 딱하고 화가 난다. 현대를 사는 많은 기능적 인간들은 감동을 외면하고 살고 있다. 매사에 지나치게 예민하고 너무 쉽게 감응하는 것도 문제지만, 세상만사에 무덤덤하고 온갖 감동에 면역되어 있는 밀랍인형이나 조화(造花) 같은 사람에게는 도시 정이 가지 않는다. 그런데 겉으로는 '쿨(cool)' 해 보이는데, 속이 따듯하고 일렁이는 감동의 능력을 갖춘 사람들이 있다. 온갖 연고와 패 가르기, 불공정이 판치는 우리네 세상에서 이런 사람은 오히려 믿음직하게 느껴질 때가 많다.

나는 감동한다는 것은 아름다운 일이고, 감동할 수 있는 능력은 자기 삶의 의미를 일깨워 주는 소중한 능력이라고 생각한다. 그래서 나는 유, 초등학교 교육과정에서 아이들의 감동능력을 키워주는 교육이 필요하다고 생각한다. 올바른 독서 지도, 체험학습, 인성 및 예술교육 등을 통하여 이 어린싹들로 하여금 자연스럽게 아름다운 감동의 세계로 걸어 들어가도록 인도해야 된다고 생각한다.

III.

아름다운 자연과 예술, 서로 사랑하는 사람들의 모습, 온갖 간난을 극복하고 목표를 성취한 인간승리의 주인공, 공동체를 위해 헌신하는 사람, 용서와 화해, 구원의 이야기, 모두가 하나가 되는 장면 등은 우리를 감동으로 몰고 간다. 이 감동의 소용돌이 속에는 아름다움, 사랑, 초월성, 용기, 연민, 배려, 화해, 그리고 공동체 등의 정신이 서려 있다. 이 모든 것을 관통하는 주제어는 아름다움과 사랑이 아닐까 한다.

자연은 모든 아름다움의 원천이자 교과서이다. 그런 의미에서 자연을 능가하는 인공(人工)은 없다고 본다. 나는 자연 속에서 신의 숨결을 느낀다. 예술은 아름다움을 추구하는 인간의 창조력의 결정체이다. 그 안에 인간의 희로애락이 미적 감정으로 용해되어 흐느끼듯 우리를 감싸 안는다.

아기를 어르는 엄마의 모습과 그에 응답하는 아기의 웃음은 언제나 티 없이 아름답다. "I am Blind, yet I see, I am Deaf, yet I hear."는 헬렌 켈러의 말이다. 그녀의 극적인 인생 여정은 우리에게 놀라움과 부끄러움, 영감과 용기를 함께 불러일으킨다. 또 홀로 무거운 십자가를 짊어졌던 이태석 신부의 치열한 삶, 유대인 희생자 추모비 앞에 무릎을 꿇은 빌리 브란트의 용기, 한국 영화계의 이단아 김기덕이 베니스 영화제 그랑프리를 수상하며 부른 아리랑, 그리고 마리아가 죽은 그리스도를 안고 있는 피에타상 앞에서 슬픔의 극치 속에서 승화된 절정의 아름다움에 깊이 감동한다.

그런데 나는 권력과 재력, 그리고 폭력이 서식하는 동네에서 이룩한 업적에 대해서는 덜 감동하는 편이다. 긴 역사의 눈으로 볼 때, 혁명가, 큰 구경(口徑)의 정치가, 재벌 중에 위대한 인물들이 적지 않았다. 개중에는 인류의 삶의 조건을 크게 개선한 걸출한 인물들도 많았다. 그러나 그들이 왜 내 마음을 깊숙이 흔들어 놓지 못하는가. 그것은 아마도 그들이 이룩한 성취의 배경에 거대한 '힘'의 뒷받침이 있었기 때문이 아닌가 한다. 힘을 좋은 일을 위해, 바르게 사용했는데, 또 그것이 많은 이들을 이롭게 했는데 무엇이 문제라는 말이냐 라고 따진다면, 나도 크게 할 말이 없다. 그러나 그 '거인'들의 막강한 힘이 가동하는 과정에서, 그 거대한 역사의 수레바퀴 아래서 희생된 숱한 '난쟁이'들의 힘없이 무너지는 모습이 눈에 밟혀 가슴이 아프다. 그래서 마음이 크게 움직이지 않는다.

나는 거인들의 '큰' 업적보다 난쟁이가 온몸을 던져 이룩한 '작은' 성취에 더 크게 감동한다. 거기에는 그들이 각박하고 고단한 삶, 그리고(그럼에도 불구하고) 범용(凡庸)을 거부하는 초월적 의지와 치열성이 함께 녹아 있기 때문이다. 그래서 나를 전율케 하는 감동 뒤에는 얼마간의 슬픔을 머금은 애잔한 가락과 그것을 압도하는 힘찬 행진곡이 함께 흐를 때가 많다.

나는 삶의 주변에서 감동의 바구니에 주워 담을 수 있는 작은 행복의 조각들을 귀히 여긴다. 스쳐 가는 일상 속에 한 겹 살포시 숨겨진 아름다움, 그 반짝이는 보석을 발견하는 것, 그것이 참 감동능력이라고 생각한다. 그래서 나는 본사에서 제주도로 밀려가 마음 아파하다가 바닷가 풍정과 한라산 들꽃에 빠져 그곳에 그냥 머물겠다고 청원한 내 제자 K의 탐미안과 감동능력에 깊이 공감한다.

IV.

최근 학교폭력이 우리의 가슴을 아프게 한다. 청소년 자살도 급증하는 추세다. 나는 이들 새싹이 감동하는 능력을 키운다면 얘기는 달라질 수 있다고 생각한다. 감동할 줄 아는 사람, 아름다움과 사랑을 가슴에 담고 사는 사람은 나쁜 짓이나 어긋난 행동을 할 수 없기 때문이다.

- 현강재, 2012. 09. 13.

아름다운 것만 기억하자

1.

나이가 70을 훌쩍 넘으니 아무래도 지난 시간을 되돌아보는 때가 많다. 더욱이 요즈음 서울에서 멀리 떨어져 친지들을 별로 만나지 않고 지내니 가끔 그들의 얼굴이 떠오르고 함께 지냈던 시간이 어제인 듯 가까이 다가오기도 한다.

그들과 즐거웠던 일, 기뻤던 일도 적지 않지만, 간혹 섭섭했던 일, 아쉬웠던 일들도 없지 않았다. 그럴 때면 나는 내 기억 속에 좋은 일은 크게 담으려 애쓰고, 덜 좋은 일은 지워버리려 노력한다.

그래서 가능하면 아름다운 순간들만 내 머릿속에 소중히 간직하려 한다. 그리고 가끔 그것을 꺼내 아껴둔 좋은 차를 마시듯 깊게 음미하려 한다.

II.

대학에서 30여 년을 가르쳤으니, 관계의 차원에서 보면 '사제지간'이 내 삶의 여정에서 매우 큰 비중을 차지했다. 그런데 되돌아보면 아쉬운 일이 한두 가지가 아니다. 그때 그들을 좀 더 열심히 가르쳐야 했는데, 학생들의 마음을 더 헤아렸어야 했는데, 혹시 나로 인해 상처받은 학생들이 없었을까 하는 등의 상념이 항상 따르고 그때마다 아쉽고 미안한 마음이 가득하다. 그들과 아름다운 순간들을 만드는데, 내 노력과 정성이 부족했다는 생각을 떨칠 수 없다.

그러나 더없이 고마운 일은 많은 옛 제자들이 학창시절에 스승과의 만남을 대체로 아름다운 순간으로 추억한다는 사실이다. 물론 거기에는 사제지간의 관계를 중시하는 전통적 유교 가치가 크게 작용할 것이다. 제자 중 어떤 친구는 "선생님이 강의 시간에 이러 저러한 말씀을 하셨는데, 아직도 마음속에 깊이 간직하고 있습니다."라고, 실은 나도 기억하지 못하는 얘기를 꺼내거나, 다른 친구는 "학점이 엄격하셨죠. 제가 선생님 과목에서 처음 D 학점을 받았어요. 그때 제가 반성을 많이 했고 그게 약이 됐습니다."라고 쓰린 옛 기억을 아름답게 더듬기도 한다. 또 어떤 친구는, "선생님 앞으로도 건강하시고 좋은 일 많으실 겁니다. 저희가 늘 그것을 희원하고 있으니까요. 그것이 모여 엄청난 염력(念力)으로 작용하지 않겠습니까?"라고 백만 불짜리 덕담을 하기도 한다. 모두 고마운 말이다. 면전이라 그렇지 아마 그들의 기억 속에는 섭섭한 일들도 적지 않았을 것이다. 그러나 어쭙잖던 선생들의 행태도 향수 어린 아름다운 학창

시절의 추억 속에 적당히 미화되는 모양이다.

객관적인 상황이 그리 아름답지 않아도 아름답게 느껴지는 일이 세상에는 너무나 많다. 6.25가 터졌을 때 나는 10살 소년이었다. 두 번 피난길에 올랐고, 오랜 피난살이를 하면서 생전 처음 큰 고생을 했다. 그래도 그때를 돌아보면, 얼마간의 슬픔을 머금은 아름다운 순간이 되살아온다. 그때 나는 가난 속에서 사랑과 연민을 배웠고, 상황극복의 의지도 익혔다. 무엇보다 내 자의식이 크게 성장했다. 그러면서 전쟁의 참화가 내게 정신적 외상으로 남겨지기보다는 자아 발전의 계기로 내 가슴속에 하나하나 아름다운 보석처럼 박혔다.

그런데 놀라운 일은, 내 나이 또래의 많은 이들이, 소년기에 겪은 전쟁의 추억을 결코 비극적으로만 받아들이지 않는다는 사실이다. 역설적으로 그들은 그 위기의 소용돌이 속에서 배고픔을 달래가며 삶의 의지를 불태웠던 소년기의 그 날을 아련한 향수처럼 아름답게 추억한다. 단언컨대 그 아프지만 아름다웠던 순간들이 없었다면 1970년대 이후 우리 세대가 앞장섰던 대한민국의 발전은 생각하기 어려울 것이다. 일견 참담했던 그들의 슬픈 소년기가 이 나라의 내일을 창출하는 숨은 원동력이었기에 더 아름답고 빛나는 것이다.

그 때문에 나는 아름다운 순간은 감각적 즐거움이나 쾌락의 차원보다 오히려 얼마간의 갈등과 아픔, 슬픔과 연민, 배려와 성취가 있어 의미가 담길 때, 더 빛난다고 믿는다. 아름다운 순간들은 결국 우리 마음속에서 피어나며, 결코 세속적인 쾌락이나 부귀영화와 연관되는 일이 아니다. 그러므로 진부한 세속적 잣대나 클리쉐(cliche)로 자신의 아름다운 순간들을 재단하기보다는, 그 순간의 의미를 되새기고 가치를 찾음으로써 재정의(再定義)할 필요가 있다.

III.

되돌아보면, 나는 많은 이들과 아름다운 순간을 너무 많이 간직하고 있다. 그런데 문제는 그러한 아름다운 순간을 이루는 데, 내가 기여한 것이 너무 적다는 생각이다. 그 아름다운 순간은 대체로 상대방의 호의와 노력, 배려와 도움 위에 쌓인 것이지, 실제로 내 노력이나 희생의 결과가 아니므로 부끄럽고 미안한 심정이다.

내가 과거를 되새길 때 아름다운 추억만을 간직하려는 데는 여러 가지 이유가 있다. 아마 그러는 것이 내 정신건강에 좋다는 나름의 생각도 곁들여 있을 것이다. 그러나 그보다는 친지들과의 관계에서 덜 좋았던 일에는 본의든 아니든, 또 적든 많든, 언제나 내 책임이 수반된다고 느끼기 때문이다. 대체로 그런 일은 그냥 일어난 게 아니다. 거기에는 분명히 내가 지나치게 이기적이었던가 속이 좁아서, 혹은 괜한 오해를 해서 상대방의 비우호적인 행동을 유발한 경우가 많았다. 또 내가 불쾌했다면, 상대방도 마음 편했을 리 없고 그도 나로 인해 크고 작은 마음의 상처를 입었을 것이 분명하다. 따라서 그런 일에 내가 섭섭하기에 앞서, 그에게 사죄해야 할 경우가 많기 때문이다.

내가 친지와의 아름다운 순간만을 기억하려는 보다 본질적인 이유는, 원래 인간은 불완전한 존재이기 때문에, 그들 간의 관계에서 언제나 좋은 일만 기대할 수는 없다는 생각 때문이다. 사람들은 너나없이 얼마간 이기심과 집착에 매달리고, 거기서 오는 잦은 실수와 무례, 분노, 그리고 거듭되는 후회는 어찌 보면 너무나 당연한 일이다. 모든 인간은 결국 거기서 헤어나 보려고 애쓰다 스러져 가는 존재이기 때문이다. 따라서 설혹 얼마간 상대방의 잘못이 있다 해도 나도 백번 그럴 수 있기 때문에 일일이 따지고 문제 삼기보다는 크게 마음 쓰지 말고, 가능하면 잊도록 노력하는 게 마땅하다는 생각이다. 더욱이 그와의 추억에서 덜 좋았던 일을 덮고도 남을 만큼 아름다운 순간들이 있었다면, 굳이 그늘진 추억을 떠올릴 이유가 없지 않은가.

Ⅳ.

친지나 세상과의 관계에서 가능한 한 덜 좋은 기억은 한(恨)으로 남기지 말고, 지워버리자. 그리고 아름다운 순간들을 의미를 찾아 재정의하자. 그리고 새롭게 정제된 아름다운 순간들을 우리의 기억 속에 차곡차곡 다시 담자. 그러면 세상이 조금은 다르게 보이지도않을까.

- 현강재, 2011. 10. 26.

새벽찬가

1.

나는 수면 패턴이 이른바 '종달새 형'에 속해 대체로 새벽 4시면 침대에서 일어난다. 이 습관이 이미 젊었을 때부터 몸에 뱄기 때문에 그 시간이 되면 그냥 '벌떡' 일어난다. 늦게 자도 이때쯤은 으레 잠에서 깬다. 그래서 자명종이 따로 필요 없다.

나는 새벽 시간을 사랑한다. 새벽은 하루의 처음이고 시작이기에 그 시간에만 느낄 수 있는 감회가 있다. 거기에는 첫사랑이나 첫눈과 같은 설렘, 순수와 신비가 있고, 출발선에 선 마라토너의 긴장과 결의가 있다. 그리고 잠든 영혼을 무섭게 깨우는 힘과 소명이 있다. 새벽에 일어나 창문을 열 때면, 나는 마치 내가 온 세상을 처음 여는 것 같은 착각에 빠진다. 또 이때만은 내가 70대의 노인이 아니라 세상 무슨 일도 해낼 수 있는 한창나이의 청년이 된다. 그래서 나는 이 새벽 시간을 '축복의 시간'이라고 생각한다.

그래서 나는 '새벽'이라는 글자가 든 어휘를 무척 좋아한다. 새벽종, 새벽 기도, 새벽 바다, 새벽시장, 새벽 기차, 새벽 산행이 그런 것들이다. 새벽을 연상시키는 '처음처럼'이라는 소주 이름도 마음에 와닿는다. 새벽이라는 이름의 밴드, 같은 이름의 여가수가 있어 반가웠다. 그런데 내 처는 달콤하기 그지없는 '새벽 단잠'을 모르는 나를 천하에 불쌍한 사람이라고 한다.

II.

새벽 4시부터 아침이 되는 7시까지는 아무도 범접하지 않는 나만의 '절대 시간'이다. 머리가 맑고 집중도도 높다. 생각도 샘솟는다. 공부가 직업인 나는 이 시간을 정말 요긴하게 쓴다. 그날 다른 일로 다시 책상머리에 앉지 못해도, 적어도 그 시간만은 온전히 내 것으로 남는다. 그게 어딘가.

내가 40, 50대에 신문에 정치칼럼을 자주 썼는데, 저녁에 대충 주제만 생각해 두고 편하게 잠자리에 들었다. 그리고 언제나 새벽에 글을 썼다. 생각을 정리하고 조직화하는데 이 시간대만큼 효율적이었을 때는 없기 때문이다. 글도 빨리 나온다. 옛날에는 대부분 주요 신문이 석간이라, 아침 8시면 기자가 글을 받으러 연구실로 찾아 왔는데 한 번도 차질이 없었다.

교육부 장관으로 재직할 때도, 새벽은 내겐 천금 같은 시간이었다. 맑은 정신으로 정책구상도 하고 그날 일정에 맞춰 사전 준비도 철저히 했다. 각종 회의 자료도 일일이 챙기고, 연설문도 새로 다듬었다. 국회 상임위 답변 준비도 치밀하게 했다. 큰 실수 없이 두 번 장관직을 수행했던 것도 따지고 보면, 내가 '새벽형'이었기에 가능한 것이 아니었나 싶다.

나는 우리나라의 다른 지방에 가거나 외국에 나가면 언제나 새벽 산책을 즐긴다. 새벽 어스름에 나가 새벽 거리를 거닐며 그 도시의 첫인상을 주워 담는다. 그러다가 새벽시장을 찾아가 서민들의 치열한 삶의 현장을 본다. 텅 빈 새벽 거리에서 공허감에 빠지기도 하고, 다시 바삐 움직이는 사람들의 발걸음을 보며 희망을 느끼기도 한다. 외국 여행 때도 나는 언제나 새벽 산책을 즐긴다. 가이드북으로 전날 그 도시를 대충 머리에 익히고, 새벽에 약 두 시간 동안 내 방식대로 도시를 한 바퀴 돈다. 유적이나 명소도 보고 게토(ghetto)도 찾는다. 그래서 많은 도시가 새벽의 영상으로 내 머리에 각인되어 있다.

새벽은 명상하기에도 가장 좋은 시간이다. 굳이 종교적 명상이 아니라도 그냥 앉아 생각을 모아도 명상의 세계로 줄달음칠 수 있는 시간대이다. 영성의 깃을 통해 우리의 삶을 정화시키기에 최적이 시간이다.

III.

주위를 돌아보면, 공부를 직업으로 하는 많은 사람은 대체로 '올빼미형'들이다. 초저녁부터 시작하면 새벽까지 긴 시간을 전념할 수 있기 때문이 아닌가 한다. 그런데 얼마 전에 나는 '종달새형'이냐 '올빼미형'이냐는 이미 유전자가 결정한다는 얘기를 들었다. 그것이 개인 의지의 소산이 아니라는 것이다. '믿거나 말거나'이다.

어떻든 나는 내가 새벽형이라는 사실에 무척 고맙게 생각한다. 지금 새벽 5시, 아직도 꿈나라에서 헤매는 많은 분을 나는 안타깝게, 아니 얼마간 안됐다고 생각한다. 아니 이 '축복의 시간'에 잠이라니.

- 현강재, 2013. 07. 31.

5

꽃길만 걸으셨지요

나와 인간 존재의 탐색

꽃길만 걸으셨지요

1.

작년으로 기억된다. 속초에 사는 지인 두 분과 점심을 했다. 두 사람 다 나와 동년배로 나와 비슷한 시기에 속초/고성으로 내려와 노년을 보내는 분들이다. 이곳에서 처음 만났지만, 한국사회의 인간관계가 늘 그렇듯이 따지고 보면 친구의 친구들이고, 한국 현대사의 온갖 풍파를 함께 겪으며 동시대를 함께 살아왔기 때문에 공통의 경험을 바탕으로 상호 간에 폭넓은 공감대가 형성되어 있었다. 그래서 만나면 가끔 옛 추억을 더듬으면서, 어린아이들처럼 자주 "그랬지.", "그때 그랬었지." 하며 맞장구를 치기도 하고, 요즘 세상 돌아가는 얘기를 나누면서 때로는 함께 기뻐하거나 감탄하고, 때로는 비분강개하거나 안타까워할 때도 많다.

그날도 이런저런 얘기를 꽃피우는 가운데, 그중 한 분이 느닷없이

"안 교수님, 교수님은 평생 꽃길만 걸으셨지요?"라고 내게 물었다. 그러자 다른 한 분도 곧, "그렇지요. 일생 순탄하셨잖아요."라며, 거들었다. 순간 나는 얼마간 당황했다. 그러면서 동시에 그분들 말씀에 내심 얼마간 반발이 느껴졌다. 그래서 "꽃길이라니요. 제 인생도 그렇게 녹록지 않았습니다."라며 얼버무렸다.

II.

집으로 돌아온 후에도, 그 '꽃길' 질문이 계속 내 귓가에 맴돌았다. 내 지난 생애가 꽃길이었던가 아니면 가시밭길이었던가. 그러면서 마음을 가라앉히고 지난날을 되돌아보았다.

'꽃길'을 넉넉한 가운데, 여유 있게 룰루랄라 콧노래를 부르며 즐겁게, 그리고 즐기며 사는 인생 여정으로 정의한다면, 나는 분명 그런 삶을 살지는 않았다. 내 생애의 대부분은 무척 힘겹고 팍팍했고, 늘 바삐 쫓기며 살았다. 세속적인 사치나 쾌락을 탐하거나 누리지도 않았고, 여유를 즐길 겨를도 없었다. 항상 숨이 목에 차 있었다. 그래서 정년 이전의 내 삶을 되돌아보면 지겨울 정도로 힘들었다는 생각부터 든다. 오죽 힘겨웠으면, 20년 전 60 문턱에서 내 처가, "당신, 10년 더 젊어지면 좋겠어?"라고 내게 물었을 때, 내 대답이 "아냐, 그 지겨웠던 50대를 되풀이 할 생각, 전혀 없어, 진정이야."라고 답했을까.

그런데 세속적 잣대로 볼 때, 내 50대는 대학교수로서 절정에 이르렀고, 그 사이에 2년 가까이 장관까지 지냈던 내 생애 최고의 시간이었다.

그나마 내가 얼마간 심신의 안정을 찾고 내 삶의 주인이 됐다고 느낀 것은 10여 년 전, 이곳 속초/고성으로 온 후부터가 아닌가 한다. 그런데 타인들은 오히려 내가 이곳으로 오기 전까지의 그 숨 가쁘고 고단했던 삶의 여정을, 명문대학 교수~장관을 거쳤다는 그럴싸한 경력 때문에 '꽃길'로 보는 것 같다.

III.

20대 후반, 외국에서 유학을 할 때 이후 나는 하루 5시간의 수면시간을 아직도 지키고 있다. 중·장년기에는 밤샘도 밥 먹듯 했다. 나처럼 재주 없고 능력도 부치는 사람이 무언가 이루려면, 잠을 줄여 남보다 더 일하는 수밖에 없다고 생각했기 때문이다. 그러면서 무슨 일을 하거나 완벽을 추구했고, '올인'을 했다. 그러자니 삶이 고달프고 힘겨울 수밖에 없었다.

나의 이런 '올인' 인생을 크게 거들어 준 것은 쾌락주의(hedonism)와는 거리가 먼 내 성벽이 아니었나 싶다. 경건주의자는 아니지만, 나는 천성이 '즐기는 것', '누리는 것'에 대해 별로 흥미가 없다. 게다가 재주가 없어 그나마 조금 끼적인 공부 이외에는 세상에 할 줄 아는 것이 별로 없다. 골프는 물론 자동차 운전도 못 하고, 바둑이나 '고스톱'도 할 줄 모른다. 술도 거의 안 하고, 노래방도 가지 않는다. 식성이 좋아 무엇이나 잘 먹어, 미식가와는 거리가 멀다. 친구를 좋아하지만, 지나치게 어울리는 편은 아니다. 그래서 그랬던지 한번은 잘 아는 선배 교수 한 분이 연민 어린 눈빛으로 나를 보면서, "안 교수, 당신 도대체 무슨 재미로 살아?"라고 물었던 기억이 난다.

무엇보다 나의 '올인' 인생에 크게 도움을 주었던 것은 타고난 건강이었다. 평생 큰 병을 앓지 않았고, 무리를 해도 곧 회복되었다. 나이 팔십에 300평 농사를 지으며, 글을 쓸 수 있는 것도 부모님이 내려 주신 건강 때문이 아닌가 한다.

IV.

그러나 돌이켜 보면, 내 생애의 대부분을 '내가 좋아하는 일', '잘하는 일' 그리고 '보람되다고 느끼는 일'을 하며 살았다. 내 꿈이나 적성으로 볼 때, 세상에 별처럼 수많은 직업 중에 위의 세 박자가 절묘하게 맞아떨어지는 직업은 교수/학자의 길이 유일하다고 생각한다. 그런데 내가 평생 그 길을 걸을 수 있었던 것은 하늘이 내려 주신 큰 축복이었다. 그렇다면, 필경 그게 '꽃길'이 아니었을까. 30여 년간 교수직을 수행하면서 한 번도 그 일에 염증을 느끼거나, 가치 없는 일이라고 생각해 본 적은 없었다. 늘 가슴이 벅찼고 자랑스러웠다. 일을 하는 과정에서 힘겹고, 고달프게 느끼고, 자주 좌절했던 것은 순전히 내 능력 부족과 과욕 때문이었지, 일 때문이 아니었다. 그런 의미에서 교수직은 내게 아직도 성직(聖職)의 의미를 지닌다.

두 번 정부에 참여하면서, 고뇌가 무척 컸다. 그러나 그 일을 잘하면 국리민복에 기여할 수 있다는 믿음 때문에, 그리고 그것이 내 학문에 도움이 될 수 있다는 개연성 때문에 그 일에 '올인'했다. '일벌레'라는 별칭이 항상 따랐다. 한번은 퇴임하는 실장 한 분이 꼭 하고 싶은 말이 있다며 내게 건넨 말이, "장관님, 조금은 즐기면서 하십시오. 옆에서 볼 때, 마치 생사를 걸고 일을 하시는 것 같아요."였다.

V.

일제 강점기부터 시작해서 한국 현대사의 격랑 속에서 온갖 풍파를 겪으며 나이 팔십에 이르기까지, 그래도 내가 평생, 하고 싶은 일, 보람되다고 느끼는 일을 열심히 하며 꾸역꾸역 살아왔다는 것을 생각하면 나는 행복한 존재라는 생각이 든다. 인생 황혼녘에 겪은 지난해 불난리를 포함해서, 그간에 있었던 온갖 힘겹고, 숨 가쁘고, 가슴 아팠던 어려운(그때그때는 절체절명으로 느꼈던) 순간들도 내 생애의 큰 물줄기를 생각하면 한낮 에피소드들로 치부할 수 있지 않을까.

앞으로 혹시 누가 내게 다시 "꽃길만 걸으셨지요?"라고 물으면, 크게 머뭇거리지 않고, "'네, 그렇지요."라고 대답할 듯하다. 물론 그때, 묻는 이의 의도와 대답하는 내 생각은 다를 수 있겠지만, 말이다.

– 현강재, 2020. 10. 22.

내 아호 '현강' 이야기(1)

1.

과거에는 문인, 학자, 예술가들은 이름 외에 별칭으로 아호(雅號)를 가졌다. 흔히 집안 어른이나, 스승 혹은 친구들이 지어서 불렀는데, 우리나라에서는 이미 삼국시대부터 시작되었다고 한다. 아호에는 자신의 인생관, 좌우명, 출신(지), 선호 등을 담았는데, 많은 이가 2종 이상의 아호를 가졌다. 조선 후기의 문인이자, 서화가인 김정희(金正喜)는 추사(秋史)를 비롯하여 완당(阮堂) · 시암(詩庵) · 예당(禮堂) · 노과(老果) 등 200여 개(일설에는 503개)를 가졌다. 단연 기록보유자가 아닐까 한다. 그런가 하면, 김소월(金素月 김정식), 김영랑(金永郎 김윤식), 이육사(李陸史 이원록), 박목월(朴木月 박영종) 등 한국의 대표 시인들은 우리에게 주로 아호로 기억되고 본명은 거의 잊혀졌다. 역시 천하의 묵객들에게는 돌림자를 따라 정해지는 본명보다 자신의 숨결이 감도는 풍아(風雅)한 아호가 제격이 아닐까 한다.

우남(雩南 이승만), 백범(白凡 김구), 해공(海公 신익희), 인촌(仁村 김성수), 몽양(夢陽 여운형) 등 한국 현대사의 이름 있는 정치인들도, 본명보다 아호로 불릴 때 우리에게 그 정치적 이미지가 더 선명하게 부각된다. 한글학자 주시경(한뫼), 최현배(외솔), 허웅(눈뫼)은 아호를 순수 우리말로 지어 우리의 얼을 아로새겼고, 사상가 함석헌은 아호를 씨알, 바보새로, 그리고 김수환 추기경은 옹기로 지어, 민초(民草)를 연상케 하는 토속적 은유를 통해 자신이 추구하는 세계관을 담았다.

II.

아호가 때로는 짓궂은 유머로 혹은 풍자로 쓰이는 경우도 적지 않다. 가람(嘉藍) 이병기(李秉岐) 선생(1892~1968)이 하루는 가까이 지내는 정인보(鄭寅普) 선생(1893~1950)을 찾아, 위락당(爲樂堂)이라는 아호를 권했고, 정인보 선생은 이를 고맙게 받아들였다. 그 후 얼마 후, 가람 선생이 정인보 선생을 다시 찾아 크게 웃으면서, "여보게, 자네 아호를 거꾸로 읽어보게!"라는 것이 아닌가. 거꾸로 읽으면, '당나귀'가 되는데, 워낙 정(鄭)씨 성(姓)이 당나귀를 뜻하기 때문에 이에 빗대어 놀려댄 것이다. 그런데 이에 못지않게 흥미로운 일은, 정인보 선생이 크게 놀림을 당하고도, 가람이 건네준 아호 위락당에서 가운데 '락' 자만 빼고, 자신의 호를 위당(爲堂)으로 받아들였다는 사실이다. 당대의 국학의 대가, 두 분이 아호를 둘러싸고 주고받은 수싸움이 역시 고수답지 않은가. 무엇보다 끝내 서로를 격의 없이 품에 안은 그 결말이 너무 아름답다.

III.

우리 앞 세대만 해도 아호를 지닌 분들이 꽤 되었던 것 같은데, 우리 세대에 이르러는 이미 아호와는 거리가 멀어졌다. 문인, 학자, 예술가들 가운데 아호를 가진 사람도 드물거니와, 아호를 지녀도 누가 기억하고 불러주는 이가 별로 없어 그냥 사장(死藏)되기가 일쑤이다.

나는 일찍부터 아호에 대해서는 관심이 없었고, 그 필요성도 별로 느끼지도 않았다. 또 마음 한구석에 아호를 갖는 것 자체가 괜히 젠체하는 것이라는 생각도 있었다. 그 때문에 따로 아호를 갖지 않았다. 그런데 약 30년 전에 영남 제일의 서예가인 청남(菁南) 오재봉(吳濟峰) 선생(1908~1991)께서 내게 손수 '현강(玄岡)'이라는 아호를 지어 주셨다. 내 제자 한 사람과 특별한 인연이 있었던 청남 선생은 나를 한번 만나 보신 후, 따로 청을 드리지도 않았는데, 손수 아호를 지어 내게 보내셨다. 고맙기 그지없었다. 음과 뜻 모두 내 마음에 꼭 들었다. 그래서 은밀하게 가슴에 안았다.

이후 10여 년 지나, 이곳 속초/고성으로 온 후, 나는 새로 지은 집을 현강재로, 그리고 새로 개설한 블로그 역시 현강재라 부르면서, 은연중에 내 아호를 사용하기 시작했다. 그러나 그것은 혼자 좋아서 읊조리는 수준이지, 아호를 뭇 사람들에게 알리려고 장광설(長廣舌)하거나 많은 사람이 불러주기를 기대하지는 않았다.

IV.

그러면서 내심으로 적어도 가까운 친구나 제자 몇 명 정도는 내 아호를 기억하고 장난스레 불러줄 것이라 생각했다. 그러나 그 작은 기대마저 산산이 깨졌다. 내 아호가 공개된 지 10여 년이 지나도 나를 현강이라 부르는 사람은 거의 없었다.

그러면서 나는 이미 아호의 시대는 지났다는 것을 절감했다. 보다 직설적, 직면(直面)적이고 단순화, 명료화를 지향하는 오늘의 세태에서 얼마간 여유를 가지고, 넌지시, 조금은 은밀하게, 그리고 뭔가 함축성을 지니며 은근히 다가가는 아호 접근법은 전혀 맞지 않는 게 분명하다. '현강재'는 그냥 안병영의 블로그 이름일 뿐, 그 이상도 이하도 아닌 것이다. 같은 맥락에서 안병영이라는 공식적 명칭 이외에 어찌 보면 그 이름보다 더 의미 있는 인간의 총체성, 즉 그의 꿈이나 인격, 인간적 향기를 표상하는 또 하나의 의미복합체는 불필요할 뿐 아니라 세상을 복잡하게 만드는 군더더기일 뿐이다.

생각이 여기에 미치자, 나는 불현듯 김춘수의 「꽃」이 연상되었다.

"내가 그의 이름을 불러주었을 때
그는 나에게로 와서
꽃이 되었다."

– 현강재, 2020. 11. 24.

내 아호 '현강' 이야기(2)

처음 청남(菁南) 선생으로부터 '현강(玄岡)'이라는 아호를 받고, 나는 급한 대로 옥편을 찾아보았다. 그랬더니 한자로 '현(玄)'은 검(붉)다, 멀다, 아득하다, 심오하다, 하늘 등의 뜻과 함께 노자·장자의 도에 이르기까지 실로 다양한 의미를 지녔고, '강(岡)'은 산등성이, 고개, 작은 산 등을 뜻했다. 쉽게 '아득히 보이는 작은 산' 정도로 이해해도 그 그림이 낭만적으로 가슴에 다가왔다. 또 여기에 노장철학을 곁들여 보다 심오한 뜻을 부여해도 내 생활철학의 관점과 그리 멀지 않게 느껴져 그 철학적 무게가 크게 부담스럽지 않았다.

'현강'이라는 음(音) 또한 듣기에 그리 경박하지 않고, 다분히 진중하고, 사려 깊은, 그러면서 어딘가 결의에 찬 울림이 있어 좋았다. 그래서 무척 마음이 끌렸다. 하지만 누구에게 내 아호를 대놓고 말하기가 쑥스럽고, 부끄러워 마치 혼자 숨겨놓은 보물처럼 소중하게 간직하고 있었다.

그런데, 2007년 내가 정년퇴직을 하자 제자 40명이 글을 모아 내 정년기념 문집을 냈는데, 놀랍게도 그 제목이 『큰 스승 현강 안병영』이었다. 알고 보니 청남 선생과 인연이 있었던 그 제자가 거기에 필자로 참여하면서 내 아호를 공개했던 것이었다. 그 책의 출간이 내게 알리지 않은 채 진행되었기 때문에 나는 인쇄에 들어가기 전까지는 이 책의 제목은 물론, 옛날에 청남 선생과 함께 찍은 사진(아래 사진)이 수록되어 있다는 사실조차 까맣게 모르고 있었다. 청남 선생은 안타깝게도 그때 뵌 후 얼마 안 가 타계하셨다.

II.

그때 청남 선생은 설명을 곁들인 아호, '현강재(玄岡齋)'라는 내 서재 이름, 그리고 노자의 『도덕경』에 나오는 구절을 변용한 '처무위지행학불언지교(處無爲之行學不言之敎)'를 크고, 작은 것으로 두 장을 써 보내 주셨다. 대서예가의 작품들이기 때문에 하나 같이 명품이었다. 청남 선생은 서예가를 넘어 심오한 구도자의 풍모를 지녔는데, 한때 해인사에 출가했다가 환속 후 노장사상에 크게 심취하셨던 분이다. 그가 내게 보내 주신 위의 글귀도 그의 이러한 사상적 바탕에서 비롯된 것으로 풀이된다.

모두 액자에 넣어 고성 내 서재에 걸어 놓았는데, 안타깝게도 아호 뜻풀이 액자와 현강재 액자, 그리고 작은 '도덕경' 액자가 모두 작년(2019) 고성산불에 사라졌다. 그러나 다행히 큰 '도덕경' 액자는 서울집에 있었기에 화마를 피했다.

III.

아호는 삶의 지향 내지 수양의 방법으로 사용되기도 하고, 인물에 대한 특성을 반영하기도 한다. 청남 선생이 내 아호를 지으시면서 무슨 생각을 하셨는지는 알 수 없으나, 나는 일단 내 아호를 내가 지향해야 할 삶의 지침으로 받아들이기로 했다. 그 깊은 뜻은 알지 못하나 평소에 '있는 그대로의 자연' 내지 '자연 그대로의 삶'을 뜻하는 노자의 '무위자연(無爲自然)' 사상은 내게 그리 낯설게 느껴지지 않았고, 또 말년의 내 삶의 방식과 흡사해서, 청남 선생이 내 앞날을 미리 꿰뚫어 보신 게 아닌가 하는 생각도 들었다.

아래 액자는 아호에 대한 설명 글귀다. 실물은 불에 타버렸으나 다행히 사진이 남아 있었다. 나는 한국 지성사를 공부하는 제자인

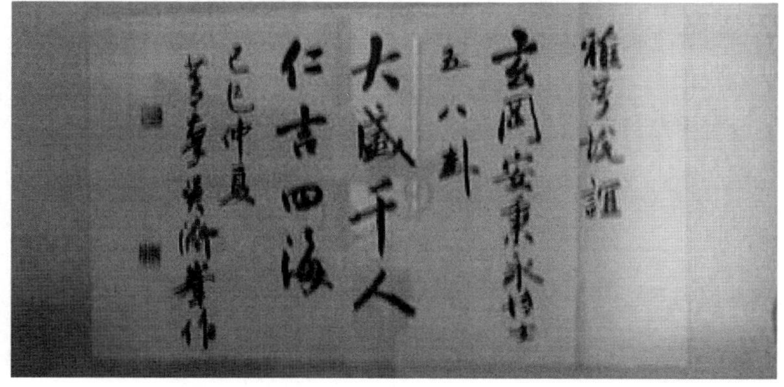

안동대학교의 이병갑 교수에게 뜻풀이를 청했다.

내 아호는 『주역』의 58번째 중택태괘(重澤兌卦)[태는 형통하니, 곧아야 이롭다(兌亨 利貞). 두 못이 나란히 있어 한 못이 마르면 다른 한쪽이 채워주는 형상이니, 군자는 이런 이치로 벗들과 학문을 하고 익힌다(麗澤兌 君子以朋友講習).]에서 비롯되는데, 의역을 하면 교육 활동을 통하여 많은 사람에게 기쁨을 줄 괘로 해석된다. 이어 아호를 해설한 글귀는 '큰 인품은 천 사람을 담고, 어진 덕성은 사해를 길하게 한다[大盛千人, 仁吉四海].'는 뜻이 된다. 내가 감당하기엔 너무 벅찬 내용이나, 내 부족함을 채워줄 지향 목표라면, 겸허하게 받아들여야 한다고 생각했다.

내 서재에 걸어 두었던 아래의 액자도 화마에 사라졌다. 자주 올려다보며 흐뭇해했는데 아깝기 그지없다.

그러나 다음페이지의 노자 도덕경 액자는 서울에 두었기에 다행히 불길을 피했다. 백번 다행한 일이다.이 글귀는 노자의 『도덕경』

에 나오는 '성인은 무위의 일을 하며, 말하지 않는 가르침을 행한다〔聖人處無爲之事, 行不言之教〕'라는 구절을 변용한 것인데, 굳이 해석하자면, '무위의 행위를 하고, 불언의 가르침을 배운다〔處無爲之行, 學不言之教〕.'라는 뜻이다. 실로 금과옥조와 같은 내용이 아닌가.

IV.

이제 나는 아호를 누가 불러주지 않아도, 내 마음속에 고이 담아 나를 바르게 세우고 스스로를 채찍질하는 도구로 삼으려 한다. 그러면 더없이 유용한 삶의 지침이 될 수 있지 않을까. 또 그러다 보면, 언젠가는 아호의 참뜻이 내 안에서 체화될 날이 오지 않을까.

- 현강재, 2020. 12. 05.

프로이트와 아들러

1.

아들러(Alfred Adler, 1870~1937)는 오스트리아의 심리학자, 정신의학자이자 정신치료가로서 개인심리학(individual psychology)의 창시자로 유명하다. 프로이트(Sigmund Freud, 1856~1939)에 이어 제2 빈 학파로 불리는 아들러는 당대에는 프로이트의 명성에 밀렸으나 그의 이론의 진가는 그의 사후에 재평가되어, 오늘날에는 프로이트, 칼 융(Carl Yung, 1875~1961)과 더불어 현대 심리학의 거장으로 꼽히고 있다. 그는 한때 프로이트의 핵심 서클에 속했으나 이후 프로이트와 결별하고 자신의 독자적인 이론체계를 형성하게 되는데, 그 과정에서 프로이트와 많은 갈등을 빚는다. 양자의 관계가 사제지간이냐 동료냐, 아들러가 신 프로이트 학파에 속하느냐 여부 등의 논란이 아직도 계속되고 있다. 그런데 흥미로운 것은, 천하의 프로이트가 아들러와 결별한 후, 아들러의 심리학을 크게 의식하면서 여생을 아들러를 비

거인 프로이트의 어깨 위에 앉아 있는 난쟁이 아들러의 그림이 인상적이라 하나 골랐다. 출처:현강재 (https://hyungang.tistory.com/200

난하는 일로 일관했다는 사실이다. 이에 대해 아들러는 자신이 프로이트로부터 많은 것을 배운 것을 인정하면서, 그러나 프로이트의 과오로부터 자신의 심리학을 발전시켰음을 강조했다.

프로이트가 아들러를 난쟁이에 비유하면서, "내가 난쟁이를 위대하게 만들었다."고 혹평하자, 아들러가 "거인 어깨 위에 서 있는 난쟁이는 그 거인보다 훨씬 더 멀리 볼 수 있다."라고 응수한 것은 유명한 이야기다. 위의 아들러의 인용은 아이작 뉴턴이 선인들의 위대한 지적 유산을 강조하면서, "If I have seen a little further, it is only by standing on the shoulders of giants."라고 말한 데서 비롯된다.

II.

여기서 잠시 아들러의 이론을 살펴보자. 프로이트는 인간 행동을 이해하는데, 쾌락에의 의지(will to pleasure)나 성적 충동을 강조했는데 비해, 아들러는 인간 마음속에 존재하는 '열등감(inferiority)'에 큰 관심을 쏟는다.

아들러의 이론에 따르면 인간은 누구나 열등감을 갖고 있고, 이를 극복하기 위해 우월성(superiority) 내지 자기완성(self-perfection)을 추구하게 되는데, 이때 그 물꼬를 잘 터주는 경우, 자신의 잠재력을 크게 발휘할 수 있다고 보았다. 인간은 자신의 열등감을 보상하려고 노력하는 과정에서 자신의 생활양식을 형성하게 되는데, 신체적 열등감을 창조적인 힘으로 승화시킨 예로 헬렌 켈러, 웅변가 데모스테네스, 올림픽 트랙 삼관왕 윌마 루돌프, 루스벨트 미국 대통령, 사도 바울 등을 들고 있다. 그러나 개인이 만약 보상할 수 없는 열등감이나 과도하게 보상된 열등감이 있으면, 인격의 왜곡이 생기며, 이를 시정하기 위한 재교육이 필요하다고 말했다.

그의 이러한 관점은 교육자, 사회사업가, 종교가들에게 많은 호응을 얻었고, 신 프로이트 학파와 카운슬링 이론에 지대한 영향을 미쳤다.

아들러는 인간을 총체론(Holism)의 입장에서 접근하여, 전인(全人, a whole person)으로 보았다. 따라서 인간을 에고(Ego)와 이드(Id), 수퍼에고(Superego)와 같은, 생경하고 추상적인 개념으로 나누고 환자의 모든 문제를 성적(性的)인 것으로 해석하려는 프로이트와는 거리가 벌어졌다. 또한 인간은 개인의 독특한 성격 및 생활양식의 형성, 그리고 인생의 목표를 추구하는 역동적인 '창조적 자아'로 인식하였다. 이처럼 인간을 자신의 삶을 만들어 가며, 자유와 책임을 지는 주체적 존재로 보았다는 면에서 아들러는 실존심리학의 창시자로 불린다.

그는 개인이 다른 사람과 공동선을 위해 함께 일하는 능력의 지표로 '공동체 감정(Gemeinschaftsgefuhl)'을 강조했는데, 그는 이를 '다른 사람의 눈으로 보고, 다른 사람의 귀로 듣고, 다른 사람의 가슴으로 느끼는 것'이라고 설파했다.

아들러의 이론과 방법론은 개인의 일상적이고 실제적 삶에 뿌리를 두고 있었으며, 그런 의미에서 프로이트의 성적 집착이나 융의 신비주의적 접근과 차이가 컸다. 그 때문에 심리학의 주류에서 폭넓게 수용되었다.

III.

얼마 전 TV 토크 쇼에서, 어떤 연예인이 "오늘의 저를 만든 것은 제 마음속에 내재하는 뿌리 깊은 열등감이었습니다."라고 술회하는 것을 들으며, 아들러를 생각했다. 실제로 세상에 열등감 없는 사람이 어디 있겠는가. 그 열등감이 어디서 비롯되었든 간에, 그것을 바르게 극복하고, 창조적으로 승화할 때 누구나 자기완성에 가까이 다가가는 것이 아닐까. 아들러는 말년에 우월성(superiority)이란 개념 대신에 자기완성(self-perfection)이라는 개념을 사용했다.

– 현강재, 2012. 04. 13.

프랭클과 '죽음의 수용소'

1.

프랭클(Victor E. Frankl, 1905~1997)은 프로이트와 아들러를 낳은 현대 정신의학의 발생지인 오스트리아 빈에서 유대계 관료의 아들로 태어났다. 빈 의대를 나와 신경정신과 의사로 근무했다. 그러나 1942년~1945년간 아우슈비츠를 포함하여 나치의 죽음의 수용소를 네 곳이나 전전하다 가까스로 홀로코스트에서 살아남았다. 그러나 신혼 중에 헤어진 그의 아내, 부모 및 다른 가족은 그곳에서 모두 목숨을 잃는다.

전쟁이 끝난 후, 프랭클은 그의 수용소 경험을 바탕으로 '로고테라피(Logotherapy)'를 창안한다. 'Logos'는 '의미'를 뜻하는 그리스어이다. 그의 대표적 저서인 『인간의 의미추구(Man's Search for Meaning)』는 1997년 그가 죽기까지 24개 언어로 73판을 거듭했고, 전 세계 고등학교와 대학의 심리학 및 신학의 표준 텍스트로 쓰였다. 우리나라에서도 이 책은 『죽음의 수용소에서』(이시형 역, 2000, 2005, 청아출판사)라는 이름으로 번역되어 많은 이의 심금을 울린 바 있다. 프로이트의 '쾌락 추구', 아들러의 '권력 추구'와 달리, 인간의 '의미 추구 의지(will to meaning)'에 초점을 맞춘 그의 로고테라피는 프로이트의 정신분석과 아들러의 개인심리학에 이어 제3의 빈 심리치료학파라 불린다.

프랭클은 모든 인간적 가치가 철저히 박탈당하고, 번호로만 존재했던 강제수용소의 아픈 경험을 통하여 자신의 치료방법과 새로운 철학적 조망을 터득했다. 로고테라피의 핵심은 1) 삶은 어떤 상황에서도 의미가 있다는 것, 2) 삶을 위한 주된 동기는 삶의 의미를 찾으려는 우리들의 의지이며, 3) 의미를 찾은 자유이다. 그러므로 "왜 살아야 하는지를 아는 사람은 그 어떤 상황도 견디어 낼 수 있다."라는 것이 그의 지론이다. 그의 주장은 "내가 세상에서 한 가지 두려워하는 것이 있다면, 그것은 내 고통이 가치 없는 것이 되는 것이다."라고 술회한 도스토옙스키를 연상시킨다. 이러한 맥락에서 로고테라피스트의 역할은 환자가 자신의 삶의 의미와 존재가치를 찾을 수 있도록 도와주는 것이다.

그의 심리치료의 '실존적' 측면은, 인간은 그의 신체적, 환경적 조건이 아무리 암울해도, 언제나 스스로 선택할 수 있는 '마지막 자유' 내지 '능력'이 있다는 것이다. 강제수용소에서 자신이 남은 마지막 빵을 다른 이에게 나누어 주는 사람처럼 말이다. 인간에게 모든 것을 다 빼앗아 갈 수 있어도, 단 한 가지 인간의 자유, 주어진 환경 속에서 자신의 태도를 결정하고 자기 자신의 길을 선택할 수 있는 마지막 자유만은 나치 친위대원도 감히 범접할 수 없는 고유의 정신적 영역이다.

그는, 인간은 고통(pain), 죄책(guilt), 그리고 죽음(death)이라는 '비극적인 3종 세트(tragic triad)'에 시달리지만, 비극에 직면하여 최선을 추구하는 인간의 놀라운 잠재력이 있다고 강조하며, 이른바 '비극적 낙관주의(tragic optimism)'를 제시한다. 프랭클은 이렇듯 고통을 성취와 성과로 바꾸고, 죄책감을 통해 더 나은 삶을 지향하고, 인간의 덧없음을 책임 있는 행동으로 이끌어야 한다고 설파한다.

그는 자유와 더불어 책임(Verantwortung)을 크게 강조하면서, 미국은 대서양 연안에 우뚝 서 있는 '자유'의 여신상에 대한 균형추로 태평양 연안에 '책임'을 상징하는 조각상을 세워야 한다고 주장했다.

프랭클에 따르면, 많은 현대인이 이른바 '실존적 공허(existentielles Vakuum)' 속에서 남이 하는 대로 따라가는 동조주의(Konformismus)나 아니면 남이 시키는 대로 추종하는 전체주의(Totalitarismus)에 목줄을 매거나, 아예 의미상실(Sinlosigkeitsgefuehl)의 심연에 빠지게 된다는 것이다. 정신의학에서는 이를 심인성(心因性) 노이로제(psychogenic neurosis)라고 하지만, 로고테라피에서는 누제틱 노이로제(noogetic neurosis)라 부르고, 병의 원인을 심리적인 것에 두기보다, 인간 실존의 정신론적 차원에 두고 있다. 즉 그것은 의미 추구 의지의 좌절에서 비롯된 것이며, 따라서 그가 삶의 의미를 찾도록 도와주는 것이 바른 치유법이라는 것이다.

II.

죽음의 골짜기에서 생환한 사람의 이야기는 극적일 수밖에 없다. 그러나 프랭클은 자신의 경험을 인간 존재의 의미와 삶의 가치, 창조적 자아의 철학으로 승화시킴으로써 개인의 비극을 인류의 교훈으로 만들었다는 데 큰 의미가 있다.

나는 그의 책, 『인간의 의미 추구(죽음의 수용소에서)』에서 두 가지 대목이 오래 기억에 남았다. 그 하나는 삶과 죽음의 갈림 장면이다.

> 장교는 군복이 꽤 잘 어울리는 마른 체격의 키가 큰 사람이었다. 그 말쑥함에 대비되어 오랜 여행에 지친 우리의 몰골이 더욱 초라해 보였다. 그는 왼손으로 오른쪽 발꿈치를 받친 채 무심하고 편안한 표정을 짓고 있었다. 오른손을 들고 집게손가락으로 아주 느리게 오른쪽 혹은 왼쪽을 가리켰다. 하지만 당시만 해도 우리 중에 손가락으로 왼쪽 혹은 오른쪽(대개는 왼쪽이지만)을 가리키는 이 행동의 이면에 어떤 무서운 의미가 깔려 있는지 아는 사람은 한 명도 없었다.
>
> 그날 저녁에서야 우리는 그 손가락의 움직임이 가지고 있는 깊은 뜻을 알게 되었다. 그것이 우리가 경험한 최초의 선별, 삶과 죽음을 가르는 첫 번째 판결이었던 것이다. 우리와 함께 들어온 사람의 90%는 죽음 행을 선고받았다. 판결은 채 몇 시간도 못 되어 집행되었다. 왼쪽으로 간 사람들은 역에서 곧바로 화장터로 직행했다. 수용소로 이송된 사람 중에 극히 일부분에 불과했던 우리 생존자들은 저녁이 되어서야 진상을 알게 되었다.

우리는 세상을 살아가면서, 비록 생사의 갈림길은 아닐지라도, 수 없는 선택의 기로에 서게 된다. 그중에는 자신이 선택의 주체가 되는 경우도 있으나, 때로는 운명 혹은 제삼자에 의해 결정되거나 선별되는 경우도 적지 않다. 후자에서도 쓰나미가 닥치듯 주체할 수 없는 운명적인 큰 손에 의해 상황이 결정되는 때가 있는가 하면, 면접시험 때처럼 당락이나 선별 결과의 책임이 얼마간 나에게 있는 경우가 있다. 내가 소개하려는 다음 대목은 이 뒤의 예와 연관된다.

> "가능하면 매일같이 면도를 하게. 유리 조각으로 면도를 해야 하는 한이 있더라도, 그것 때문에 마지막 남은 빵을 포기해야 하더라도 말일세. 그러면 더 젊어 보일 거야. 뺨을 문지르는 것도 혈색이 좋아 보이게 하는 한 가지 방법이지. 일할 능력이 있는 것처럼 보이는 거야…. 그러니 늘 면도하고 똑바로 걸어야 한다는 사실을 명심하게. 그러면 더 이상 가스실을 두려워할 필요가 없어."

위의 대목은 자신을 쓸모 있는 모습으로 보여 죽음에의 선발을 모면하라는 얘기다. 선별의 주체는 저쪽이지만, 내가 어떻게 보이느냐에 따라 가부의 결정이 이루어질 것이므로 나를 제대로 가꾸라는 것이다. 나치도 최소한의 자기 정당화 내지 자기 위안을 위해 저들이 아무 쓸모없는 '인간말짜'이기 때문에 죽였다는 사회적, 심리적 기제를 갖고 있기 때문에, 아직 노동력이 남아있고 인간적 면모를 갖춘 사람들을 서둘러 가스실로 보내지 않으리라는 논리에 바탕을 둔 것이다.

그러나 위의 주장은 생존전략의 차원을 넘어 더 깊은 의미가 있어 보인다. 수감자가 자신의 실존적 의미를 깨닫고 훗날 이를 바르게 실천하기 위해서 반드시 살아남아야 하고, 아울러 자신에게 남은 마지막 자유를 다하여 끝까지 삶의 품위를 지켜야 한다는 내적 결의에서 비롯된 것이 아닐까.

III.

그는 종전 후 빈 대학 정신신경과 교수로 85세까지 일하고, 하버드 등 세계의 유수한 대학에서 강의했다. 1995년 죽기까지 39권의 책을 썼고, 40개 언어로 번역되었다. 미국 정신의학회는 학회 최고의 영예인 '오스카 피스터 상(Oscar Pfister Prize)'을 그에게 수여했는데, 그는 역사상 이 상을 받은 유일한 비(非) 미국인이다. 프랭클의 대표작 『인간의 의미 추구』는 미국과 일본에서 '역사상 가장 영향력 있는 책 10권'에 선정되었고, 생전에 세계 각국으로부터 29개의 명예박사 학위를 수여 받았다.

프랭클은 등반가로도 국제적 명성이 지녔고, 67세에 비행사 자격을 취득하기도 한다. 1947년 재혼하였는데, 유대교 신자인 그는 천주교 신자인 새 부인의 뜻을 존중해서 함께 시나고그와 성당을 다니며, 성탄절과 하누카(Hanukkah, 유대교 축제)를 함께 경축했다. 그의 딸 가브리엘레(Gabriele)는 아버지의 대를 이어 소아정신과 의사가 되었다. 프로이트의 딸 안나(Anna)가 아버지의 정신분석학을 계승한 것과 유사하다.

그는 삶을 마칠 때까지 학자로서, 인간으로서 높은 품위를 지키며 자신의 지론대로 신체와 마음과 정신을 함께 닦아 많은 이의 존경을 받았다. 일찍이 죽음의 문턱까지 다가갔던 그가, 세계를 품에 안으며, 92세까지 역동적인 삶을 영위한 것도 무척 인상적이다.

내가 빈 대학교에 유학했던 시기(1965~70년)에 그는 그 학교 의대 교수로 재직했는데, 부끄럽게도 당시에 나는 내 공부에 쫓기어 그의 존재조차 몰랐다. 또 실제로 프로이트와 아들러가 그랬듯이 프랭클도 제 나라에서보다 외국에서 훨씬 더 유명했다.

IV.

최근 보건사회연구원 연구 보고에 따르면, 일본 노인들이 한국 노인보다 평균 수명은 물론 이른바 '건강나이'도 더 높다고 한다. 그런데 일본 노인이 한국 노인보다 평소에 건강을 더 잘 챙길 뿐만 아니라, 꿈과 희망과 목표가 있다는 노인의 비율도 일본(72.2%)이 한국(58.8%)보다 훨씬 높다는 것이다. 이제 우리 노인들도 더욱 야무진 꿈과 희망을 다지고, 삶의 의미를 찾아 나서야 할 것 같다.

- 현강재, 2012. 04. 19.

6

장기려 그 사람

삶에서 만난 사람들

장기려, 그 사람

어제저녁 CTS 기독교 TV 아트홀에서 장기려 박사 추모 20주년 특집 다큐 영화 '끝나지 않은 사랑의 기적 장기려' 시사회가 열렸다. 나는 여기 참석해서 큰 울림을 받았다.

평생 무소유의 삶 속에서 가난한 이웃을 위해 자신의 모든 것을 봉헌했던 그는 우리 시대에서 예수에 가장 가까이 갔던 사람이 아닐까. 그는 영양 부족한 환자에게 '닭 두 마리 값'을 처방했고, 돈 없는 환자에게 병원 뒷문으로 도망갈 길을 열어 주었다.

그런가 하면 그는 당대 최고의 명의로써 한국 최초로 간 대량절제 수술에 성공했고, 나라보다 20여 년 앞서 청십자의료보험조합을 창설하여 가난한 이웃들에게 의료혜택의 기회를 제공했다. 그런 의미에서 '바보 의사 장기려'는 수월성과 창의력 면에서도 누구도 범접하기 어려운 탁월한 인물이다.

그는 평생 이북에 두고 온 사모님을 그리며 혼자 외롭게 지냈다. 육 남매 중 둘째 아들 장가용의 손만 잡고 피난길에 올랐는데, 그 아들이 훗날 서울의대 교수로 아버지의 대를 이었다, 손자도 할아버지의 족적을 따라 외과 의사가 되었고, 증손자도 현재 외과의 수련의 과정에 있다. 손자 역시 국내외 그늘진 곳을 찾아 의료봉사에 앞장서며 '장기려 정신'을 이어가고 있으니, 사랑과 봉사, 헌신과 나눔이 이 집안의 유전자가 아닌지.

장기려 선생은 언제나 자신에 앞서 다른 이를 배려했고, 일생 어떠한 특혜도 거부했다. 정원식 총리의 주선으로 이북의 사모님을 뵐 기회가 주어졌으나, 모든 이산가족이 함께 가족 상봉을 할 수 있을 때까지 기다리겠노라며 끝내 고사했다. 그러면서 자신은 노년의 사모님 모습을 담은 사진이라도 전해 받았는데, 다른 이들은 그렇지도 못하지 않느냐고 술회했다. 세속적으로 따지자면, 그는 이처럼 누구도 못 말릴 천하의 '바보'였다.

어제 시사회에서 노인 목사님 한 분이 옛날 평양 교회에서 젊은 장 박사님이 사모님과 듀엣으로 찬송가를 부르시던 기억을 되살려 주었다. 또 장 선생이 북한에 두고 온 사모님을 그리는 애절한 글도 소개되었다. 그에 관한 모든 사연은 한결같이 우리의 심금을 울리면서 어찌 그리 아름답고, 슬프고, 또 안타까울까.

나는 생전에 장 박사님을 한 번도 뵙지 못했다. 그러나 젊어서부터 멀리서 그를 흠모하며, '성자(聖者) 장기려'와 같은 하늘 아래 있다는 것을 행복하게 생각했다. 1995년 12월 21일 내가 교육부 장관이 되었는데, 그 나흘 후 성탄절 날 장 박사님이 소천하셨다. 나는 빈소를 찾으면서, 예수님이 자신이 태어난 날을 간택해서 이분을 부르셨구나 하는 생각을 했다.

나는 많은 특강과 강의에서 장기려 선생을 언급했다. 그러나 비교적 짧게, 그리고 담담하게 얘기하려고 애썼다 그분 말씀을 시작하면, 금방 눈시울이 뜨거워지고 울컥해져서 길게 이을 수가 없었기 때문이다. 그를 생각하면, 늘 가슴이 벅차지만, 언제나 부끄럽고 죄스럽다.

장기려, 그분은 우리 시대가 나누어 짊어져야 할 갖가지 무겁고 힘겨운 짐들을 홀로 외롭게 지시고 험난한 비탈길을 오르셨던 분이다. 우리가 이런 의인(義人), 현자(賢者)를 또 언제 다시 만날 수 있을까.

- 현강재, 2015. 11. 18.

YS를 추억하며

1.

김영삼 전 대통령의 서거 3주기가 되었다. 나는 그의 문민정부에서 교육부 장관으로 1년 8개월 동안 일했기 때문에 그에 대해 남다른 감회를 느낀다. YS는 정치인으로서 한국 현대사에서 큰 족적을 남긴 인물이다. 따라서 그에 대한 논의와 평가는 그동안 다양하게 펼쳐졌고, 앞으로도 계속 이어질 것으로 보인다.

정치학자로서 나는 장관으로 있는 동안 비교적 지근거리에서 YS의 정치적 리더십에 대해 비상한 관심을 가지고 지켜보았다. 그래서 할 얘기가 많다.

하지만 여기서는 그의 인간적 면모와 연관해서 내가 겪은 몇 가지 일화를 소개할까 한다.

II.

나는 1995년 말, YS로부터 임명장을 받을 때 처음 그를 대면했다. 그 전날 개각 발표하기 약 1시간 전 그로부터 전화를 받고, 10여 분 대화를 나눴던 것이 그와의 사전 접촉의 전부였다. 그러나 워낙 오랫동안 언론을 통해 그를 자주 접했던 탓에 초면임에도 그리 낯설게 느껴지지 않았다. 이후 내가 장관으로 재임하는 동안 그와는 많은 공식적, 비공식적 만남이 있었다. 특히 내가 YS대통령 공약사업인 '5.31 교육개혁'의 주무 장관이었기 때문에 다른 장관들보다는 잦은 접촉이 있었던 편이다. 그러나 실제로 그와 단둘이 대면해서 격의 없는 대화를 나눌 기회는 별로 없었다. 그 때문에 그와는 '일의 관계'를 넘어서는 인간적 상호작용은 거의 없었던 기억이다.

YS의 리더십 스타일이 부처 일에 일일이 간섭하기보다는 장관을 믿고, 그에게 일을 맡기는 편이었으므로 나는 장관직을 수행하면서 대통령을 의식하거나 눈치를 보는 일이 별로 없었다. 특히 당시에 청와대의 내 상대역이 박세일 수석이었는데(그때, 그는 청와대에서 가장 진보적인 인사였다), 그와는 오래 가까운 사이였고 그가 매사에 나를 적극적으로 지원했기 때문에 청와대를 부담스럽게 느낀 적이 거의 없었던 것 같다. 그런 면에서 장관으로서 나의 정책 자율성은 매우 높았고, 인사에 관한 권한도 컸다.

그런데 하루는 우연히 마주친 동료 ○ 장관이 내게 "영감님(대통령)이 왜 자네를 그렇게 좋아하지?"라며 말을 건네는 게 아닌가. ○ 장관은 나와 중고등학교 동창으로, YS와는 5년 임기를 같이 할 정도로 가까운 사이였다. 나는 반신반의하면서 "그럴 리가…." 했더니, 그는 "아냐, 내가 괜히 빈말하겠나."라고 답했다. 나는 쑥스러워 더 묻지 않고 그냥 지나쳤다.

III.

이후 나는 장관직에서 물러나서 연세대로 돌아갔고, YS도 임기 말에 IMF 사태로 큰 홍역을 치르고 상도동 옛집으로 귀환했다. 나는 실의에 젖어있을 그를 부담 없이 한번 찾아뵙고 싶었다. 그런데 댁을 몰라 박세일 수석에게 동행을 청했더니, 그가 흔쾌히 앞장을 섰다. 그래서 이름만 듣던 상도동 댁을 찾아갔다. 집이 생각보다 크지 않았고 조촐했다. 응접실도 무척 수수하고, 약간 협소한 느낌이었다. 어느 한구석도 대갓집 분위기가 없어 편했다. YS가 매우 반겨서 정말 잘 왔다는 생각을 했다.

그리고 몇 년 후, 가친이 돌아가셨다. 그런데 세브란스 빈소에 아무 예고도 없이 YS가 문상을 오셨다. 나는 황망히 그를 맞으며 "웬일이시냐."고 했더니, "그럼 내가 와야지, 누가 오나."고 담담히 대답했다.

일이 거기서 그치지 않았다. 그 후 내 아들이 명동성당에서 결혼하는데, YS의 K 비서실장이 내게 전화를 했다. 그리고는 "각하가 곧 식장으로 떠나십니다."라는 게 아닌가. 나는 크게 놀라서 그에게, "백번 고마운 일이나, 격에 맞지 않으시고 송구스러워 내가 불편하다."라며 제발 말려달라고 간청을 했다. 얼마 후 K 실장이 겨우 그를 안으로 다시 모셨다고 전화가 왔다.

Ⅳ.

2003년 12월 중순을 넘어갈 즈음, 이수성 전 국무총리가 내게 전화를 했다. 그리고는 연말도 되었으니 문민정부 때 함께 일했던 장관들이 한번 YS를 모셨으면 좋겠다며, 23일 저녁으로 날짜를 정했으니 꼭 나오라고 말했다. 나는 참석하겠다고 답하면서 오랜만에 YS를 만나게 되어 내심 무척 기뻤다.

그런데 그 후 며칠 사이에 예상치 못했던 일이 빚어졌다. 내가 노무현 참여정부의 교육부총리로 입각하게 된 것이다. 그런데 공교롭게도 개각 발표 날이 YS를 뵙기로 한 23일, 바로 그날이었다. 나는 무척 괴로웠다. 그날 그 모임에 참석하자니 우선 YS를 뵙기가 민망했다. YS 입장에서 볼 때, 내게 얼마간 배신감이 들 수 있다는 생각을 하니 더욱 그러했다. 그렇다고 불참하자니 그것도 예가 아니었다. 나가겠다고 약속해 놓고 불편한 자리라서 피한다는 게 얼마나 얄팍한 일인가.

그날 온종일 가슴에 그늘을 안고 지냈다. 그러잖아도 온 가족이 반대하는데 입각을 결정해서 마음이 불편하기 그지없는데, 이 일까지 겹치니 마음이 천근만근 무거웠다. 고민 끝에 결국 나는 그날 저녁 YS를 뵙기로 결정했다. 그러고 나니 오히려 마음이 홀가분하게 느껴졌다.

"가야지, 가서 YS의 언짢은 눈총을 받는 편이 낫지."

나는 시간에 맞춰 약속장소로 나갔다. YS는 미리 와 계셨다. 나를 보자 YS는 손을 번쩍 들고 빙긋이 웃으며 가까이 다가왔다. 그리고는 모두가 들을 정도로 큰 소리로 "내가 오늘 하루 종일 기분이 좋았어. 아니, 안 장관을 발탁하다니. 내가 노무현 대통령을 다시 봤어. 정말 기쁜 날이야." 하는 게 아닌가. 그리고는 "오늘은 내 옆에 앉으시게." 하며, 옆자리를 내주었다.

예상을 뛰어넘는 YS의 반응에 나는 무척 놀랐고, 크게 감동했다. 그는 역시 큰 구경(口徑)의 정치가였다. 그러면서 나는 그가 한국 현대 정치사에서 숱한 격랑을 헤치며 우뚝 솟을 수 있었던 것은 바로 이러한 그 특유의 금도(襟度)에서 비롯된 것이 아닐까 생각했다. 그 순간 나는 그의 좌우명 '대도무문(大道無門)'을 떠올렸다.

서거 3주기를 맞아 여유 만만한 모습으로 빙긋이 웃는 YS가 무척 그립다.

- 현강재, 2018. 11. 23.

아름다운 청년이군!

I.

대학 교단에 30여 년 서다 보니 이런저런 제자들과 얽힌 일화가 많다. 거기에도 어쩔 수 없이 인간의 희로애락과 삶의 명암이 얽혀 있다. 그러나 그 대부분은 시간과 더불어 미화되어 아름다운 추억으로 뇌리에 남아있다. 아래 소개하는 일화는 오래전 내가 첫 번째 장관 하던 때에서 시작해서 이후의 교수 시절, 그리고 오늘까지 이어지는 긴 드라마이다. 이야기가 길어 독자들이 지루하지 않을까 걱정인데, 나에게는 인연(因緣)이라는 개념을 생각하게 하는 매우 아름답고, 소중한 삶의 체험이다.

II.

내가 교육부 장관에 취임한 지 두어 달 지난 1996년 초, 나는

MBC TV의 '어린이에게 새 생명을'이라는 프로그램에 출연했다. 소아암, 백혈병 어린이들에게 희망을 심어주기 위한 일종의 '디너쇼'였는데, 투병 중인 어린이들과 더불어 유명 연예인, 정치가, 사회 인사 등이 함께했던 것으로 기억된다.

행사 도중 나는 바로 옆에 앉았던 까까머리, 하얀 얼굴, 가녀린 몸매의 소년과 얘기를 나눴다. 얼핏 10살 미만으로 보였는데 나이를 물어보니 15살이라고 해서 깜짝 놀랐다. 뇌종양으로 수술 후 항암치료를 받고 있었는데, 무척이나 연약해 보여 애처로운 모습이었다. 그러나 밝게 웃고, 이야기도 곧잘 했다. 프로가 끝날 무렵, 나는 이경용이라는 이름의 그 꼬마에게서 전화번호와 주소를 받았다.

그날 이후, 경용이의 핏기 없는 해맑은 얼굴이 자주 떠올랐다. 눈에 밟힌다는 얘기가 이런 것이구나 싶었다. 그래서 이따금 그에게 전화를 걸었다. 전화를 걸 때마다, '혹 그의 병세가 악화되면 어쩌나' 하는 걱정 때문에 가슴이 조였다. 그러나 경용이는 언제나 반갑게 전화를 받으며, 낭랑한 목소리로 "괜찮아요, 나아지고 있어요."라고 대답했다. 경용이 엄마와도 대화를 나눴다. 다행히 조금씩 차도가 있다는 말씀이셨다.

III.

이후 나는 장관을 그만두고 대학으로 돌아왔다. 1998년 9월 학기 학부 강의는 1학년 '한국 정부론'이었다. 수강 학생이 100명이 훨씬 넘어 대형 강의실에서 마이크로 강의를 해야 했다. 그래서 첫 시간에 학생들에게 “누가 한 학기 동안 마이크를 책임져 주어야 하는데, 어디 자원병 없나.” 하고 물었다. 그랬더니 내 얘기가 떨어지기 무섭게 한 학생이 손을 번쩍 들며, “제가 맡겠습니다.”라고 큰소리로 외쳤다.

그런데 실제로 강의 마이크를 책임진다는 일은 그리 만만한 일이 아니다. 강의시간에 앞서 매번 대학 사무실에서 마이크를 받아와 강의에 차질이 없게 장치를 해야 하고, 강의가 끝나면 마이크를 사무실에 되돌려 주어야 하므로 여간 부지런하지 않으면 안 되는 일이었다. 그런데 이원강이라는 이름의 사회과학계열 1학년 학생은 무척 세심하게 이 일을 성실히 수행했다. 강의 탁자 위에 마이크는 언제나 볼륨이 제대로 조율이 되어 있었고, 강의 도중 어쩌다 마이크에서 잡음이 들리거나 문제가 생기면 부리나케 뛰어와서 적절히 손을 보았다. 완벽한 ‘기계치’인 내게 없어선 안 될 존재였다.

그 학기 강의를 하면서 나는 이 친구가 이렇게 고생을 했는데, 혹시 성적이라도 나쁘면 미안해 어쩔까 하는 걱정을 자주 했다. 나는 언제나 이름을 가리고 채점을 하기 때문에, 점수에 사적 감정이 개입될 수 없고, 혹 그것이 가능하더라도 마이크 수고를 점수에 가산할 수는 없는 일이기 때문이었다. 그런데 내 우려는 기우에 불과했다. 이원강 군의 한국 정부론 점수는 당당히 A 학점이었다.

그 학기 이후 이원강 군은 눈에 띄지 않았다. 1학년을 마치고 군에 갔으려니 생각을 했다.

그리고 두 해가 흘렀다. 2001년 8월, 여름 방학 때라 가끔 연구실을 걸렀다. 그날도 하루를 쉬고 다음 날 연구실에 나갔다가 대학 사

무실에 들렀더니, 여직원이

"그러잖아도 연락을 드리려 했어요. 어제 학부모라는 아주머니 한 분이 어린 자제와 함께 오셔서 케이크를 놓고 가셨어요."라며, 내게 조그만 쪽지를 건넸다. 거기에는 전화번호와 함께 '이원강 엄마'라고 쓰여 있었다. 마이크 수고를 했던 이원강 군이 떠올랐다. 원강이 어머님이 왜 나를 찾아오셨을까 무척이나 의아해하면서, 곧바로 전화 다이얼을 돌렸다.

그런데 웬걸 전화를 받는 쪽 여자분 목소리가 무척 귀에 익었다. 의아했다. 그래서 내가 그녀에게 원강이 어머님이냐 확인을 하자, 저쪽에서 "네, 맞아요. 교수님, 경용이가 병원에 왔다가 꼭 선생님 뵙겠다고 해서 찾아뵙던 거에요."라는 게 아닌가.

나는 잠시 혼란스러워져서 머뭇거렸다. 그리고는 "아니 그럼 이원강 군이 경용이 형이란 말씀이세요."라고 물었다. 그랬더니 저쪽에서 "그럼 교수님 아직까지 원강이가 경용이 형인 것을 모르셨었어요?"라며 되묻는 게 아닌가. 나는 너무 놀라 "세상에 이런 일이, 저는 전혀 몰랐습니다. 거짓말 같은 인연이네요."라고 대답했다.

III.

그해 10월, 이원강 군이 제대하고 내 연구실을 찾았다. 그리고 아래와 같이 그간의 내력을 이야기했다.

원강이가 고등학교 2학년 때 그가 가장 아끼고 사랑하는 동생 경용이가 뇌종양을 앓게 되었다. 계속 생사를 넘나들었다. 가뜩이나 가난한 살림에 동생마저 중병에 걸리니 집안이 말이 아니었다. 세상이 원망스럽고 삶의 의욕도 떨어져 방황하기 시작했다. 그전까지 1, 2등을 다투던 원강이의 성적은 크게 떨어졌다. 그런 가운데, 무엇보다 기득권 세계에 대한 불만이 증폭되어 마음속에는 늘 모든 기성권위와 권력과 부를 가진 자에 대한 증오로 가득 차게 되었다.

그럴 즈음, 병원에 입원 중이던 경용이가 '어린이에게 새 생명을'에 출연했다. 경용이가 그곳에 다녀온 후, "교육부 장관님이 전화하셨어."라고 말할 때도, 원강이는 "흥, 인사치레로 한번 전화한 거야. 분명 또 연락하지 않을 거야."라고 단언했다.

그러나 안 장관이 가끔 연락하여 경용이를 위로하고 크리스마스 때는 작은 선물을 보내자, 마음이 조금씩 움직이기 시작했다. 당시의 생각을 원강이는 이렇게 표현했다.

"대한민국의 명문대 교수이자, 장관까지 하는 사람이 왜 어쩌다 스치듯 만난 죽어가는 아이에게 이렇게 따듯한 관심을 보일까? 이 나라의 많이 배우고 많이 가진 사람들은 다들 자기들 잘 먹고 잘사는 데에만 관심이 있는 줄 알았는데, 다 그런 것은 아닌가 보다."

"제게 교수님은 참으로 이해하기 어려운 존재였어요. 교수님을 보면서 왠지 대한민국에 희망이 있을 것 같다는 생각이 들었어요. 그리고 나도 공직자의 길을 걸으면 어떨까. 공직자가 되어 대한민국을 더 아름답게 만드는 데 기여할 수 있으면 보람된 일이 아닐까 하는 생각이 샘솟았어요."

마음이 가라앉았다. 그리고 새 꿈이 피어오르면서, 인생의 새로운 이정표가 그려지는 듯했다. 칠흑같이 어둡게만 느껴졌던 세상도 다소 밝게 보이기 시작했다.

고등학교 3학년이 되었다. 원강이는 마음을 단단히 다잡고 다시 공부에 매진했다. 무엇보다 경용이의 병세가 호전되어 회생 가능성이 높아진 것도 그가 생각을 바꾸는데 크게 작용을 했다. 성적은 다시 가파르게 올랐고, 수능시험도 곧장 치렀다. 지망대학과 학과를 선택하는 과정에서 여러 가지를 고려하던 중, 자신의 마음속에 공직에 대한 열망이 크게 자리하고 있다는 것을 확인했다. 그러면서 기왕이면 아픈 경용이에게 위로가 되었던 안 교수가 재직하는 연세대로 가기로 작정했다. 다행히 원강이는 행정학과가 속해있는 사회과학계열 98학번으로 합격했다.

부모님과 경용이가 안 교수를 찾아가 꼭 인사를 드리라고 당부했다. 그러나 그러지 못했다. 교수 앞이 어려웠고, 개인적으로 인사를 드리는 것이 민망한 어린 20살이었기 때문이었던 것 같다. 그러다가 1학년 2학기에 안 교수 강의를 신청했다. 그 첫 시간에 안 교수가 마이크 책임질 학생을 찾기에 이게 기회다 싶어 손을 번쩍 들어 자원했다. 그렇게라도 자신이 마음에 품었던 고마움을 표현하고 싶었다. 그러자 안 교수는, 만면에 웃음을 띄우며,

"아름다운 청년이군."이라고 화답을 했다.

그 말이 꽤 인상적이었다.

한창 1학년 때라 노는 데 정신이 없었으나, 안 교수 마이크 심부름

은 성실히 했고, 안 교수 과목만은 열심히 공부했다. 그래서 성적이 인색하기로 이름난 안 교수 과목에서 A 학점을 따서 친구들의 부러움을 샀다. 이듬해 4월 원강이는 군에 입대했다. 군대에 가기 전에 안 교수를 찾아 자신이 경용이 형이라는 것을 밝히려 했으나, 끝내 부끄러워 그러지 못했다.

IV.

이원강 군은 이후 3학년 때 내 과목을 하나 더 들었다. 그때는 강의 첫 시간에 내가 아예 그를 똑바로 쳐다보며, "그럼 누가 마이크 심부름을 하지?"라고 물었다. 원강이는 기다렸다는 듯이, "제가 맡겠습니다."라고 크게 대답했다. 나는 속으로 "뭔지 짜고 치는 고스톱 같네."라고 생각하며 웃었다.

이후 이원강 군은 2005년 12월에 행정고시 일반행정 서울시 직렬에 당당히 합격했다. '고시계'에 합격 수기를 쓰면서 나와의 인연도 언급했다. 졸업까지는 아직 한 학기가 남았기 때문에, 그는 연수에 들어가지 않고 학기 내내 낮에는 강의를 듣고, 저녁이면 신림동 고시촌 학원에서 '행정학'을 가르쳤다. 인기가 드높아 수강생이 미어진다는 소문을 들었다. 어려운 집안 경제에 보탬이 되기 위해 불가피하다는 얘기도 함께 들었다.

그동안, 원강이 동생 경용이는 오랜 투병 끝에 뇌종양을 극복했다. 아직 호르몬 치료 등을 받고 있으나 이미 완쾌됐다는 판정을 받았다. 그는 아동 암 병동에서 함께 암과 싸우던 어린 환우 20명 중 유일한 생존자였다. 힘든 가운데 경용이는 그간 전문대학을 졸업하고, 공인중개사 자격시험도 합격해서 생활전선에서 열심히 뛰고 있다. 씩씩하고 사내다운 형과 달리, 30이 넘었는데도 경용이는 아직도 미소년의 모습을 그대로 간직하고 있다.

이들 형제와의 인연은 아직도 계속되고 있다. 이원강 군은 2008년에 같은 해 행정고시 재경직에 합격한 서울대 경영학과 출신의 재원과 결혼했고, 내가 주례를 섰다. 줄곧 서울시청에 근무하면서, 2년간 미국에 유학, 석사를 취득했고, 그동안 두 아이의 아빠가 되었다. 시청에서도 유능한 중견 공무원으로 정평이 나 있다. 그는 국세청에 근무하는 아내와 함께 공직자로서의 삶에 보람을 느끼며 열심히 살고 있다.

며칠 전 경용이와도 통화했다. "건강해요, 교수님. 아무 걱정하지 마세요." 경용이의 목소리는 여전히 맑고 밝았다.

V.

이원강, 이경용 형제는 한때 어둠 속을 헤맸으나, 절망을 극복하고 희망의 빛을 좇아 힘차게 앞날을 개척한 대한민국의 '아름다운 청년들'이다. 이들 우애 깊은 형제들의 오늘의 모습은 너무나 대견하고, 자랑스럽다. 내가 그들에게 준 것은 보잘것없는데, 그들은 그 작은 것을 크게 받아들였고, 아름다운 성취를 통하여 내게 너무 큰 기쁨을 선사했다. 내가 공직, 교직 생활 속에서 그들을 만난 것은 행

운이자, 축복이라고 생각한다.

* 이 글을 쓰면서, 내 편의대로 기억을 재구성하지 않으려고 애썼다. 그래서 이원강 군에게 글을 미리 보내 감수(監修)(?)를 받았다.

\- 현강재, 2014. 06. 9.

'지애학교' 학부모의 눈물

1.

서울시 교육청은 이미 1995년 2월부터 특수교육 환경개선을 위해 3만 2천여 평 경기고등학교 안 공터 2천 4백여 평에 정신지체 장애아를 위한 '지애학교(후에 정애학교)' 건립을 추진하고 있었다. 그러나 강남구청이 삼성동 일대 주민들의 반대와 환경 훼손을 이유로 서울시 교육청과의 사업 시행계획 협의 요청에 계속 불응하는 바람에, 공사 시작의 삽도 들지 못한 채 갈등은 첨예화, 장기화되고 장애아 부모들의 가슴은 타들어 갔다.

1997년 6월 당시 교육부 장관이었던 나는 고심 끝에 K 강남구청장에게 다음과 같은 편지를 썼다. K 구청장은 나의 경기고등학교 후배였다.

K 구청장님

그간 안녕하십니까. 무척 바쁘시리라 생각됩니다. 지난번 전화통화 이후 소식을 기다리다가 몇 자 글월을 보냅니다.

경기고등학교 부지 내 서울지애학교 설립계획과 연관하여 구청장님께서 적지 않은 어려움이 있으실 것으로 사료됩니다. 그러나 잘 아시다시피 서울의 경우 특수학교의 절대 부족으로 많은 장애아가 하루 2~3시간을 통학에 시달리고 있고, 특히 정신지체 장애아의 경우 형편이 더욱 어려워 한마디로 그 정황이 목불인견(目不忍見)입니다. 이런 딱한 사정 때문에 다시 한번 긍정적인 결정을 하여 주실 것을 간곡히 청합니다.

이미 지난 얘기입니다만 경기고등학교 동창회에서도 몇 차례 특수학교 설립에 대해 재고 요청을 했던 것으로 알고 있었습니다. 그때도 제가 마음이 무척 아팠습니다. 당장은 학교부지 내에 특수학교가 설립되면 얼마간 번거롭고 약간의 녹지 훼손이 된다는 불리점이 있으나, 강남에 자리 잡은 명문 학교 부지 내에 소외된 아동들의 보금자리가 마련된다는 일은 정말 가슴 뿌듯한 일이고, 더욱이 그것이 지닌 상징성 때문에 엄청난 교육적 함의(含意)가 있다고 생각했습니다.

그래서 역시 경기 출신인 지역구 S 의원께도 모교 및 동창회를 함께 찾아가 지애학교 설립을 설득하자고 청을 한 적도 있었습니다. 경기 출신이 우리 사회의 각 부문에서 많은 기여를 하고 있으나, 우리 사회가 경기고등학교에 베푼 엄청난 사랑과 기대, 그리고 그 학교 출신들이 누리는 보이지 않는 프리미엄은 대단하다고 생각합니다.

따라서 경기 출신은 평생 동안 '노블리스 오블리주'의 심경으로 이 사회에 봉사하며 살아야 한다고 생각하고 있습니다. 그런 의미에서 그간 동창회에서 지애학교 설립을 반대했던 행동은 제가 이해하기가 어려웠습니다. 그러나 뒤늦게나마 동창회에서 지애학교 설립을 양해했다는 소식을 듣고 무척 고맙고 기뻤습니다.

그간 있었던 삼성동 지역주민의 특수학교설립 반대 및 항의 방문 등 민원제기는 제가 익히 알고 있습니다. 물론 이러한 반대는 이 지역만의 문제가 아닌 게 사실입니다. 그러나 꾸준한 토론과 설득, 또 유인 제공 등을 계속하는 경우, 주민들의 반대는 상당히 완화되곤 해 왔습니다. 서울정민학교와 밀알학교가 오랜 갈등과 진통 끝에 좋은 결론을 얻은 것도 그런 의미에서 우리에게 희망과 자신감을 불어넣고 있습니다.

서울지애학교의 경우 사업시행협의를 강남구청에 요청했다는 소식을 듣고 당초에 저는 비교적 낙관을 했습니다. 동창회의 양해도 얻었고, 주민들의 조직적인 민원제기도 많이 수그러졌기 때문에, 구청장님의 긍정적인 결심만 있으면 되겠구나 싶었습니다. 그러나 협의 요청 후 반년이 가깝도록 아직 이 문제가 풀렸다는 소식이 없고, 들리는 말로는 타 지역에 학교 부지 제공 등 다른 조건제시가 있다는 얘기고 보면 가슴이 먹먹합니다. 물론 구청장님께서 제가 자세히 모르는 구체적 어려움이 많으실 줄 믿고, 직접 이 문제와 더불어 저보다 더 많은 고민을 하셨으리라 생각됩니다. 그러나 이 문제는 핵심을 피해가며 해결되어서는 안 된다고 생각합니다. 특수학교가 강남구라는 부촌을 피하고 경기라는 명문을 피해 다른 곳에 자리 잡아야 한다면, 앞으로도 특수학교 설립문제는 우리 사회에서 영원히 풀릴 수 없는 사회문제로 남습니다.

제가 장관이 된 후 몇 가지 역점 사업을 벌이고 있는데, 특수교육 진흥은 그중 하나입니다. 우리 국민이 장애인을 가슴의 한 가운데 안지 않는 한, 우리 사회가 아무리 물질적으로 풍요해도 우리는 후진국일 수밖에 없다는 생각입니다. 같은 맥락에서 강남구민들께도 서울지애학교를 기쁨으로 받아들이시기를 청합니다.

어렵겠지만 구청장님께서도 구민들에게 이해를 간곡히 구하고, 바로 우리 자제이기도 한 이들 장애아가 명실상부한 서울 1번지에서 공부할 수 있도록 도와주시기 바랍니다.

어려운 청을 드려 미안합니다. 그러나 이 문제는 경기고등학교 출신이자, 강남구청장이신 청장님께서 용기를 가지고 푸셔야 하는 문제입니다.

좋은 결과를 기다리겠습니다.

不備禮
1997. 6. 30.
교육부 장관 안병영 드림

III.

그러나 이후에도 강남구의 협의 불이행이 계속되자, 서울 교육청은 기다리다 못해 그해 10월 사업승인과 업자선정을 마치고 11월 공사를 강행하게 된다. 다음은 1997년 11월 11일(화)자 국민일보에 게재된 '지애학교' 부모의 눈물'이라는 기사 내용이다.

> 1997년 11월 10일 오후 11시 정신지체 장애아들을 위한 특수학교인 '지애학교'가 들어설 예정인 서울 삼성동 경기고등학교 후문 부근에서는 300여 명의 장애아 학부모들이 주민들과 격렬한 몸싸움을 벌였다. 공사를 기다리는 대형 포클레인에 올라타거나 그 앞에 드러누운 채 저항하는 주민들과 장애아들이 다닐 학교 건립을 고대하면서 주민들을 끌어내리는 학부모들의 공방은 1시간여 동안 계속됐고 전경들이 끈질기게 저항하는 주민들을은 1명씩 끌어낸 뒤 대형 포클레인이 경기고 담을 부수면서 공사가 시작되자 환호와 욕설이 엇갈려 터져 나왔다.

이러한 역경을 거쳐 2000년 1월 15일 지애학교는 서울정애학교라는 바뀐 이름으로 설립인가를 받아 같은 해 3월 3일, 23학급 133명의 학생이 시업식과 입학식을 연다. 그리고 5월 17일 개교식을 가졌다. 그날 정애학교 학부모들이 얼마나 많은 눈물을 쏟았을까.

IV.

장애아에 대한 사회적 편견 때문에 특수학교의 설립과정에서 거의 예외 없이 위와 유사한 고난의 역정을 겪는다. 구청장에게 보낸 내 편지에서 잠시 언급한 역시 강남구 일원동의 '밀알학교' 역시 주민들의 반대로 건립이 중단되었다가 법정소송까지 가서 가까스로 건립이 이루어져 1997년 3월 개교했다. 개교 후에도 인접도로가 있고 전철역도 가까운 후문을 만들어 놓고도 주민들의 반대로 인해 후문을 사용 못 하는 어려움을 겪었다.

비단 장애아 학교뿐이 아니었다. 내가 1997년 제도권 교육의 한계를 극복하기 위해 대안학교 설립을 추진했을 때도 마찬가지였다. 노랑머리의 문제아들이 대부분이었던 '꼴통 학교'인 초기 대안학교를 건립하자면 '결사반대'를 외치는 지역주민들과 끈질긴 싸움을 벌여야 했고, 몇 번 퇴짜를 맞아 터를 옮기는 일이 다반사였다.

그런 모진 고난과 역경을 거쳐 1998년 충북 청원군에 어렵사리 개교한 '양업고등학교'는 이제 국내외에 널리 알려진 '교육 롤모델'로 자리 잡아 2013년 전 세계에서 22번째, 아시아 국가 중 첫 번째로 WGI (William Classer International)의 '좋은 학교(Quality School)' 인증을 받았다(조선일보 2015/1/27 참조). 실로 격세지감이 아닐 수 없다.

2004년 교육인적자원부는 통일부와 힘을 합해 탈북 청소년들에게 대한민국의 정규교육을 받게 하기 위해 '한겨레 고등학교'의 설립을 준비했다. 그 과정에서도 주민들의 반대와 사회적 편견 때문에 상상하기 어려운 가시밭길을 헤쳐야 했다. 원불교 박청수 교무의 주도로 2006년에 개교한 한겨레 학교는 이후 비약적 발전을 거쳐 이제 양질의 교육을 펼치는 모범적 새터민 교육기관으로 우뚝 솟았다. 나는 가끔 “그마저 없었으면, 사선을 넘어 대한민국의 품에 안긴 새터민들에게 우리가 어떻게 얼굴을 들 수 있을까.”라는 생각을 한다.

그러나 신기하고, 정말 다행스럽게도 그간 건립된 수많은 장애인 학교, 대안학교, 특성화 학교 등이 시간과 더불어 지역주민들과 좋은 관계를 맺고, 서로를 아끼며 잘 번창하고 있다는 사실이다. 그리고 많은 경우 점차 그 지역의 명소이자 자랑거리로 여겨지고 있다는 사실이다. 서로 부대끼며 어려움을 극복하는 과정에서 인간의 마음속 깊은 곳에 숨어있던 착한 천성, 감정이입 능력이 마치 봄의 숨결처럼 제힘을 발휘한 게 아닌가 싶다.

- 현강재, 2015. 01. 30.

이육사의 꿈

1.

지난달 경북 안동 여행은 매우 인상적이었다. 그래서 그 여운이 아직도 내게 깊게 남아있다. 실은 안동에는 그동안 몇 차례 갔었다. 갈 때마다 도산서원, 하회마을을 비롯해서 근방의 유명 서원, 종택 등을 두루 돌아보면서 옛 선비의 숨결과 유교 문화의 진수를 느껴왔다. 그러나 이곳이 한국에서 가장 두드러지는 항일 독립운동의 성지(聖地)라는 사실을 제대로 안 것은 이번이 처음이었다.

조선 말기 이후 학문에만 전념하던 선비들이 항일 의병 및 독립운동에 대거 투신해서 그중 많은 이가 순절, 우리나라에서 가장 많은 독립유공자를 내었다는 사실은 나에게 신선한 충격이었고, 큰 가르침이 되었다. 퇴계의 고향, 안동의 선비와 명문가의 자손들이 국난에 처하여 책상을 박차고 일어나 민족 저항운동에 앞장에 섰다는 것은, 무엇보다 그들이 '행동하는 지성'이었다는 점에서 우리에게 진한 감동의 여울을 느끼게 한다. 민족시인 이육사(李陸史, 1904~1944)도 그중에 한 사람이었다.

II.

한국인이면 누구나 그렇듯이 나도 이육사의 시를 무척 좋아하고, 그가 독립운동에 관여했던 저항 시인이라는 정도는 알고 있었다. 그러나 그가 바로 안동 사람이라는 것, 그리고 그가 이퇴계의 13대손으로 독립운동으로 17차례나 투옥되었고, 친가, 외가 가릴 것 없이 그의 온 집안이 조국광복을 위해 치열한 투쟁을 벌였고 큰 희생을 치렀다는 사실은 전혀 모르고 있었다. 과문한 탓에 이육사의 삶이 최근에 드라마나 뮤지컬로 재연되었다는 얘기도 이곳에서 처음 들었다. 내가 이육사를 이해하는데, '이육사 문학관'과 '안동 독립기념관'의 방문은 큰 도움이 되었다.

이육사의 일대기, 가족사를 알고 난 후, 그의 시 한 편 한 편이 내게 새롭게 다가왔다. 따지고 보면 그의 모든 시가 조국 광복을 추구하는 상징시이자 참여시였다. 고향을 떠올리는 아름다운 서정시로만 느껴왔던 「청포도」도 예외가 아니었다. 거기 나오는 "청포(靑布)를 입고 찾아온다"는 "내가 바라는 손님"이 그냥 예사 손님이 아니라 그가 꿈에도 그리던 큰 손님, 즉 조국 광복이었을 게 분명하다. 역시 그의 대표 시의 하나인 「광야(曠野)」의 '광' 자(字)도 우리가 흔히 쓰는 '넓은' '광(廣)' 자가 아니라, 태초(太初)와 천지개벽(天地開闢)을 연상시키는 '텅 비고 아득하게 너르다'는 뜻의 '광(曠)' 자(字)이며, 그런 의미에서 이육사의 '광야(曠野)'는 태초 이래 감히 아무도 범접할 수 없는, 영원불멸의 조국의 성스러운 터전을 뜻했음이 틀림없다. 그의 시 한 편 한 편에서 치솟는 웅혼한 기상과 영탄(詠嘆), 극한에 이르는 절박감, 예언자적 약속과 초인(超人)에의 기대 등이 하나같이 그가 꿈꿨던 조국의 광복을 향한 결연한 저항 의지와 필연처럼 도래할 그날에 대한 확신이었던 것이다.

나는 한국 근대 시 중에 이육사의 시 만큼 스케일이 크고, 원초적이며, 진정성을 가지고 절절하게 가슴을 파고들어 영혼을 울리는 시는 없다고 본다. 그의 시의 몇 구절을 다시 엮어 음미해 본다.

> "까마득한 날에 하늘이 처음 열리고 어디 닭 우는 소리 들렸으랴" (광야)
>
> "하늘이 그만 지쳐 끝난 고원(高原) 서릿발 칼날 진 그 우에 서다" (절정)
>
> "마침내 저버리지 못할 약속이여" (꽃)
>
> "다시 천고(千古)의 뒤에 백마 타고 오는 초인(超人)이 있어 이 광야에서 목 놓아 부르게 하리라" (광야)

III.

이육사는 그의 필명이다. 그의 필명과 연관해서 숱한 얘기가 있다. 가장 널리 알려진 얘기는 이육사라는 이름은 그가 대구형무소에 수감되었을 때 수인번호 '264'의 음을 딴 것이라는 것이다. 이 이야기는 나도 전에 들은 듯싶다. 그런데 이번 안동 행에서 새로 들은 얘기는 더욱 놀라웠다. 그가 당초에 필명을 일제의 패망을 겨냥하여 '역사를 찢어 죽인다'는 의미를 담아 '육사(戮史)'로 하려 했는데, 한학에 조예가 밝은 그의 사촌 형님이, 그건 너무 위험스럽다며, 중국 자전에는 '陸' 자(字)가 '戮' 자와 같은 의미로 쓰이니 '李陸史'로 하도록 권해, 그렇게 된 것이라는 얘기였다. 이처럼 조국광복을 향한 이육사의 꿈은 치열, 처절했고, 그것이 온통 그의 삶 전체를 불사르고 있었던 것 같다. 아니 필명에 '戮' 자를 쓸 생각을 하다니. 실로 전율할 얘기가 아닌가.

IV.

이육사 문학관을 방문했던 그 날, 나는 숙소를 안동 시내에 있는 치암고택(恥巖古宅)에 잡았다. 치암고택은 고종 때 언양 현감, 홍문관 교리를 지냈던 충절로 유명한 치암 이만현(1830~1911) 선생의 옛집인데, 1976년 안동댐 수몰로 이곳으로 옮겨왔다. 그날 저녁 나는 고풍스럽고 그윽한 종택에서 한옥의 정취를 한껏 만끽했다. 그런데 고택의 주인이자 유학자이신 이동수 씨가 내게 의외의 반가운 제안을 했다. 말씀인즉, 시인 이육사의 일점혈육인 따님이 자신의 집안 누님인데, 오늘 밤 이곳에서 유숙하시니 내일 아침에 차라도 한잔 같이하지 않겠느냐는 것이었다.

다음 날, 아침 나는 육사 시인의 따님을 뵈었다. 단정하고 영민한 인상이었다. 현재 '이육사 문학관'의 상임이사로 일하신다고 하셨다. 나와 동갑(1941년생)으로 아버님이 돌아가실 때 만 세 살이었는데, 포승으로 손목이 묶이고 용수를 쓰셨던 아버지의 마지막 모습을 어렴풋이 기억한다고 말씀하셨다. 가슴이 저려 왔다. '이옥비'라는 흔치 않은 이름이라, 내가 어떻게 쓰느냐고 물었더니, '기름질 옥(肥)'과 '아닐 비(非)'자 인데, 아버님께서 "너무 풍요롭게 살지 말고, 남과 나누며 살아가라."고 직접 지어 주신 이름이라는 것이었다. 나는 과연 육사다운 일이라고 생각하며, 그의 꿈이 담겨진 이름임을 직감했다. 그러면서 결국 그녀의 이름이 뒤에 남겨진 어린 딸에 대한 이육사의 유언이 되었구나 하는 상념을 했다.

자리를 같이했던 안동대학교의 M 교수님이 이옥비 여사에게, "육사의 삶에서 시인으로서의 육사와 독립투사로서의 육사 중 어디에 더 역점이 주어졌다고 생각하느냐"고 질문을 했다. 그러자 이 여사의 대답은 명료했다.

"아버지는 독립운동에 온 생을 거신 분이셨습니다. 따라서 당연히 독립투사로서의 육사가 앞선다고 보아야 마땅하지요. 그분에게 시(詩)는 독립을 쟁취하기 위한 열정과 헌신의 문학적 표현이자 결실이었습니다."

V.

안동이 학문의 고장이자 아울러 충절의 고장이라는 점이 무척 교훈적이다. 옛 양반, 선비들이 공리공담이나 일삼고 특권적 지위를 이용하여 양민이나 착취했다고 생각하기 쉬운데, 안동의 '진짜' 선비들은 국난에 처한 나라를 구하기 위해 목숨을 초개와 같이 던져, 지행합일(知行合一)을 앞장서 실천했다는 사실은 놀랍고 자랑스러운 일이 아닐 수 없다. 오늘 이 땅의 지식인에게 큰 가르침이 되지 않는가.

우리가 이육사와 더불어 만해(卍海) 한용운, 이상화, 윤동주를 진정으로 사랑하고 그들에게 열광하는 것은 바로 그들의 시(詩)에 깃들인 조국 광복의 꿈과 희망, 그리고 순수의 극한에 이르는 그들의 투철한 애국정신 때문이리라. 만약 그들이 없었다면, 우리 역사의 가장 그늘진 골짜기였던 일제 강점기가 얼마나 더 허전하고 부끄러웠을까.

- 현강재, 2012. 05. 24.

프란치스코 교황의 새 어록

1.

얼마 전 내가 잘 아는 수녀님에게서 아래와 같은 프란치스코 교황님의 재미있는 일화를 들었다.

최근 젊은 나이로 주교가 되신 서울교구의 Y 신부님이 로마로부터 주교로 결정되었다는 통보를 받고 황급히 교황님께 편지를 보내, "저는 아직 나이도 젊고, 학식도 부족할 뿐 아니라 덕이 크게 모자라니 부디 뜻을 거두어 주십시오."라고 간곡한 청을 드렸다는 얘기다. 그랬더니, 교황님이 "나이는 세월이 가면 자연히 먹는 것이고, 당신이 무식한 것은 내가 익히 알고 있는 바이며, 세상 어디에도 덕이 있는 주교는 없으니 그냥 받으시게."라고 답장을 하셨다는 것이다.

수녀님 말씀을 들으면서, 나는 오랜만에 기분 좋게 웃었다. 가슴이 뻥 뚫리는 느낌이었다. 그러나 다음 순간 뭔가 의아하게 느껴져 "수녀님. 그게 사실이에요, 아니면 그럴싸하게 만든 얘기예요?" 하고 물었다. 그러자, 수녀님은 "직접 확인을 해 본 것은 아니지만, 저는 얘기를 듣고 그냥 믿었는데요. 왜 믿기지 않으세요?"라며 순진무구한 얼굴로 나를 바라보았다. 나는 의심 많은 내 속내가 드러난 것 같아 머쓱해서 "아닙니다. 그런 건 아니지만…." 하고 얼버무렸다.

위의 일화가 사실 그대로인지, 아니면 지어낸 얘기인지, 혹은 약간 꾸민 것인지 아직 확실치 않다. 그러나 듣는 사람들은 누구나 프란치스코 교황님이면 족히 그러실 수도 있겠다고 믿지 않을까. 나도 굳이 그 진위를 더 이상 확인하지 않을 생각이다.

II.

베네딕토 16세 교황이 건강상의 문제로 퇴위한 후 새 교황을 선출하는 콘클라베가 열리자, 비단 가톨릭교도들뿐만 아니라 많은 세계인이 새 교황님이 어떤 분일까 무척 궁금했었다. 그런데 새로 뽑힌 로마 가톨릭교회의 제266대 새 교황은 역사상 최초의 남아메리카 남반구 예수회 출신 교황이자, 시리아 출신의 제90대 교황 성 그레고리오 3세 이후 1282년 만의 비유럽권 국가 출신 교황이다.

그는 역사상 프란치스코라는 이름을 선택한 최초의 교황인데, 바로 아씨시의 성 프란치스코를 따른 것이다. 프란치스코 성인은 가난의 표상이자 평화의 대변자로, 새 교황이 그의 이름을 따른 것은 그가 사회적 약자에 대한 배려와 사랑, 그리고 청빈의 영성을 실천하겠다는 결의를 드러낸 것이다. 나는 그가 다름 아닌 프란치스코 성인의 이름을 따랐을 때, 형용하기 어려운 진한 감동을 느꼈다. 그러면서 그가 앞으로 가톨릭교회의 새 시대를 열 기념비적 쇄신을 주도할 것을 예감했다.

이미 널리 알려진 얘기이지만, 새 교황 프란치스코는 겸손하고 소탈하며, 가난을 실천하는 분이다. 교황은 지난 3월 13일 교황으로 선출된 후 성 베드로 광장에 모인 신자들과 인사를 마친 후, 저녁 만찬장으로 이동할 때 교황을 위해 운전기사가 딸린 전용 리무진과 경호원이 대기하고 있었지만 이를 마다하고, "저는 그냥 추기경들과 버스를 타고 가겠습니다."라며, 버스에 올랐다. 그의 이러한 행동은 어제오늘의 일이 아니다. 교황은 이미 추기경 시절에도 화려한 추기경 관저에 머물지 않고 방 한 칸짜리 아파트에 살면서, 추기경 관저는 가난한 선교사들에게 내줬다. 이렇듯 그는 겸손과 가난을 몸소 몸으로 실천하며 소외받고, 가난한 이들을 대변하는 데 앞장서 온 성직자이다.

내가 그에게 반한 또 다른 이유는 그가 특히 무신론자들에 대해 관용스럽다는 점이다. 그는 '신을 믿지 않거나 믿음을 추구하지 않는 사람들을 신이 용서할지'를 묻는 질문에, '신의 자비에는 한계가 없으며 신앙이 없으면 양심에 따라 행동하면 된다'라고 답한 바 있다. 일찍이 우리 김수환 추기경도 비슷한 견해를 피력한 바 있다.

프란치스코 교황은 또한 천의무봉(天衣無縫)의 꽤 유머러스한 분인 듯하다. 교황 선출 후 소감을 묻는 질문에 "나같이 모자란 놈을 교황이라고 뽑아준 분들을 주님께서 용서해 주시기 바랍니다."라고 말해 온통 폭소의 도가니로 몰고 갔다고 한다. 내가 수녀님으로부터 들은 위의 일화와 일맥상통하지 않는가.

III.

어느 날 저녁 프란치스코의 문을 두드리는 사람이 있었다. 그가 나가보니 한 험상궂은 나병 환자가 서 있었다. 그는 몹시 추우니 잠시 방에서 몸을 녹이면 안 되겠느냐고 간청을 했다. 프란치스코는 그의 손을 잡고 방으로 안내해, 같은 식탁에서 함께 저녁을 먹었다. 밤이 깊어지자 그 환자는 자기가 너무 추우니 프란치스코에게 알몸으로 자기를 녹여달라고 부탁을 했다. 프란치스코는 입었던 옷을 모두 벗고 자신의 체온으로 그 나병 환자를 녹여주었다. 이튿날 아침 프란치스코가 일어나 보니 그 환자는 온데간데없었다. 뿐만 아니라 왔다 간 흔적조차 없었다.

프란치스코는 곧 모든 것을 깨닫고는 자신과 같이 비천한 사람을 찾아 주신 하느님께 감사기도를 올렸다. 이 기도가 바로 전 세계인이 가장 사랑하는 그 유명한 성 프란치스코의 평화 기도이다.

주님, 저를 당신의 도구로 써주소서.
미움이 있는 곳에 사랑을,

다툼이 있는 곳에 용서를,
분열이 있는 곳에 일치를,
의혹이 있는 곳에 신앙을,
그릇됨이 있는 곳에 진리를,
절망이 있는 곳에 희망을,
어두움에 빛을,
슬픔이 있는 곳에 기쁨을
가져오는 자 되게 하소서
위로받기보다는 위로하고
이해받기보다는 이해하며,
사랑받기보다는 사랑하게 하여 주소서.
우리는 줌으로써 받고,
용서함으로써 용서받으며,
자기를 버리고 죽음으로써 영생을 얻기 때문입니다.

– 현강재, 2014. 02. 16.

별처럼 수많은 '무명가수'를 위하여

1.

트로트 열풍이 대단하다. TV 방송국마다 트로트 경연을 펼치고 성악, 발라드 등 다른 장르의 가수들도 이제 별로 주저하지 않고 트로트의 세계를 기웃거린다. 서민들의 정서와 애환을 품속에 담아 그 100여 년의 역사가 바로 한국의 사회사(社會史)이면서도 '유치'의 팻말을 떼지 못하고 뒷전에 밀렸던 트로트가 단걸음에 실지회복(失地回復)을 했고, 트로트 스타들이 하루아침에 줄지어 탄생했다. 트로트의 폭발적 열기는 코로나의 질곡 속에서도 식을 줄을 모른다.

트로트가 치솟는 인기의 배경에는 오랫동안 아무도 알아주지 않는 2, 3류 인생으로 살다가 일약 스타덤에 오른 몇몇 어제까지의 '무명가수'들의 인생 스토리텔링이 한몫을 했다. 오랜 무명의 모진 세월을 딛고 마침내 인생역전에 성공한 그들의 인생사가 우리 마음을 촉촉이 적시고, 또 많은 이에게 희망의 불씨를 지피기 때문이다.

II.

비단 트로트뿐 아니라, 근래에 부쩍 늘어난 각종, 다수의 TV 음악 경연 프로그램을 보면서 세상에 가수를 꿈꾸는 사람들이 그렇게 많은 데 크게 놀랐다. 그리고 음악적 자질이 뛰어난 지망생들도 하늘의 별처럼 많다는 사실에 함께 놀랐다. 그런데 그들 모두가 무명으로 출발한다. 개중에는 드물게 일찍부터 각광을 받고, 비교적 순탄하게 대가수로 성장하는 경우도 있지만, 그 대부분은 중도에서 좌절, 탈락, 포기하거나, 아니면 꽃 같은 세월을 무명가수로 전전하며 힘든 인생역정을 거치게 된다.

그런데 무명가수들의 모습도 무척 다양하다. 어떤 이는 세찬 파도에 지치고 한 맺힌 모습인데, 다른 이는 묵묵히 한길을 정진하는 구도자의 초탈한 모습을 보이기도 한다. 그런가 하면 세상에 크게 알려지지 않았지만, 그들의 작은 세계에서는 이미 높은 평가와 유명세를 타고 있는 사람들도 적지 않다. 언더그라운드의 스타들이 그런 사람들이다.

그런데 뒤늦게 무명의 혓소리를 디디고 스타로 입신에 성공한 사람들은 대체로 몇 가지 특징을 공유하는 것 같다. 우선 그들은 대체로 긍정적, 낙관적인 사고를 지녔고, 어려움 속에서도 꾸준히 절차탁마(切磋琢磨)를 계속해 내공을 쌓으며 자신을 가꾸어 온 사람들이다. 말하자면 늘 준비하며 때를 기다렸던 사람들이다.

하지만 그러한 덕성과 능력을 지녔다고 모두 큰 가수가 되는 것은 물론 아니다. 실제로 많은 이는 스타가 될 수 있는 온갖 좋은 조건을 갖췄으면서, 갖가지 사회적, 개인적 이유로 인생역전에 성공하지 못하는 경우도 무수히 많다. 아니 어쩌면 그런 경우가 대부분일지 모른다. 그래서 인간사에는 늘 짙은 그림자와 애잔한 멜로디가 함께 한다.

나는 새로 탄생한 트로트 스타 중에 장민호에 주목했다. 그는 아이돌 가수로 출발하여, 발라드, 트로트를 전전하며 20여 년 무명생활을 딛고 눈가에 잔주름이 생긴 40대 중반에 이르러 빛을 보게 된 반전 인생의 주인공이다. 그런데 그는 노래도 잘하지만, 오랫동안 겪어야 했던 무명의 혓소리와 풍찬노숙(風餐露宿)의 세월 속에서도 인간으로서 전혀 흐트러지지 않은 바른 모습을 보여 준다. 단정한 용모, 따듯하고 배려 깊은 행동거지, 진솔한 심성이 화면에 그대로 묻어났다. 그게 어디 쉬운 일인가. 미스터 트로트 '진'에 오른 임영웅도 상대적으로 무명의 세월은 짧아도, 노래 실력이나 반듯한 언행, 서정(敍情)의 깊이가 그가 그동안 얼마나 성실하게 내공을 쌓아 왔나를 알려준다. 결코 쉽게 그 자리에 오른 청년이 아니다.

III.

최근 트로트 세계에서 벌어지는 풍경이, 실제로 우리 사회의 많은 영역에서 비슷한 곡조로 끊임없이 펼쳐진다. 자신의 소우주(小宇宙)에서 스타로 발돋움하려는 수많은 젊은이, 그 치열한 경쟁 과정에서 많은 이가 일찍 포기하고 딴 길을 찾지만, 적지 않은 이들이 꿈에 대한 미련을 버리지 못하고 그 길목에서 머뭇거리며 늙도록 끝없이 세월을 낚는다. 과거 사법고시, 행정고시가 그 대표적 예다. 고시라는 신기루를 좇다가 좌초한 수많은 인생, 그들의 깊은 한(恨)과 뼈를 깎는 아픔, 그들이 마주했던 '통곡의 벽'은 아마도 당사자 말고는 누구도 헤아리기 어려울 것이다. 또 국가적 차원에서 볼 때도, 그 과정에서 터무니없게 사라져간 인적자원의 손실이 얼마나 클까.

나는 이 세상에서 펼쳐지는 온갖 '경연'이 보다 공정하고 투명하기를 바란다. 그래서 '숨어있는 보석'들이 제대로 빠짐없이 발굴되기를 염원한다. 그리고 단계마다 적절한 '패자부활전'이 있어서 아깝게 탈락하는 이들에게 재기의 기회를 줄 것을 기대한다. 그리고 젊은이들의 꿈의 표적이 될 수 있는 멋진 일거리, 그냥 일자리가 아니라 그들의 꿈을 품어 줄 그런 '꿈자리'가 더 늘어나고, 자칫 그 꿈을 찾는 길목에서 길을 잃거나 헤매는 친구들에게 제때 적절한 길로 인도해 줄 사회적 장치가 더 마련되었으면 좋겠다.

요원한 얘기라고 말할지 모른다. 그러나 전혀 불가능한 일만은 아닐 것이다. 그렇게 되면, 경연에서 당장 밀린 후보자도 다음 기회를 찾거나, 아니면 다른 꿈자리를 넘볼 수 있기 때문에, 승자와 패자 간의 아스라한 격차도 줄어들고 패자가 승자를 보다 좀 더 격의 없이 축하할 수 있을 것이다. 또 그러면 전쟁터를 방불케 하는 오늘의 살벌한 경연 무대가 보다 축제에 가까워질 수 있지 않을까.

IV.

그리고 우리 사회가 오랜 무명의 세월을 떨치고 찬연한 새 운명을 개척한 극소수의 송가인, 임영웅을 환호하는 데 그치지 말고, 아직 어둠 속에 묻혀있는 대다수 '무명가수'의 오늘의 삶과 그들의 내일에 대해 보다 따듯한 관심을 기울였으면 좋겠다.

솔직히 나는 최근 TV에 펼쳐지는 많은 음악경연 무대를 보면서, 그 치열한 경쟁 과정에서 연출되는 온갖 극적인 장면, 전율의 순간, 그리고 특히 승패가 엇갈리는 그 마지막 클라이맥스를 제대로 즐기지 못했다. 이긴 자의 인간승리와 환희에 공감하기에 앞서, 패배한 자의 좌절과 아픔이 밀물처럼 가슴으로 밀려왔기 때문이다. 교수 시절에도 그랬다. 내가 행정학과 교수이기 때문에 매년 행정고시가 끝나면 많은 제자의 희비가 갈린다. 그때마다 나는 합격한 제자에게 짧게 축하하고, 불합격한 제자들을 길게, 그리고 깊게 위로했다. 마음은 늘 '무명가수'의 편에 있었다.

V.

오늘도 언젠가 찾아올 해 뜰 날을 희원하면서 고군분투하는 수많은 젊은 '무명가수'들에게 진심을 담아 따듯한 위로와 격려의 마음을 전하고 싶다. "내일은 정말 좋은 일이 너에게 생기면 좋겠어."(김윤아의 'Going home'에서)

– 현강재, 2021. 01. 23.

7

왜 아직 글을 쓰는가

글과 삶

왜 아직 글을 쓰는가

1.

작년 이맘때 한 제자가 내게 물었다. "많은 교수님이 정년퇴직하고 연세가 많아지면 글쓰기를 멈추시는데, 선생님은 아직 글 쓰는 일에 꽤 천착하시는 듯합니다. 그 주된 동인(動因)이 무엇이지요?"

순간 나는 당황했다. 글 쓰는 일이 내겐 그냥 자연스러운 일상인데, 새삼 그 이유를 물으니 대답이 조금 궁색해졌다. 그래서

"전에 내 스승 한 분이 '학자에게는 정년이 없다'라고 자주 말씀하셨는데, 대체로 그런 거지. 그게 내 일생의 업(業)이니까."라고 얼버무렸다. 그러면서

"옛날처럼 글에만 매달리지는 않네. 요즘처럼 농사철에는 농사짓는 일이 주업이지. 대신 농사지으면서 생각을 많이 하지. 그게 농한기에 글 쓸 준비 작업이네. 어떻든 늘 머릿속에 글을 담고 사는 것은 사실이지."라고 덧붙였다.

II.

그리고 나는 자신에게 진지하게 물었다. 왜 나는 글을 쓰는가? 왜 아직도 책과 논문을 쓰고, 에세이도 쓰는가? 그에 대한 내 대답은 대체로 아래와 같다.

첫째는 글 쓰는 일이 즐겁고 재미있기 때문이다. 글 쓴다는 게 그리 쉬운 일이 아닌 건 사실이다. 그러나 그게 내게 크게 부담이 되고 고통을 준다면 나도 글쓰기를 포기했을 것이다. 그런데 나는 글 쓸 때 무척 즐겁고 행복하다. 특히 글 청탁을 받거나 데드라인에 쫓기지 않으면서, 내가 진정 쓰고 싶은 글을 쓸 때는 마치 창공을 나는 새처럼 자유롭고 마음이 한껏 부풀어 오른다. 나는 이러한 희열과 충만을 다른 어떤 일에서도 찾을 수 없다.

둘째는 나에게 좋은 글거리가 아직 많이 남아있기 때문이다. 나는 평생 학자로 살았고, 몇 년간 정부에서 값진 경험도 쌓았다. 그리고 구미(歐美) 여러 나라에 머물면서 비교적 다양한 공부와 경험을 고르게 축적했다. 무엇보다 나는 숨 가쁘게 전개된 세계 현대사의 소용돌이 속에서, 그것도 그 변화의 진폭과 심도가 극심했던 한국에서, 지난 80 평생 실로 많은 체험을 했고 나름 깊이 고뇌하며 살았다. 이 모든 삶의 역정이 내게 숱한 글거리를 마련해 주었다.

일류 요리사가 상품(上品)의 신선한 식재료 앞에서 손수 일품요리를 만들고 싶은 충동을 느끼듯이, 나도, 비록 일류는 못 되더라도,

그간 내 뇌리에 켜켜이 쌓인 이 양질의 값진 제재(題材)들을 나 몰라라 할 수 없는 게 아닌가? 나는 그것을 다듬고 펼치는 것이 내게 남은 사회적 책무라고 생각한다.

세 번째는 글 쓰는 일이 지닌 사회적, 교육적 의미 때문이다. 나는 늘 학문적 능력이 출중한 사회과학계의 많은 선배님과 동료들이 너무 일찍 절필(絕筆)하는 것을 무척 아쉽고 안타깝게 생각해 왔다. 아니 얼마간 분노했다. 학인(學人)에게 글 쓴다는 일은, 하루하루의 삶 속에서 사람들이 말로 자신의 의사를 표현하듯이, 학계와 사회와 소통하는 일상적이며 최상의 방식인데, 그것을 스스로, 앞서서 접는다는 것은, 자신의 평생의 업(業)을 방기하고 아예 말문을 닫겠다는 것과 다를 바 없다고 여겨진다. 한 명의 우수한 학자를 키우기 위한 막대한 사회적 투자를 고려할 때, 조기(早期) 절필로 인한 사회적 자산의 손실이 얼마나 큰가. 그런 맥락에서 나는 늘 죽을 때까지 글을 쓴다는 것이 우리 학계의 사회적 풍토가 되어야 한다고 생각해 왔다.

내 나이가 팔순을 넘고 보니, 내 제자 교수들도 정년퇴직하는 이가 해마다 늘고 있다. 나는 그들에게 평소에 사회과학자들의 학문적 전성기는, 지적 통찰력이 성숙되는 60세 이후라고 자주 말해왔다. 그 말은 실제로 나 자신에 대한 자기 최면이자, 채찍질이기도 했다. 비록 가까운 제자들이지만, 환갑을 훌쩍 넘은 제자들에게 계속 "공부하라.", "글 쓰라."고 채근한다는 것은 그리 쉬운 일이 아니다. 그러니 내가 아직 글을 쓰는 데는, 나 스스로가 본보기가 되어야겠다는, 작은 교육적 의미가 깔려 있다.

III.

재작년 고성산불로 집이 전소되어 수많은 책과 컴퓨터에 잠겨있던 숱한 자료들을 한순간에 잃었을 때, 정말 하늘이 무너지는 좌절과 아픔을 겪었다. 고심 끝에 불탄 자리에 작은 규모로 새집을 지어, 지난주에 입주했다.

이 찬란하게 아름다운 봄날에, 새집에서 새 마음으로 다시 글쓰기를 시작한다.

– 현강재, 2021. 05. 19

데드라인과 더불어

1.

정년을 앞두고 내가 선배 교수 한 분에게 시골로 내려갈 작정이라고 말씀드렸더니, 대뜸 그분이 "앞으로 글은 안 쓸 작정이요?"라고 물었다. 나는 "그거야 평생의 업인데, 어떻게 그만두겠습니까. 그런데 가능한 한 청탁받는 글은 피할 생각입니다. 내가 쓰고 싶을 때 쓰고, 쓰고 싶은 내용의 글만 쓰고 싶습니다."라고 답했다. 그랬더니, 그분 말씀이, "버스는 차장 '오라잇' 힘으로 가고, 글쟁이는 데드라인 협박에 밀려 글을 쓰는데, 데드라인 없이 어떻게 글이 나와요. 아마 어려울 거요."라고 말했다.

그 선배의 말은 글 쓰는 사람들이면 누구나 절감할 것이다. 돌이켜 보면 나도 글을 원고 마감에 앞서 일찌감치 넘겨 본 기억이 별로 없다. 글 쓸 걱정을 항상 머리에 담고 살아도 마감 문턱이 되어 재촉

전화가 두어 차례 와야 글이 손에 잡히고, 막판에는 여지없이 하얗게 밤을 새웠다. 신기한 것은 좀처럼 가닥이 잡히지 않던 글도 데드라인이 코앞에 오면 마치 신들린 것처럼 풀린다는 것이다. 실로 데드라인은 이처럼 글을 만드는 위력이 있다.

II.

데드라인과 연관해서 나는 잊지 못할 두 가지 에피소드가 있다.

그 첫째는 한 삼십여 년 전 일이니 이미 꽤 오래된 얘기다. 그때도 항상 글에 쫓기던 때인데 목욕을 하다가 아차 하는 순간에 크게 미끄러졌다. 옆구리 통증이 말이 아니었다. 그때 이미 명목상 데드라인이 지난 때여서 병원 가기를 포기하고 글 마무리를 위해 책상머리에 앉았다. 밀려오는 통증 때문에 한쪽 손으로 아픈 부위를 얼싸안고 '아이구, 아이구'를 연발하며, 거의 이틀 밤을 새워 억지춘향으로 글을 끝냈다. 글을 마치자마자 병원으로 달려갔더니, 갈비뼈 두 개가 부러졌다는 것이다. 왜 이리 늦게 병원을 찾았느냐는 담당 의사의 물음에 내가 자초지종을 얘기했다. 그분 말씀인즉, "글 빚이 사람 잡겠군요."

두 번째 얘기도 1990년경의 얘기다. 어떤 월간지에 원고지 50매 분량의 기명 칼럼을 연재하고 있을 때였는데, 겨울 방학 중 미국에 다녀올 일이 생겼다. 일을 마치고 여유 있게 귀국 이틀 전쯤 가까운 친구를 찾아 LA에 들렀다. 그랬더니 그 친구가 1박 2일로 라스베이거스를 다녀오자고 제안했다. 나도 반기며 따라나섰다. 저녁녘에 라스베이거스에 도착해서 호텔을 잡고 서울 집에 전화했더니, 잡지사에서 원고 마감이 지났는데 연락이 안 된다고 불난리가 났다는 것이다. '아차' 싶어 잡지사에 급히 연락을 했다. 하늘이 무너지는 일이 있어도 내일 새벽까지는 원고를 보내라는 것이다. 마감을 미뤄보려는 어떤 사정도 통하지 않았다. 하는 수없이 호텔 방 한구석에서 글을 짜내기 시작했다. 정작 화가 난 것은 같이 온 친구였다. 바쁜 가운데 추억을 만들려고 초행인 나를 데리고 이곳까지 왔는데, 불야성을 이룬 라스베이거스 한가운데서 잭팟은 고사하고 함께 밤 구경도 나서지 못하게 되었으니 화가 날게 당연했다. 꼬박 밤을 새워 글을 마치고 새벽에 부랴부랴 팩스로 글을 보냈다.

그런 사연 때문에 내 뇌리에 새겨진 라스베이거스의 첫인상은 휘황찬란한 밤무대나 스릴 있는 도박장이 아니라 을씨년스럽기 그지없는 환락가의 새벽 거리 모습이다.

III.

데드라인을 코앞에 두고 글을 마무리하자면, 침이 마르고 오금이 저린다. 그러나 머리는 깨끗이 정돈되고 글은 무섭게 속도를 낸다. 거듭 말하거니와 데드라인은 끝내 제시간에 글을 만들어 내는 신통력이 있다. 그래서 글 쓰는 이들은 데드라인의 마력을 신봉하고, 그에 의지하며, 얼마간 그 아스라한 느낌을 즐긴다.

이곳 속초/고성으로 내려온 후, 나는 데드라인 없이 글을 쓴다. 쓰고 싶을 때, 쓰고 싶은 글만 쓰는 편이다. 추동력이 미약하니 그 선배의 말씀대로 생산성은 크게 떨어지는 게 사실이다. 그러나 하루하루 데드라인이라는 마녀에 쫓기던 지난 40여 년에 비하면, 매우 인간다운 삶을 영위하고 있는 편이다.

하지만 아직도 인간적인 삶이냐 생산적인 삶이냐의 갈등은 나를 괴롭힌다.

- 현강재, 2010. 09. 25.

글을 쓴다는 것

1.

돌이켜 보면 나는 평생 글 고민을 머리에 달고 살았다. 늘 원고 재촉에 시달렸고, 그렇지 않더라도 새로 쓸 글 주제를 구상하고, 그 얼개를 만들기 위해, 또 거기에 그럴듯한 내용을 담아내기 위해 내 머리는 언제나 글 걱정으로 가득 찼다. 그러다 보니 비단 책상머리에 앉았을 때뿐만 아니라, 지하철 안에서나 등산길에서도, 심지어는 잠자리에 들면서도 글 고민으로부터 완전히 벗어난 적이 별로 없었던 것 같다. 내가 공부 바탕이나 지적 통찰력이 뛰어나지도 못하면서 글 욕심은 있는 편이었기에 더 힘겨웠던 것 같다.

글 걱정과 부족한 능력 때문에 얼마간 고단한 삶을 영위한 것은 사실이지만, 그런 생활을 스스로 그리 불행하다거나 견디기 어렵다고 느끼지는 않았다. 오히려 글과 더불어 바쁘게 사는 데 따르는 긴

장감과 분주함, 글의 생산과정에 수반하는 탐구의 보람과 성취의 기쁨이 내 삶의 생동감과 행복감을 더해 주었다고 생각한다.

II.

나는 연구논문을 쓸 때나 사회비평을 할 때, 그 어느 때나 글을 쓸 때는 몇 가지 원칙을 가지고 임했다.

그 첫째는 글을 정직하게 쓰자는 것이다. 다시 말해 내 양심의 소리에 따라 쓰자는 것이다. 그래서 내 내면의 울림에 항상 귀를 기울였다. 특히 시평을 쓸 때, 독자의 선호나 기대에 부응하기 위해 그들의 구미에 맞는 글을 쓰거나 혹은 일정 권력 집단이나 이념 집단에 잘 보이기 위해, 혹은 그들의 미움을 사지 않기 위해 마땅히 해야 할 소리를 마다하는 일은 한껏 피했다. 그러다 보니, 글을 쓸 때는 얼마간의 용기와 고뇌가 따랐고 황야에 홀로 서 있다는 느낌을 가질 때도 많았다.

두 번째는 어느 글이나 최선을 다하자는 것이다. 주요 학술지나 유명 언론에 글을 쓸 때나 몇몇 사람이 돌려 보는 동인지에 글을 쓸 때, 혹은 초등학생에게 보내는 격려의 글에서도 나는 언제나 각고와 탁마를 다했다. 내 능력이 모자라 글이 보잘것없이 되는 경우는 있어도, 내 정성이 모자라 글을 망치는 일은 없어야 한다는 일념이다.

세 번째는 정치 목적이나 영리 목적에 이용될 우려가 있는 글은 쓰지 말자는 것이다. 내 전공이 정치학, 행정학이다 보니 정부와 연관되는 일이 적지 않고, 그러다 보니 주위에서 이러저러한 명분으로 이른바 정부 용역을 많이 한다. 그런데 이들 용역 중 많은 것에 보이지 않는 '꼬리'가 달려 있어 실제로 정부 정책을 정당화하거나 정부가 요구하는 논거를 마련해 주는 데 이용되는 경우가 적지 않다. 그래서 나는 가능한 한 정부 용역을 피했고, 특히 과거 권위주의 시절에는 이를 금기시했다.

네 번째 돈과 연관해서 글을 쓰지 않는다는 것이다. 나는 그동안 글을 쓸 때 미리 원고료를 확인해 본 적도 없거니와 원고료가 적어서 불만을 피력해 본 적도 없다. 내가 오직 관심을 가졌던 것은 어떤 매체에, 어떤 글을 쓸 것인가, 또 그것이 어떤 의미가 있는가가 전부였다. 혹자는 글 값은 자신의 존재감과 자존심의 표현이기 때문에 꼭 따져 봐야 한다고 말한다. 일리가 있는 얘기다. 그러나 나는 아직도 돈 때문에, 혹은 돈에 연계해서 글을 쓰고 안 쓰고 하는 것은 글 쓰는 일에 대한 모독처럼 느껴진다.

III.

나는 '글은 자기 인격의 표현이자 삶의 결단'이라고 생각한다. 특히 사회과학자의 글은 사회적 메시지를 담는 경우가 많기에 사회적 책임을 수반해야 하며, 글을 쓴다는 행위 자체에 진정성과 엄숙성이 내재되어야 한다.

그러므로 나는 아래와 같은 글은 경계하고, 혐오한다.

첫째는 재주로 쓰는 글이다. 글재주와 순발력이 뛰어나서 겉보기에 화려하고 그럴싸해 보여도 실제로 내용이 빈약하거나 관점이 모호한 경우가 대부분이다. 글 치장에 정성을 들였으나, 글이 가볍고 그 안에 고민한 흔적이 드러나지 않는다. 글은 마땅히 본질에 접근해서 할 말만 가려 해야 한다.

둘째로 인기와 시세에 영합하는 글이다. 이 경우, 대체로 시대와 시류에 민감하게 반응하며 언제나 주류의 입장을 옹호한다. 그러나 무릇 지식인은 시대의 주된 흐름으로부터 얼마간 비켜서서 비판적 지성의 눈으로 상황을 직시할 수 있어야 한다. 그런 의미에서 그는 시대와 체제의 관점에서 볼 때, '거북한 동시대인'이어야 한다. 따라서 그는 멀리서 다가오는 먹구름을 경고하고, 체제의 빈틈을 지적하며, 진정한 사회통합의 방도를 제시해야 한다.

셋째는 이념의 노예가 된 글이다. 이념적으로 과도하게 편향되면, 사고가 끝내 폐쇄회로에 갇히게 된다. 교조적 이념을 추종하는 사람은 전사(戰士)일 뿐 이미 지식인이 아니다. 이들 글에서 보이는 불같은 열정과 가없는 헌신은 국익이나 국민을 향한 것이 아니라 혁명/반혁명과 이념집단을 위한 것일 뿐이다. 지식인은 마땅히 자신의 가치 지향과 관점이 있어야 하나, 그것은 사회통합과 국리민복에 기여할 수 있어야 한다.

IV.

우리가 이순신의 『난중일기』, 다산의 『목민심서』, 김구의 『백범일지』에 크게 감동하는 것은 이들 저작 속에 담겨있는 나라 사랑, 민생 걱정, 진리 탐구의 정신 때문일 것이다. 그런데 이들 책 하나하나가 우리에게 마치 저자 한 분 한 분의 화신인 것처럼, 아니 더 나아가서 『난중일기』가 이순신인 양 느껴지는 것은, 이들 책 속에 그들 각자의 인격과 삶이 고스란히 담겨있기 때문일 것이다. 그런 의미에서 나는 '인격화된 글'을 쓰는 것이 모든 글쟁이의 책임이라고 생각한다.

- 현강재, 2010. 09. 28.

65세~75세가 전성기, 왜?

I.

얼마 전 정년을 1년 가까이 앞둔 제자 교수 한 명이 나를 찾아 왔다. 그는 교수로서 마지막 한 해를 보내는 착잡한 심경을 토로하며 정년 후 생활에 대해 이것저것 내게 많이 물었다. 나는 지난 10년간의 내 삶의 과정을 되돌아보며 허심탄회하게 그에게 답했다. 혹 비슷한 처지에 있는 사람들에게 도움이 될까 싶어, 그와의 대화 내용을 아래에 1문 1답씩으로 정리해 보았다.

II.

문 : 우선 정년 후에 그 많은 책을 어떻게 하셨어요? 저도 이제 교수연구실을 비워야 하는데, 집의 서재에도 책이 넘치고 어디 보관할 데가 없어요. 이번 기회에 아예 제 삶을 에워싸던 책의 그늘에서 완

전히 헤어나고 싶습니다.

답 : 나도 정년퇴직 때 책을 반 이상 정리했네. 도서관에 많이 보냈지. 그런데 지금은 가끔 후회하네. 학자에게는 책이 무기가 아닌가. 책이 없으면 힘이 빠지네. 본질적 사색에 도움이 되고 지적 영감을 줄 수 있는 책들, 특히 '현대적 고전'들은 가능하면 간수하게. 그런 책들은 시간이 갈수록 빛이 나네.

문 : 선생님! 저는 이제 공부는 접을 생각입니다. 교수 생활 30년에 많이 지쳤고, 또 이 나이에 무슨 연구입니까. 조금 편하게 즐기면서 여생을 보낼까 합니다.

답 : 자네처럼 유능한 학자가 공부를 접다니, 무슨 말인가. 학자는 평생 직업이네. 자넨 아직 건강하고 연금도 타니 기본적 생활에 걱정이 없지 않나. 지금부터 진짜 공부를 하고 업적을 남길 나이네. 인문·사회과학자에게 퇴직 연령인 만 65세부터 이후 적어도 10년간은 최고의 절정기네. '전성기'란 말일세. 알찬 수확을 거둘 나이에 그만두다니.

문 : 정년퇴직 후가 전성기라니 무슨 말씀입니까. 이제 심신이 노쇠하고 지적 능력도 떨어지는데 또 공부에 매달리라니, 그것은 무모한 일이고, 일종의 노욕입니다.

답 : 나는 그렇게 생각하지 않네. 퇴직을 하면, 제도권을 떠나네.

학생들 가르치고 정규적으로 논문도 써야 하는 틀에 박힌 공적 의무에서도 벗어나네. 얼마나 홀가분한가. 이제 자유로운 영혼으로 하고 싶었던 일만 하면 되네. 시간도 나니 취미생활을 할 수도 있고, 봉사활동도 할 수 있네. 그러나 그런 일을 하면서도 절대 손에서 책을 놓지는 말게나. 공부꾼이 공부를 멀리하면 마음이 불편해서 삶 자체가 균형을 잃네. 학자에게 공부와 집필은 그가 아직 살아있다는 징표네. 또 노년기에 공부만큼 '힐링' 효과가 좋은 묘약은 없네.

문 : 무슨 공부를 하라는 말씀입니까. 또 전공에 매달려서 연부역강한 후배 교수들과 겨루란 말씀입니까.

답 : 꼭 그런 얘기는 아니네. 무어랄까. 이제 천의무봉(天衣無縫)의 경지랄까, 꾸밈없이 남을 의식하지 않고 자연스레 내 내면의 소리를 담아 글을 써보게나. 나도 거기에 이르기에는 까마득하지만 나름대로 그런 노력을 하고 있네. 인문·사회과학자는 연륜과 더불어 안목이 성숙되고 생각이 깊어지네. 그래서 큰 학자들의 대작들이 노년기에 나오는 경우가 많네. 그렇게 볼 때, 연령적으로 6, 70대는 학자로서 한창 물오른 최상의 전성기이네. 이때 공부를 접다니, 자네와 같은 뛰어난 공부꾼이 할 얘기가 아니네. 일종의 직무유기네.

문 : 그러면, 선생님이 요즈음 공부하는 방식을 말씀해 주십시오. 참고할까 합니다.

답 : 나는 이미 70대 후반에 접어들었으니, 한창 전성기 자네의 경

우와는 사정이 조금 다를 걸세. 그러나 내 생각을 얘기해 보겠네.

첫째, 이제 전공의 벽을 뛰어넘게나. 세상이 정해 준 학문 간의 경계는 부질없는 것이네. 아예 사회과학과 인문과학의 벽도 허물고 여러 영역의 학문적 성과를 두루 수확해서 자네 식으로 새로 반죽을 하게나. 요새 많이 얘기하는 융합과 재창조네. 대학에 있을 때는 학과와 전공에 따라 밥 먹는 체계가 다르니 이게 쉽지 않지만, 이제 거리낄 게 뭐가 있나. 그게 바로 천의무봉이네.

둘째, 공부할 때, 또 특히 글을 쓸 때, 그 안에 자네의 전 생애를 담게나. 사회과학자에게는 책에서 익히는 공부 못지않게 삶의 체험이 무척 중요하네. 그들은 자신의 생애과정 속에서 많은 통찰력과 아이디어를 얻고 문제해결의 실마리를 찾네. 그런 의미에서 자신의 인생 역정이 그에게 최대의 공부 밑천이네. 생각해 보게나. 다산 정약용이 멀리 강진까지 유배를 가지 않았다면, 민생을 담은 그의 빼어난 정책론이 나왔겠나.

셋째, 내가 요즈음 쓰는 글의 주제는 대체로 그간의 내 공부와 인생체험을 준거로, 문제의식이나 내용에 있어 '내가 제일 잘 쓸 수 있다'라고 자신할 수 있는 것들만 고르네. 3년 전에 출간한 『왜 오스트리아 모델인가』가 그렇고, 작년에 쓴 『5.31 교육개혁, 그리고 20년』도 마찬가지네. 말하자면 자신의 '고유성'이 두드러지는 주제를 택한다는 말일세.

또 10년 전만 해도 장기적 조망 아래 공부 계획을 세웠는데, 요즈음은 주로 중기, 단기로 하네. 내 나이를 감안한 것이지. 조금 큰 주제를 구상해도, 그 성과가 1~2년 단위로 줄이어 나올 수 있도록 배열한다는 얘기네.

문 : 농촌에 생활하시는 게 선생님 연구에 도움이 되십니까?

답 : 아직까지는 그렇다네. 주로 여름에는 농사짓고, 겨울에는 글 쓰는 게 내 일과인데, 실제로 글의 구상은 여름에 많이 하네. 농사일 하면서 머리는 계속 움직이니까. 많이 생각하고, 그것도 치열하게 생각하려고 노력하지. 그러면 대체로 가을로 접어들면서 글의 방향이 대강 정리가 되네. 내가 서울에 살며, 온갖 잡다한 일상의 소용돌이 속에 파묻혔다면, 이게 가능했을까. 그런 의미에서 얼마간 세속과 등지고 사는 이곳 생활에 만족하네.

자연은 인간에게 엄청난 지적 영감과 삶의 활력을 선사하는 화수분이네.

III.

나는 이 글을 쓰면서, 여러 해 전에 들은 인상적인 일화를 상기했다. 아래 인용구는 제자의 정년퇴임에 참석했던 90 문턱의 노(老) 은사의 말씀이다.

"내가 정년을 할 때는 이 나이까지 살리라고는 전혀 생각을 못 했어요. 그래서 정년 후에 공부를 접고, 그렁저렁 여행이나 다니며 재미있게 사는 데에만 열중했지요. 그러다 보니 90이 다 되었습니다. 이제 후회막급입니다. 지난 20년 넘는 세월 동안 여유 있는 마음으로 계속 연구에 정진했다면, 아마 한두 편의 대작을 썼을 거라는 생각이에요. 오늘 이 자리에 오신 제자와 후학들은 부디 제 전철을 밟지 마십시오."

* 이 글은 약 5년 전, 내가 70대 중반에 쓴 글이다. 그런데 나이 80을 넘고도 아직 연구생활을 하는데 별 지장이 없는 걸 보니, 아무래도 '전성기'의 뒤 연령을 적어도 80세로 높여야 되지 않을까. 허세나 오기로 보일 수 있으나, 진정성을 가지고 하는 얘기다.

– 현강재, 2016. 11. 29.

8

종강록

스승과 제자

나는 무엇을 해야 할까요

1.

30여 년을 대학 강단에 서다 보니 그동안 수많은 제자를 만났다. 그중에는 진지하게 자신의 장래에 대해 상담을 청하는 제자도 적지 않았다. 그들은 자신의 불확실한 장래에 대해 다소간 불안감을 피력하면서 "저는 앞으로 무엇을 하면 좋겠습니까?"라고 묻곤 한다.

그럴 때면 나는 이들에게 자신의 인생행로를 고민하는 과정에서 필수적으로 고려해야 할 세 가지 점을 알려 주고, 이를 감안하여 마지막 결정은 스스로 내릴 것을 권한다. 그 세 가지 점은, '내가 좋아하는 것이 무엇인가', '내가 잘하는 것이 무엇인가', 그리고 '그 일이 얼마나 보람된 일인가'이다. 내 답변의 레퍼토리는 이미 20년 이상 곰삭은 것이다.

II.

누구나 가능하면 자신이 '좋아하는 일'을 일생의 업으로 삼는 게 좋다. 아무리 돈을 많이 벌고 세상이 알아준다고 해도, 하기 싫은 일을 억지로 해야 한다면 그것은 엄청난 멍에가 아닐 수 없다. 따라서 자신의 전공이나 직업은 자신이 좋아하는 일, 해서 즐거운 일 근처에서 찾는 것이 좋다. 그 일을 하면 몇 끼를 굶어도 괜찮다는 바로 그런 일을 말하는 것이다. '일'이 '놀이'가 될 때, 인간은 행복하다. 또 '일'과 '놀이'를 함께 할 수 있을 때, 인간은 가장 창의적이다.

다음, 자신이 '잘하는 일'이 무엇인가 자문해 볼 필요가 있다. 아무리 좋아해도 그 일에 재주가 없으면 생산성이 낮고 그 결실이 빈약하다. 글재주가 전혀 없으면서 소설가를 지망하거나, 그림 재주가 형편없으면서 화가를 지망한다면 무모한 일이다. 따라서 자신의 특장(特長), 특기를 찾아 그 일을 생업으로 하는 것이 백번 유리하고, 또 장래도 보장될 수 있다. 자신의 장기를 살리는 일이 특히 오늘과 같은 무한 경쟁 시대를 사는 지혜일 수 있다.

마지막으로 고려할 요소가 '일의 보람'이다. 아무리 좋아하고, 잘하는 일도 그것을 하면서 보람을 느낄 수 없다면 불행을 자초하기 쉽다. 언젠가 삶의 의미를 되씹게 되고 좌절하게 된다. 노름을 좋아하고 또 잘한다고 해서 그것을 일생의 업으로 택할 수는 없는 것이 아닌가. 따라서 일생의 행로를 정할 때, 삶의 본질적 가치와 연관되는 문제에 대해 함께 깊게 고민해야 한다. 우리 주변에는 세상의 잣대로는 성공적이라고 할 수 없으나, 보람된 삶을 통해 사회에 기여하고 자신의 삶을 풍요하게 가꾸는 이들이 의외로 많다.

내가 좋아하는 일이 바로 내가 잘하는 일이고, 또 그 일에서 보람을 찾을 수 있다면 그것은 최상의 조합이다. 그러나 그렇지 않은 경우도 적지 않다. 그래서 고민이 싹트는 것이다.

III.

나는 위의 세 가지 요소를 고르게 헤아려서 진로를 신중하게 결정할 것을 권한다. 그러나 이러한 원칙이 당사자에게 실제로 얼마나 도움이 될지 회의적일 때가 많다. 생의 진로가 정해졌다 해도 그것을 뜻대로 이루는 것은 쉽지 않기 때문이다. 청년실업이 계속 치솟는 등 눈앞의 사회 현실이 녹록지 않다. 그런가 하면 부모·친지의 바람과 기대, 압력도 만만치 않다. 그런 가운데 자신의 진로를 찾아나선다는 일이 어디 그리 쉬운 일인가.

나는 그들에게 인생의 진로를 정하는 과정에서 끊임없이 자신과 허심탄회한 대화를 할 것을 권한다. 스스로를 속 깊이 가장 잘 아는 사람이 자신이고, 자신의 생을 책임질 당사자는 결국 자기 자신이기 때문이다. 그런데 그 대화는 다분히 자기 성찰(省察)에 바탕을 두어야 한다.

아울러 나는 주관(主觀) 세우기, 멀리 보기, 그리고 능력배양을 강조하고자 한다. 주관을 세운다는 일은 자신의 뜻에 따라 인생의 목표나 지향점을 정하는 일이다. 큰 방향이 정해지면, 지나치게 작은 상황의 변화나 주변의 관여에 따라 흔들리지 않는 것이 중요하다.

다음, 무엇을 할 것인가를 정할 때, 아무리 현실이 냉혹하다 해도 지나치게 눈앞의 형편이나 이해관계에 집착하기보다는 더 멀리 미래를 조망할 것을 권한다. 누구나 근시안적 관점에 서면 당장의 이익을 우선하게 되고 쉬운 길만 눈에 보인다. 그러나 장기적 조망을 하게 되면 보다 근본을 추구하게 되고 바른길을 찾게 된다. 또 시간적 배열 속에서 자신의 목표를 점진적으로 성취할 수 있다. 무엇보다 주요한 것은 능력을 배양하는 일이다. 아무리 꿈이 좋고 목표가 바르게 세워졌다고 해도 실력이 뒷받침하지 않으면 그것은 한낮 백일몽으로 끝날 뿐이다. 능력배양은 꿈의 성취를 위한 최상의 동력이다. 따라서 필요한 실력을 갖추기 위해 최선의 노력을 다해야 한다.

위의 세 가지 요소를 조합하는 방식은 자신의 특성이나 능력, 그리고 꿈의 영상에 따라 다양하게, 또 얼마간 유연하게 구성할 수 있다. 생애주기를 염두에 두고 강조점을 옮기는 것도 하나의 방식이다. 즉 청·중년기에는 잘하는 일에 비중을 더 두다가, 나이가 들면서 좋아하는 일, 그리고 보람 찾는 일로 역점을 옮겨 가는 것이 그것이다. 그러나 이러한 경우도 생애 차원의 큰 그림을 마련할 필요가 있고, 강조점을 달리하더라도 어느 시기에나 위의 세 가지 요소를 빠짐없이 고려할 필요가 있다.

IV.

나는 젊은이들과 상담할 때, '꿈'과 '의(義)'의 중요성을 많이 강조하는 편이다. 특히 배운 사람은 꿈이 있어야 행복하고, '선의후리(先義後利)'일 때 인간적 향기가 드러난다고 말한다. 그리고 이를 위해서는 용기가 필요하다는 얘기도 자주 곁들인다.

나는 우리 시대 의인(義人)의 예로 성산 장기려 선생의 예를 자주 든다. 당대 한국 최고의 외과 의사였던 그는 평생 자신의 탁월한 능력과 창의성을 가난한 이웃들에게 오롯이 다 헌납하고 의롭게 산화(散華)했다(앞 글 '장기려, 그 사람' 참조). 나는 학생들에게 장기려 선생 얘기를 할 때면 차마 '장기려 박사님과 같은 사람이 돼라'라고 청하기가 어려워서, '그분을 닮아라'라고 이야기하곤 했다. 최근에 선종한 '수단의 슈바이처' 이태석 신부님의 불꽃 같은 일생도 우리 젊은이들에게 더할 수 없는 귀감이 되리라고 생각한다. 장기려 선생이나 이태석 신부는 꿈과 의(義)를 따라 평생 외로운 길을 홀로 걸으면서도 한 번도 머뭇거리지 않으셨던 분이다. 나는 젊은이들에게 자신의 생애에서 꿈과 의를 살리기 위해서는 그 길을 동행해 줄 걸 맞는 배우자를 택하라는 얘기도 자주 한다.

V.

나는 재주만 뛰어나고, 눈앞의 세속적인 가치에 눈을 반짝이는 젊은이들을 보면 부아가 난다. 그러나 세상 모든 이가 한평생 꿈과 의에 의지해서 산다는 것은 기대하기 어려운 일이다. 그래서 나는 주례할 때 다음과 같이 말한다.

“두 사람은 인생의 길목에서 가끔은 ‘내가 왜 사는가’, ‘어떻게 살아야 할 것인가’ 스스로 심각하게 물어야 합니다.”

- 현강재, 2010. 12. 24.

스승의 날에 생각나는 일

I.

1997년으로 기억된다. 그러니 벌써 19년 전 얘기다. 당시 나는 김영삼 문민정부에서 교육부 장관을 하고 있었는데, 하루는 청와대에서 연락이 왔다. 대통령께서 '스승의 날'에 옛 스승들을 모시고 점심을 하는데 장관도 합석하라는 전갈이었다. 참석자는 김 대통령의 서울대학교 문리대 철학과 스승이셨던 안호상 초대 문교부 장관과 고형곤 박사, 그리고 이름이 기억되지 않는 경남고 스승 한 분, 그리고 대통령과 나, 다섯 명이었다.

II.

당시 안호상(1902~1999) 박사님은 95세의 고령이셨다. 초대 문교부 장관 재직 중, '한백성(일민) 주의'를 주창하고 한국의 교육이념으로

'홍익인간'을 정하는 데 주도적 역할을 했던 민족사상 연구가로 기개 높고 깐깐한 성품이셨다. 기존 역사학계를 식민사학으로 비판하고 기회 있을 때마다 고집스럽게 '통일신라 국경 북경설'을 주장하셨던 재야사학계의 거목이셨다. 일찍이 1920년대에 독일 유학을 하셨고, 이광수의 중매로 한때 『렌의 애가』의 모윤숙 시인과 결혼해 유명세를 타셨지만, 결국 두 분의 사랑은 오래 지속되지 못했다. 훔볼트 재단 모임 등에서 몇 번 뵈었는데, 언제나 허리를 꼿꼿하게 세우시고, 엄숙한 표정이 인상적이셨다. 악력이 대단하셔서 악수할 때 손이 아플 정도였다.

한편 고형곤(1906~2004) 박사님은 한때 전북대학교 총장과 국회의원도 지내셨는데, 특히 선(禪)에 대한 심오한 연구로 이름난 한국 철학계의 원로이셨다. 고건 전 총리의 부친으로도 널리 알려지셨는데, 당시 아흔이라는 연세가 믿기지 않을 정도로 정정하셨다.

또 한 분, 김영삼 대통령의 경남고등학교 은사이셨던 선생님은 여든을 갓 넘으셨을 연배였는데, 90줄의 두 어른과 함께 계시니 상대적으로 젊어 보였다. 쾌활한 성격으로 말씀을 좋아하시는 느낌이었다.

당시 김영삼 대통령은 세는 나이로 70이셨고, 나는 57세였다. 그러니 그 자리에는 90대 두 분, 80대, 70대, 그리고 50대가 함께하고 있었다. 나는 대통령의 스승 되시는 한국 철학계의 전설적인 두 어른과 함께 하는 쉽지 않은 기회이어서 얼마간 들떠 있었다. 어른들 말씀에 내가 끼어들 것도 아니고, 그냥 '옵서버'로 앉아 당대의 큰 어른들 말씀에 귀 기울이며 소중한 기억이나 챙기고 인생 공부만 하면 되는 자리이니 얼마나 기막힌 계제인가. 눈코 뜰 새 없이 바쁜 장관 일정에 이런 모처럼의 기회는 오랜 가뭄 뒤에 한 차례 빗줄기처럼 청량했다. 그런데….

III.

김영삼 대통령의 간략한 사은(謝恩)의 말씀에 이어 식사가 시작되었다. 칼국수나 소찬은 아니었으나 그리 풍성한 식단은 아니었던 기억이다. 딱히 화기애애하지는 않았으나, 대화 분위기는 좋은 편이었다. 김 대통령은 워낙 말수가 적은 분이시기도 하지만 은사들 앞이니 시종 다소곳한 편이셨고, 고형곤 박사님도 하실 말만 골라서 하셨다. 시종 좌중을 압도하며 분위기를 주도한 이는 역시 안호상 박사님이셨다. 자신의 박람강기(博覽强記)를 뽐내시듯, 주제를 바꿔가며 종횡무진 말씀을 많이 하셨다. 그런데 안 박사님 말씀 사이사이에 틈새를 자주 비집고 들어가, 때로는 안 박사님의 말씀을 거들고, 때로는 자신의 생각을 곁들어가면서, 스스로 존재를 드러내셨던 분이 김 대통령의 경남고 은사셨다. 그분은 안 박사님이 주도하는 판세를 그대로 받아들이면서도, 일인 독주는 용인하지 않으시겠다는 듯, 가끔 견제구를 던져가며, 나름 자신의 몫을 톡톡히 했다.

그런데 식사가 종반으로 들어갈 무렵, 예상치 않은 사달이 났다. 그 이름 모를 김 대통령 경남고 은사께서 말씀 도중 느닷없이 안호

상 박사님을 향해,

"선생님, 백수(白壽)는 하셔야지요."라고 말씀하시는 게 아닌가.

그 순간, 나는 '아차' 했다. 물론 덕담으로 드린 말씀이지만, 안 박사님 성품에 그 말을 그냥 넘기시지 않을 것을 예감했기 때문이었다. 아니나 다를까 곧이어 안 박사님이 목청을 크게 높이시며 역정을 내셨다.

"아니, 이 양반아. 내가 지금 아흔다섯이고 이처럼 건강한데, 몇 년만 더 살고 가라는 얘기요." 이에 크게 당황한 대통령의 옛 은사는 손사래까지 쳐가며,

"아니, 그 말씀이 아니라…." 하며, 극구 변명을 했지만, 안 박사님의 노염은 쉽게 풀리지 않았다.

다른 이들도 곤혹스러워 어쩔 줄 모르는 가운데, 점심은 파장을 맞았다.

IV.

그날 '백수' 하시라는 말씀에 크게 화를 내셨던 안호상 박사님은 그 후 두 해 뒤인 1999년 아흔일곱에 저세상으로 가셨다. 고형곤 박사님은 더 장수하셔서 2004년 아흔아홉 연세에 서거하셨다. 평생 타고난 건강을 자랑하셨던 김영삼 대통령도 작년에 구십 문턱을 넘기시지 못하고 별세하셨다. 그날, 점심 마지막 무렵 판을 깨셨던 김 대통령의 경남고 은사의 생사는 알 수가 없으나 그분의 낙천적 성격으로 보아 꽤 오래 사셨을(아니면 살고 계실) 것으로 미루어 짐작된다.

지난 20년 동안 우리나라의 고령화는 세계에 유례없이 빠르게 진행되어, 최근의 통계에 따르면 전국에 100세 이상 노인의 수가 1만 5,000명에 이르렀다고 한다. 놀라운 얘기다. 안호상 박사님이 요사이 사셨다면 아마 호기 있게 120세는 장담하셨을 것 같다.

– 현강재, 2016. 05. 10.

50부터는 인격이 좌우한다

1.

나는 제자들에게 자주 인품의 중요성을 이야기한다. 그러면서 아무리 실력이 출중하고 재주가 뛰어난 사람도 인격이나 사람 됨됨이가 적정 수준에 미치지 못하면 그에게 큰일을 맡기기 어렵다는 점을 강조한다. 젊었을 때는 남보다 능력이나 재주가 월등하면 주위의 부러움을 사고 윗사람의 총애를 받게 된다. 그래서 남보다 빨리 승진하거나 중용되는 경우가 많다.

그러나 조직의 계층제에서 일정 단계를 넘게 되면, 사람에 대한 평가 기준이 달라진다. 당사자의 업무능력이나 기능적 우수성보다 그 사람의 인품과 신뢰성의 비중이 부쩍 높아지게 마련이다. 정부 관료제의 국장급 이상, 대기업의 임원, 혹은 다양한 조직의 핵심적 직책처럼 높은 수준의 공적 책임과 헌신을 요구하는 자리들의 경우, 별 예외 없이 그러하다.

그래서 나는 제자들에게 인격을 닦는 일이 실력을 쌓는 일 못지않게 중요하며, 50세부터는 유능성보다 인품이 인생의 행로를 결정한다고 자주 말한다.

II.

나는 살아오면서 머리 좋은 사람, 재주 많고 유능한 사람들을 많이 만났다. 그들의 뛰어난 능력에 감탄하고 부러워한 적도 많았다. 그러면서 때로는 자신이 초라하게 느껴질 때도 적지 않았다. 아직도 나는 무능하고 게으른 사람들보다는 유능하고 부지런한 사람을 훨씬 좋아한다. 그러나 그동안 이른바 재승덕박(才勝德薄)한 사람들도 자주 보아왔다. 그들은 재주가 뛰어나서 한동안 위아래로부터 일 잘한다는 말을 들으면서 승승장구한다. 그러나 인품이 자리에 미치지 못해 주위와 자주 부딪히고 공사를 제대로 분별하지 못하는 바람에 큰일을 그르치기 일쑤다. 재승덕박한 이들에게는 그가 지닌 뛰어난 재주가 자칫 해악이 될 때가 많다. 그 재주를 바르지 못한 목적이나 부정한 일에 쓰기 때문이다,

사회 각계의 진정한 대가들은 대체로 일정 수준 이상의 인격을 갖춘 분들이다. 반면 천부적 재주만 믿고 인격 형성에 소홀히 한 사람들은 대체로 한때 반짝하거나, 세상을 깜짝 놀라게 하다가 하루아침에 이슬처럼 스러지는 경우가 많다. 인격의 뒷받침이 없으면, 거듭된 실패 후에 좀처럼 재기에 성공하지 못한다. 그런 의미에서 아무나 칠전팔기(七顚八起)의 주인공이 되는 게 아니다. 그들은 저마다 인

고의 세월을 견디며 꽃피운 인격적 깊이가 있는 이들이다.

내가 인품을 이야기하면서 강조하는 기준들은 아래와 같다. 첫 번째로 신뢰성이다. 그들은 약속이나 합의를 어기지 않고 상황변화에 따라 쉽게 변하지 않는다. 말하자면 '사계절의 사나이', 한결같은 사람들이다. 따라서 그들과는 멀리 떨어져 있어도, 잦은 소통이 없어도 늘 믿음직하고 가깝게 느껴진다. 두 번째 사사로운 이익에 집착하지 않는다. 그들은 당장 눈앞의 이익보다는 공익과 대의를 중시하고, 공동체의 큰 목표를 지향하며 자신의 출세나 영달에 목을 매지 않는다. 세 번째로 돈과 권력, 윗사람에 아부하거나 시세에 편승하지 않고, 뒤진 자들에게 겸손하다. 그들은 성공에 오만하지 않고, 실패에 크게 좌절하지 않는다. 네 번째로 그들은 고전적 기풍과 문화적 격조를 지니고 있다. 그들은 역사와 문화의 중후함을 간직하면서 진중하게 처신한다. 그들의 언행 속에는 사색의 깊이와 철학, 역사와 예술 세계와 맞닿는 그윽한 고전적 향기가 깃들어 있다.

인격과 인품은 하루아침에 형성되는 것이 아니다. 오랜 세월 속에서 체험과 학습, 각고와 수련을 통해 몸과 마음에 자연스레 스며드는 것이다. 그런 의미에서 그것은 면려(勉勵)와 내공(內工)의 결정체이다.

III.

인적 자본(human capital)의 개념은 경제적 관점에서 인간의 가치를 바라볼 때 많이 쓰인다. 따라서 유능성과 생산성이 강조된다. 한편 사회적 자본(social capital)은 신뢰성에 역점을 둔 개념이다. 가정과 조직, 그리고 큰 사회가 원활하게 돌아가기 위해서는 신뢰의 형성이 매우 중요하며, 이것이 쌓일 때, 사회적 자본은 축적된다.

여기 더 해서 최근에는 문화적 자본(cultural capital)이라는 개념이 부상하고 있다. 이 개념은 개인의 예술적, 문화적 경험과 학습을 통해 체화된 문화적 산물을 뜻한다. 즉 인간의 사고나 행동 양식에서 드러나는 문화적 향기 같은 것이다. 과거에는 국가나 개인의 발전에서 인적 자본의 중요성이 크게 강조되었지만, 근래에는 사회적 통합과 높은 수준의 발전을 위해 인적 자본 외에, 사회적 자본과 문화적 자본이 매우 필요하다는 점이 두루 인식되고 있다. 그런가 하면, 요즈음 많은 이가 이들, 인적, 사회적, 문화적 자본의 통합된 총체를 '정체성 자본(identity capital)'이라고 부르고 있다.

위에서 논의한 인간의 유능성이나 재주는 인적 자본에 비유될 수 있다. 반면 인격이나 인품은 사회적, 문화적 자본에 상응하는 개념이라고 말할 수 있다. 그렇게 볼 때, 정체성 자본의 개념은 유능성과 인격성의 총화라고 볼 수 있다. 유능성과 인격성이 높은 수준에서 균형과 조화를 이룰 때 인간의 정체성은 가장 찬연히 빛난다.

IV.

지도자에게는 사람을 잘 알아볼 수 있는 능력, 즉 지인지감(知人之鑑)이 필수적 요체이다. 경륜 있는 지도자일수록 주요한 직책에 사람을 구할 때는 당사자의 인격과 인품을 눈여겨본다. 따라서 인생 나이 50을 넘어서도 자신의 재주만 앞세우는 이들에게 미래는 그리 밝지 못하다. 대신 동서양 고전의 문화적 향기를 머금은 인간의 격조는 백리향처럼 멀리 미치고, 천일홍처럼 오래 지속된다.

- 현강재, 2013. 06. 07.

천직의 후유증

I.

나는 손수 운전을 못 하기 때문에 대중교통이나 택시를 자주 이용하는 편이다. 그런데 택시 운전기사가 백미러로 뒤를 보면서, "제가 손님이 무엇 하시는 분인가 한번 맞춰 볼까요?" 하며 내게 넌지시 말을 건넨 적이 몇 번 있었다. 내가 "그러세요."라고 대답하면, 대뜸 "학교 선생님이시지요?"라고 되묻는다. 내가 그렇다고 말하면, "얼굴에 그렇게 쓰여 있어요." 한다. 그럴 때면 내심 무척 기쁘다. 내가 자부심을 갖고 있는 직업을 얼굴에 달고 다닌다니 얼마나 근사한 일인가. 내가 그간 헛살지 않았다는 얘기가 아닌가.

II.

내가 대학 교단에 40년 가까이 섰으니, 가르친다는 일이 몸에 밴

것 같다. 그러다 보니 그것이 '제2의 천성'이 되었는지, 늘 어디서나 다른 사람을 가르치려 든다는 비판을 자주 듣는다. 누군가 초등학교 여선생님과 결혼을 했더니, "이렇게 하세요.", "그건 안 돼요." 하며 남편을 초등학생처럼 다룬다는 얘기를 들은 적이 있는데, 아마 내게도 그런 면모가 있는 모양이다.

그래서 그냥 넘겨도 될 일을 일일이 지적하고, 자주 시시비비를 가리려 드는가 하면, 걸핏하면 야단치고, 훈계하려 든다는 것이다. 어린 손자들 작은 잘못도 낱낱이 바로잡으려 하고, 공공장소에서 누가 새치기를 하면 여지없이 끌어내고, 친구들과 편하게 어울리다가도 그르다 싶으면 꼭 따지고 들어 상대방을 곤혹스럽게 만든다는 것이다. 전에 정부에 있을 때도 국회의원들로부터 "장관, 우리가 학생인 줄 아세요, 왜 번번이 가르치려 들어요?"라는 볼멘소리를 자주 들었다. 그들이 엉뚱한 얘기를 하면 그냥 지나치지 못했기 때문이다. 내 처도, "제발 집에서는 선생 노릇 안 했으면 좋겠어." 하는 불평을 한다. 아마도 가르치려 드는 것이 직업병 수준인 것 같다.

III.

제자들에게도 엄격한 편이다. 실은 그리 너그럽지 못한 편일 게다. 그래서 오랜만에 제자들과 함께 만나면, 학창시절에 내게 혼났던 일화를 마치 무용담처럼 다투어 얘기하곤 한다. 내 기억에서는 이미 사라졌는데, 그때 그것들이 그들에게는 하나하나가 만만찮은 사건이었고, 더러는 그 여운이 아직도 남아있는 것 같다. 그럴 때마다 미안한 마음이 샘솟는다. 칭찬을 하면 고래도 춤춘다는데, 내가 생각해도 학생들에게 칭찬보다는 질책을 더 했던 것 같다.

그래도 어떤 제자는 "그때, 선생님께 혼이 나고 제가 크게 반성을 했습니다. 선생님의 호된 훈육이 제 인생에 큰 가르침이 되었습니다."라고 말하는 경우도 없지 않다. 그러면 무척이나 고마우면서 한편 부끄럽기 짝이 없다. 그러나 어쩌랴. 이미 쏟아버린 물인데.

그런데 그 직업병은 아직도 끝나지 않은 듯하다. 얼마 전에는 한 제자가 이메일로, "선생님 블로그에 가끔 들어가는데, 선생님 글에는 어디나 '교육적 메시지'가 담겨있어요. 아직도 가르치고 계세요. 그래서 글을 읽으며, 선생님 강의를 듣고 있는 느낌이에요."라는 것이다.

IV.

교수를 하면서 아예 마음먹고 제자를 호되게 꾸짖는 때도 없지 않다. 제자의 생각이나 행동, 혹은 버릇을 고치기 위해 쓰는 충격요법이 그것이다.

80년대 중반 학번인 A 군은 착실한 대학원생이었다. 학자가 꿈인 그는 부유한 집안 출신으로 성품도 착했고 공부도 잘했다. 그런데 화초처럼 자란 친구라 학교 밖의 사회문제에 관해서는 별로 관심이 없었다. 그의 동료들은 당시 시국 문제에 무척 예민했고, 이념논쟁이나 정치 사회적 쟁점 토론을 많이 했는데 이 친구는 그런 주위 분위기를 완전히 외면하고 전공 공부, 그것도 지극히 기능적인 공부에만 매달렸다. 실은 나도 당시 학부는 물론, 대학원까지 지나치게 정치화, 이념화되는 것을 우려했던 입장이었는데, 이 친구의 경우는 심해도 너무 심했다. 아예 교실 밖의 사회적 흐름에 완전히 담을 쌓고 있었다. 그래서 하루는 작심하고 A 군을 내 연구실로 불렀다. 그리고 한국 사회와 연관된 여러 현안 문제들, 그리고 이념적, 정치경제적 쟁점에 대해 그의 의견을 물었다. 놀랍게도 그는 그런 살아있는 현안에 대해서는 전혀 아는 게 없었다. 그러니 자신의 고유한 의견이 있을 리 없었다. 내가 묻는 말에 대해, 고작 "모르겠는데요.", "워낙 관심이 없어서요."가 그의 대답의 전부였다.

그의 대답을 듣다가 나는 화가 치밀었다. 그래서 크게 혼을 냈다. "도대체 너는 어느 나라 사람이냐.", "사회과학을 전공한다는 놈이 우리 사회에 대해 아는 게 없으니, 도대체 너는 무슨 공부를 했느냐.", "'죽은 공부'를 하는 놈은 우리 대학원에 있을 필요가 없다." 등 심한 질책을 하며, 윽박질렀다. 그는 무척 놀란 기색이었고, 급기야 눈에 눈물이 고였다. 나는 내가 너무 나갔다 싶어, 뒤늦게 그를 달래며, 내 진의가 무엇인가를 설명했다.

A 군은 대학원을 마치고 미국 유학을 갔다. 그는 현재 미국 중부의 어느 주립대학에 교수로 재직하고 있다. 내가 정년퇴임을 하기 직전, A 군이 마침 한국에 다니러 왔다가 내 연구실을 찾아 왔다. 그리고 나와 옛날얘기를 나눴다. 그때 A 군은 난생처음 윗사람에게서 호되게 질책을 받았고, 그 후 며칠 동안은 요샛말로 완전히 '맨붕' 상태였다는 것이다. 그리고 그는 '살아있는 사회과학'을 해야겠다고 결심을 하고, 그 후 그 길로 매진해 왔다는 것이었다. 물론 나 듣기

좋으라고 한 얘기일 수도 있으나, 내 면전에서나마 그렇게 얘기하는 그가 고마웠다.

B 군은 경상남도 끝자락 바닷가 출신인데, 사투리가 무척 심했다. 학부 때부터 그랬는데 대학원에 와서까지 나아진 게 없었다. 내가 한두 번 지적했는데도 별로 개선되는 기색이 없었다. 어떤 때는 이 친구가 아예 '사투리 지킴이'로 나섰나 싶었다. 이 친구 역시 대학교수를 지망하는데, 무척 걱정되었다. 한번은 그가 대학원 내 수업에서 발표를 했다. 그때 나는 작심을 하고, 여러 친구 앞에서 의도적으로 망신을 주었다.

"자네 열심히 발표했는데, 솔직히 나는 심한 사투리 때문에 반도 못 알아들었네. 서로 지적 소통이 되지 않았다는 얘길세. 자네가 앞으로 고향에서 장사를 하고 산다면 내가 더 말을 않겠네. 그런데 앞으로 꼭 대학교수가 되겠다면서, 사투리 교정에 힘을 쓰지 않으면, 어쩌자는 건가. 그건 학생들에게 못 할 짓이 아닌가. 앞으로 발표 때마다 내가 지켜보겠네. 고치지 않고는 못 견디게 만들 터이니 그리 알게나."

그 후, 그도 교수가 되어 대학에서 가르치고 있다. 재작년 어느 작은 학술모임에서 그를 만났다. 주제에 대해 함께 토론했는데, 사투리가 크게 개선되어 있었다. 이제 그의 엷은 사투리가 귀에 거슬리지 않고, 오히려 얼마간 매력 포인트가 되어있었다. 토론이 끝난 후, 그가 먼저 내게 다가와서, "선생님 많이 나아졌죠. 선생님께 크게 혼이 난 후, 대오각성(大悟覺醒), 와신상담(臥薪嘗膽)한 결과입니다."라고 말했다. 내가 크게 칭찬하며, 그를 고무한 것은 물론이다.

위의 두 경우는, 내가 마음먹고 제자들을 모질게 다뤄서 얼마간 성과를 거둔 경우이다. 그런데 내가 몰라서 그렇지 분명, 내가 제자들을 지나치게 질책해서 마음에 상처를 안겨 준 경우가 더 많았을 것 같다. 자괴하지 않을 수 없다.

V.

내 서재에는 서예가 청남(菁南) 오제봉(吳濟峰) 선생이 써주신 '處無爲行 學不言敎' 라는 액자가 있다. 노자의 도덕경에 나오는 말씀인데, '무위(無爲)의 삶'과 '말 없는 가르침'을 강조하는 내용이다. 의식적이든, 무의식적이든 매일 한두 번 그쪽으로 눈이 가고, 내가 무척이나 좋아하는 글귀이다. 그런데 따져보면 내가 오랫동안 그것을 건성으로 쳐다보았던 게 분명하다. 선생이랍시고, 자기 성찰에는 게을리하면서, 매사에 심판관 노릇을 자처하고 제자들 야단만 쳤으니, 무위의 삶은 고사하고 말 없는 가르침과는 정반대의 길을 걸어온 셈이다. 크게 부끄러운 일이다.

그러나 '말 없는 가르침'이 어디 그리 쉬운 일인가. 앞으로도 아마 부끄러움을 무릅쓰고 계속 내 방식대로 가르치려 들 게 분명하다.

– 현강재, 2012. 12. 22.

종강록

이미 학기도 저물고 내 경우 종강도 했다. 이번 학기가 정년을 앞둔 마지막 학기이니 대학 강단에서의 내 역할은 사실상 끝난 것이다. 처음 시간강사로 대학 강단에 선 지 42년, 전임교수 생활 35년의 긴 여정이 이제 서서히 막을 내리고 있다. 얼마간의 아쉬움이 남는 것은 인지상정이지만, 그보다는 홀가분한 마음이 앞선다. 이제 정말 자유로운 영혼으로 얼마 남지 않은 '내 시간'을 갖게 되었다는 생각에 교수 초년병일 때처럼 가슴이 부푼다.

이 지면을 통해 행정학과 학생들에게 마지막 강의 삼아 학창 생활을 하는 데 유의해야 할 몇 가지 당부를 하고자 한다. 그래서 제목도 종강록이라 정했다. 하고 싶은 말은 많은 데 다섯 가지로 줄였다.

첫 번째 부탁은 '초심을 잃지 말라'는 것이다. 말하자면 '처음처럼' 살라는 얘기다. 큰맘 먹고 처음 시작했을 때의 꿈, 목표, 희망, 열정,

의욕을 잃지 말라는 것이다. 처음에는 무엇보다 긴장과 결의가 있다. 그것은 새벽 창문을 열고 처음 느끼는 신선한 찬 공기처럼, 우리를 무섭게 흔들어 새로 깨우는 힘이 있다. 초심에서 멀어져 가는 자신을 다그치며, 초심으로 회귀하는 노력을 줄기차게 계속해야 한다. 그것 없이는 우리는 일상의 늪에 빠져 '그날이 그날'인 삶을 살게 된다.

두 번째 부탁은 'deep play를 하라'는 것이다. 매사에서 피상적인 것, 겉치레하는 것, 상투적인 것을 피하고, 가능하면 본질에 접근하는 노력과 진지함, 의미 찾기, 파고들기를 얼마간 내면화할 필요가 있다. 요새 많이 쓰는 말로 진정성이 배어 있어야 한다. 그런 의미에서 '좋은 게 좋은 것'을 추구해서는 안 된다. 사회는 'deep player'들에게 사회적 신뢰로 보상한다.

세 번째 부탁은 '가까이에서 행복을 찾자'는 것이다. 바로 내 주위에 행복의 값진 실마리들이 곳곳에 있다. 내 가족과 이웃들, 집 근처, 통학 길, 친구들이 모두 내 행복의 보금자리들이다. 그것들을 그냥 스쳐 가서는 안 된다. 그러기 위해서는 우선 연세대학교가 제공하는 수많은 기회를 고르게 '착취'하자. 자과(自科) 중심의 강의나 교육과정에 파묻히기보다는 폭 넓은 강의 선택을 하고, 교내에서 일년 내내 진행되는 각종 국제회의, 세미나, 특강에 관심을 기울이고, 도서관의 각종 프로그램, 서클 활동, 연구모임에도 선택적으로 참여하자. 아직도 꽤 남아있는 연세의 아름다운 자연 속에서 자신만의 산책로를 개척하는 것도 하나의 방법이다.

네 번째 부탁은 '시간을 관리하라'는 것이다. 우리 모두가 자기 시간의 관리사다. 그런 의미에서 인생은 어차피 '시간 싸움'이다. 지나치게 촘촘한 미시적 시간 계획은 사람을 피곤하게 만든다. 가끔 시간의 여백을 마련하고 정신적 이완을 취하는 것은 필수적이다. 그러나 큰 줄거리의 시간 계획은 꼭 필요하다. 중장기, 그리고 하루의 시간 배열, 우선순위의 설정, 선택과 집중이 필요하다.

참고로 나는 전형적인 '새벽형'이다. 대체로 4시에 일어나 7시까지는 공부를 한다. 그 시간에는 아무에게도 방해받지 않는 나만의 '절대 시간'이다. 그러면 그날 다른 일로 쫓겨 다시 책상 앞에 앉지 않아도 네트(net)로 최소한 몇 시간은 챙길 수 있다. '틈새 시간'을 이용하는 것도 한 방법이다. 내가 정부에 있을 때, 항상 잠이 부족했다. 그래서 차로 이동할 때는 언제나 잠시나마 '조각 잠'을 잤다. 그게 얼마나 달콤했던지. 내 제자 한 사람은 먼 곳에서 통학을 했는데, 붐비는 버스 간에서 항상 리시버를 귀에 꽂고 이리 밀리고 저리 밀리면서 어학 공부를 열심히 했다. 그는 지금 유엔 차석대사를 일하고 있다.

다섯 번째의 당부는 '미래를 낙관하라'는 것이다. 비관적 미래 조망, 자포자기, 쉬운 포기는 금물이다. 미래에 대한 낙관은 일의 성취를 위해서도 필수적이지만, 우리의 정신 건강을 위해서도 최상의 묘약이다. 미래를 지나치게 낙관하고 준비를 게을리해서는 안 되지만, 미리 지나치게 걱정하고, 안 되거니 생각하면 정말 될 일도 안 된다. 만사는 '빛과 그림자'가 있다. 빛을 최대한으로 키우고, 그림자를 줄이는 노력을 열심히 하면 점차 성취의 길로 접어들게 된다.

무엇보다 인간은 엄청난 발전 잠재력을 갖고 있다. 절체절명의 위기를 인생 최대의 기회로 만들 수 있는 것이 인간이다. 미래에 대한 낙관적 확신을 가지고 최선을 다할 때, 여러분은 모두가 '성공사례'가 될 수 있다.

쓰다 보니 할 얘기가 너무 많다. 한 가지만 더 보태자. 행정학이 실용적 학문이라, 좋은 점도 많지만, 걱정도 많이 된다. 여러분들은 인생의 여정에서 지나치게 '이(利), 불리(不利)'를 따지기보다는 '의(義), 불의(不義)'를 가리는 노력도 함께 했으면 한다.

* 이 글을 내가 2006년 12월 초, 연세대에서 마지막 강의를 마치고 깊은 감회에 젖어 그날 밤에 쓴 글이다. 어디에 실을까 망설이며 몇 년이 흘렀다. 그러다가 내 블로그 '현강재'가 개설되어 그대로 옮겨 담았다.

– 현강재, 2010. 04. 03.

9

역사를 보는 눈

나의 정치관

내 기억 속의 김구와 조소앙

1.

나는 어렸을 때부터 정치와 시사(時事)에 유달리 관심이 컸던 것 같다. 그래서 소년 시절 내 기억 속에 아이답지 않게 정치가 차지하는 비중이 무척 크다. 내성적이고 부끄러움을 많이 타는 성정(性情)인데, 거칠고 시끄러운 정치 세계에 왜 그리 관심이 많았던지 내가 생각해도 이해가 잘 안 된다. 신문에서도 정치면만 즐겨 찾았고, 라디오에서 정치나 시국 얘기가 나오면 귀를 쫑긋 세웠다.

이렇듯 정치 세계는 늘 나를 열광시키는 대상이었다. 정치라는 동네는 언제나 떠들썩하고, 변화무쌍하며, 역동적인 게 재미있었고, 정치무대에 등장하는 인물들의 사고, 행태, 전략을 관찰하고 평가하는 일도 흥미로웠다. 하지만 꿈에도 내가 나중에 커서 정치가가 되겠다는 생각은 해 본 적이 없다. 말하자면 나는 그때 이미 대국(對局)

의 참여자가 아닌, 관전자(觀戰者)로 스스로를 자리매김을 했던 것 같다.

1948년부터 1950년까지, 내가 여덟 살 때부터 열 살 때까지 어린 소년기에 나를 가장 매료시켰던 정치인은 김구와 조소앙이었다.

II.

내가 처음 김구에 대해 관심을 갖게 된 것은 1948년 여덟 살 때 집의 서가에서 『백범일지』를 꺼내 든 순간부터가 아니었나 싶다. 그 책은 아마도 '친필본 백범일지'가 아니라 1947에 출간된 '국사 원본'이었을 것으로 추정된다. 알려진 바에 의하면 이 책은 춘원 이광수의 교열과 윤문을 거쳤기에 문장도 유려하고 문체도 쉽고 간결했다. 따라서 어린 내가 읽기에도 그리 부담이 없었다.

나는 책을 읽으며 백범의 파란만장한 생애와 그의 반일 투쟁에서 보여 준 불퇴전의 용기, 그리고 절절한 나라 사랑에 깊은 감명을 받았다. 아직도 기억에 남아있는 것 중 하나가 백범이 동학에 깊게 관여하다 몸을 피해 황해도 명문 안 진사 댁에 얼마간 몸을 의탁하고 있을 때 얘기다. 그 댁 큰아들인 안중근이 나이는 어렸으나 매우 영특하고 사격술이 뛰어났는데, 안 진사가 다른 아들들에게는 글을 읽지 않는다고 걱정도 하였으나, 중근에게는 아무 간섭도 하지 않았다는 대목이 바로 그것이다.

나는 그 글을 읽으며 안중근 의사가 어려서부터 남달랐고 부친인 안 진사가 그의 비범함을 이미 숙지하고 있었다는 점을 꽤 인상 깊게 받아들였던 기억이다. 아마 내가 워낙 그전부터 안중근 의사를 흠모하고 있었기 때문에 더 그랬던 게 아닐까 한다.

이후 나는 백범 김구에 대해 깊은 관심을 가지고 그에 관한 뉴스나 떠도는 얘기에 귀를 기울이고, 어른들에게 그에 관해 이것저것 귀찮게 묻곤 했다. 마침 그해 김구가 김규식 등과 남한 단독선거를 반대하고, 방북하여 김일성 등과 남북협상을 시도하였다가 실패하고 돌아왔다. 그 일이 일파만파로 정치·사회적 논란을 빚었는데, 나도 제 딴에는 비상한 관심을 가지고 사태의 전망을 추적하고 김구의 시도가 무위로 끝난 데 대해 안타까워하며, 그를 빈손으로 내친 김일성을 미워했던 기억이다.

다음 해, 내가 아홉 살이던 1949년 6월에 백범이 경교장에서 육군 포병 소위 안두희에게 암살을 당하는 비극적인 사건이 있었다. 나는 억장이 무너지는 심경이었다. 그래서 엄마에게 빈소가 차려진 경교장에 조문을 가자고 졸랐다. 엄마는 "그냥 명복을 비는 기도나 하라."고 말씀하셨지만, 내가 계속 떼를 써서 함께 서대문 경교장을 찾았다. 조문객이 많아 줄을 서서 한참을 기다리다가 영정 앞에 넙죽 절을 드렸다.

이어 백범의 국민장이 엄수되었는데, 이번에도 아빠에게 서울운동장 장례식에 꼭 참석해야 한다고 고집을 부려 함께 일찍 식장을 찾았다. 그런데 워낙 인파가 몰려 식장에 진입을 못 하고 서성대다가, 종로 6가 큰길가에 있는 아빠 친구 '동원당 약국'을 찾아가 그

집 2층 창가에서 효창공원으로 향하는 영구행렬을 보며 울먹였던 기억이 생생하다. 그날 부슬비가 엷게 내려 '하늘도 슬퍼하는구나' 했다.

나는 당시 어린 마음에 백범을 저격한 안두희가 나와 같은 안씨 성을 가졌다는 데 대해 매우 불편한 심경을 가졌다. 무척 화가 나고 부끄럽기까지 했다. 내가 평소에 안중근 의사와 같은 순흥 안씨라는 사실 때문에 가슴 뿌듯했던 것과는 정반대의 느낌이었다.

이와 연관해서 에피소드가 하나 있다. 내가 다니던 혜화동 성당에 나와 동갑내기 백범의 손녀(백범의 장남 金仁의 딸)가 다녔는데, 하루는 주일 미사 후 그녀가 내게 다가와, "분도(내 천주교 영세명)야, 우리 할아버지 죽인 사람이 바로 너와 같은 안 가래, 알았었니?" 하고 내게 물었다. 나는 당황해서 어쩔 줄을 몰랐다. 부끄럽고 마치 크게 죄진 기분이었다. 그런데 옆에서 그 모습을 지켜보던 엄마가 그녀가 자리를 뜨자, 내게 "괜찮다. 그냥 한 얘기일 게다. 신경 쓰지 마라. 걔 엄마도 안 씨인데, 뭘!" 하며, 나를 다독거리셨다. 그러면서 그 애 엄마가 다름 아닌 안중근 의사의 조카라고 귀띔해 주셨다. 말하자면 김구와 안중근 일가는 사돈 사이였다. 훗날 확인해 보니 그 애 엄마가 백범의 자부(子婦)이자, 안 의사의 조카인 안미생(安美生) 여사였다.

III.

열 살 되던 해인 1950년 해방 이후 두 번째 선거인 '5.30 선거'가 치러졌다. 내가 살던 돈암동은 성북 선거구에 속했는데, 이곳에서 당대의 거물 정치인인 조소앙과 조병옥이 맞대결을 하게 되어 전국의 이목이 집중되었다. 조병옥은 미 군정청 경무부장 출신으로 해방 후 치안 유지와 공산당 색출에 앞장섰던 강골의 한민당계 보수정치인이었다. 이에 반해 조소앙은 임시정부의 건국강령을 마련하고 삼균주의(三均主義)를 주창한 임정 외무부장 출신으로 김구 등과 한독당을 창설하고 처음에는 남북협상을 지지했으나, 훗날 단정 수립으로 선회한 중도계열의 정치인이었다.

처음부터 나는 조소앙의 광(狂)팬이었다. 그의 이념에 공감하기보다 그에게서 풍기는 지사(志士) 형의 품모에 반했던 것 같다. 올곧고 청빈한 선비의 인상을 주는 조소앙은 선거유세 때도 민족의 꿈과 희망을 이야기했다. 당시 조병옥 측이 경찰을 동원해 테러행위를 일삼는다는 소문이 파다해서 나의 조소앙에 대한 편향과 연민이 더 컸었던 것 같다.

나는 선거유세장을 열심히 쫓아다녔다. 인근의 삼선동, 성북동은 물론 멀리 정릉까지 원정을 갔던 기억이다. 유세장마다 사람들이 구름처럼 몰렸는데, 키가 작아 연사가 안 보이면, 남의 자전거 뒷좌석에 올라가 양해를 구하고 자전거 주인의 어깨를 짚고 올라서 정견발표를 듣기도 했다. 조소앙의 연설은 지적이고 온유한 가운데 격조가 있었다. 첫마디에 늘 함께 입후보한 일곱 명의 후보자를 '북두칠성'에 비유하며, 그들 모두에게 존경과 사랑의 메시지를 보냈던 것이 인상적이었다. 이에 반해 조병옥은 보다 직설적이고 공격적이었다. 힘차고 결의에 찬 모습이 사나이다웠으나 내 마음을 얻지는 못했다. 두 사람의 정견발표가 끝나면, 군중이 썰물처럼 빠져나가던 모습이 아직도 눈에 선하다.

선거전이 절정에 이르렀던 5월 20일쯤, 내가 큰 사고를 당했다. 옆집 아이와 장난을 치다가 드럼통에서 떨어져 관자놀이를 뾰족한 돌 모서리에 찍혔다. 동맥이 끊어져 피가 낭자했다. 당시 서울에서 유명하다는 종로 '김하등 외과'에서 큰 수술을 받고 열흘 가까이 입원 치료를 받았다. 어른들은 그때 내가 구사일생으로 목숨을 건졌다고 자주 말씀하셨다.

입원실 침대에 누워서도 내 관심은 온통 선거에 가 있었다. 라디오를 귀에서 떼지 않았고, 찾아오는 모든 이들에게 성북구 선거 추세와 전망을 묻곤 했다. '5.30 선거'에는 2년 전 '5.10 선거'에 불참했던 남북협상파와 중립계가 대거 참여해서 선거 열기가 무척 높았다. 내가 입원했던 병원의 김하등 원장님은 '종로 갑'에 출마한 박순천 여사의 열렬한 지지자였다. 그래서 한글을 모르는 그댁 가정부에게 박순천 여사의 기호를 주입시키려고 무척이나 애쓰던 모습이 아직도 눈에 선하다.

나는 다행히 선거 전날 퇴원해서 숨가쁘게 돌아가는 선거 당일의 현지 분위기를 몸으로 체험할 수 있었다. 퇴원한 바로 그날, 5월 29일에 "조소앙이 공산당의 정치자금을 받아 쓴 것이 탄로나 투표일을 하루 앞두고 월북했다."라는 사실무근의 벽보와 전단이 성북구 일대에 마구 뿌려져 난리가 났다. 당황한 조소앙은 선거 당일 새벽에 지프에 확성기를 달고 지역구를 돌면서 자신의 건재함을 알렸다.

선거결과는 조소앙 선생의 압승으로 끝났다. 그가 3만여 표로 전국 최다득표를 했고, 조병옥 박사는 1만여 표밖에 얻지 못했다. 나는 그때 '민심'의 힘을 절감했다. 소년은 환호작약했고, 신이 나서 한동안 그 얘기만 화제에 올렸다.

그 후 한 달이 못 되어 6.25 전쟁이 터지고, 조소앙 선생은 납북되는 비운을 맞는다.

– 현강재, 2020. 07. 17.

역사를 보는 눈

1.

1985년에 미국의 레이건이 두 번째로 대통령에 당선되었을 때, 돌아가신 가친(家親)께서 무척 좋아하셨다. 그래서 내가 "아버지, 왜 그렇게 좋아하세요? 저는 별론데요." 했더니, "70대 중반의 노인이 세계 제일의 대국에서 두 번씩이나 대통령직을 맡게 되었으니 얼마나 대단한 일이냐.", "같은 노인인 내게 얼마나 고무가 되는지 모르겠다. 너도 내 눈으로 세상을 한번 바라보면 이해가 될 게다."라고 대답하셨다. 당시 레이건보다 두 살 연상이셨던 아버님의 말씀을 듣고 나는 정말 그럴 수 있겠다고 생각했다. 그러면서 관점에 따라 눈앞의 현상이 다르게 보일 수 있다는 점을 실감했다.

지난 2009년 오바마가 최초의 흑인 미국 대통령이 되었을 때, 나는 크게 감격했다. 그리고 미국은 정말 위대한 나라라는 인식을 했다. 오랫동안 노예의 신분을 감수하며 인간 이하의 대접을 받던 흑인이 일약 한 나라의 수장이 되었으니, 그게 어디 범상한 일인가. 나는 특히 오바마의 대통령 취임식 때 의장대에 참여했던 한 흑인 병사의 글썽이는 눈물을 보는 순간 깊은 감동으로 온몸이 전율했다. 그러면서 역사의 현장만큼 인간의 심금을 울리는 드라마가 있을까 하는 생각을 했다.

II.

한때, 보수주의자들 중 많은 이가 김대중, 노무현 정권 10년(1998~2007년간)을 '잃어버린 10년'이라고 불렀다. 이 어구는 원래 거품 경기 이후 일본의 극심한 장기침체 기간(1991년~2000년)을 일컫는 것이었는데, 우리나라에서는 그것이 두 진보정권을 폄하하기 위해 자주 쓰였다. 얼마 전 나를 찾아온 가까운 지인 한 사람이 대화 도중 두 정권을 격렬히 비판하며 '잃어버린 10년'을 거론했다. 그리고 내 동의를 구했다.

그때 나는, "두 정권을 '성과'의 측면에서 얼마든지 공과(功過)를 논의할 수 있다고 보네. '이념'의 관점에서 비판도 있을 수 있을 걸세. 그러나 '잃어버린 10년'이라는 말 자체에는 선뜻 동의하기 어렵네." 라고 답했다. 이어서 나는 다음과 같이 말했다.

"나는 역사를 그렇게 한마디로 재단(裁斷)해서는 안 된다고 생각하네. 그 기간은 잃어버린 시간이 아니네. 우선 민주주의가 그 기반을 다지기 위해서는 정권교체가 필수적이네. 그런데 그때 정권이 바뀌었네. 따라서 그 기간은 일천한 한국 민주주의 역사를 보다 견실하게 만들어주는 매우 주요한 시기이네. 그 바람에 우리가 보수, 진보를 다 고르게 경험하지 않았나. 그뿐인가. DJ가 대통령이 되었다는 사실은 그동안 여러 면에서 소외되었던 호남인들에게 더할 수 없는 복음이자 축복이었네. 그들을 품에 안는 뜨거운 과정을 거치지 않고, 한국의 진정한 사회통합이 가능하다고 보나. 그리고 노무현 씨는 어떤 사람인가. 빈한한 가정 출신의 고등학교 졸업이 그의 학력 전부네. 바로 '개천에서 용'이 난 전형적인 경우가 아닌가. 그가 일국의 대통령이 되었다는 사실이 이 땅의 '작은 사람들'에게 얼마나 꿈과 희망, 그리고 용기와 감동을 선사했겠나. 그것도 한국의 현대사를 풍성하게 만드는 살아있는 역사기록이네. 역사를 민주주의의 긴 여정 속에서, 그리고 사회통합의 과정에서 보면, 다르게 보이네. 그 10년은 잃어버린 시간이 아니네. 그 과정은 우리가 거쳐야 할 과정이네."

그날, 때아닌 정치토론에서 제6공 노태우 정권에 대한 평가도 나왔다. 지인은 이른바 '물 태우'를 거론하며 6공이 대한민국의 민주주의 역사를 지연시킨 '잃어버린 시간'이라고 크게 흥분했다. 그때도 나는 조금 다른 관점을 보였다.

"한마디로 부정하지는 않겠네. 그러나 그것도 최악의 시간은 아니었네. 돌아보게나. 그 시기는 한국 현대사에 있어 가장 폭발적인 시간이었네. 민주화의 열풍 속에 그동안 억눌렸던 다양한 이해관계가 일시에 분출되면서 정치사회적 갈등이 최고조에 달했던 위험시기가 아니었나. 그때 '물 태우'가 아니고 '불 태우'였다면 아마 훨씬 더 힘들었을 터이네. 바람에 흔들리는 갈대처럼 이리로, 때로는 저리로 밀리면서, 그 숨가쁜 고비를 그래도 무난히 넘겼네. 그렇게 6공이라는 완충기, 그 건널목을 거쳐 문민정부가 들어선 것이 아닌가."

III.

대화의 끝 무렵에 그 지인은 나에게 "자네는 지난 역사를 너무 따뜻하게 보는 것 같아. 안 그런가?"라고 다그쳤다. 나는 이렇게 대답했다.

"그럴지 모르지. 나는 지난 역사를 지나치게 부정하고 폄하하는 편은 아니네. 그 고된 역정을 거쳐 우리가 오늘에 온 것이 아닌가. 그 길목마다 많은 악이 존재했지만, 그에 맞서 선이 큰 구실을 했네. 그리고 그 역사 속에 보석처럼 반짝이는 많은 교훈이 담겨있네. 중요한 일은 그 교훈을 찾아 마음에 새기고 내일을 준비하는 일이 아니겠나."

– 현강재, 2016. 02. 25.

지식인과 진영(陣營)

1.

꽤나 늦장을 부리던 필자의 새 책 『왜 오스트리아 모델인가』(문학과 지성사)가 드디어 출간되었다. 내가 오스트리아에 주목한 주요한 이유는, 이 나라의 중도통합형 모델이 지나치게 신자유주의에 치우친 영미의 처방이나, 우리가 따라가기 버거운 스웨덴 등 북유럽 여러 나라의 진보적 처방보다 양극 정치의 여울 속에서 허덕이는 우리에게 더 적실성이 있다고 느꼈기 때문이다. 중도지향의 '합의와 상생', '융합과 재창조'로 유럽의 변방 국가에서 대표적 강소부국으로 도약한 오스트리아의 국가모델이 한국의 정치인, 정책전문가를 비롯해서 언론인, 시민운동가, 그리고 많은 지식인에게 영감과 성찰을 선사하기를 바라는 마음 간절하다.

II.

언제부터인가, 적어도 1987년 민주화 이후 누가 내게 나의 '이념의 주소'를 물으면, 나는 '중도 개혁주의자'라고 답하곤 했다. 그러면서 시대가 지나치게 '평등'을 지향하면 '자유'의 중요성을 강조하고, 과도하게 '자유'에 경도되면 '평등'의 가치를 부각시켰다. 1987년 민주화의 열풍 속에서 평등의 파고가 높을 때 내가 『자유민주주의의 변론』(전예원)을 썼고, 1992년 신자유주의의 격랑이 세계를 휩쓸 때 『자유와 평등의 변증법』(나남)을 쓴 것도 그 때문이었다.

내가 김영삼 정부에 교육부 장관으로 발탁이 되었을 때, 사람들은 민주화 지향의 지식인이라는 점 말고는 이념적으로 정권과 잘 맞지 않는다는 말을 많이 했다. 후에 안 얘기지만, 당시 정보기관에서는 내 '좌파적 성향(?)' 때문에 내게 고급정보 제공을 꺼렸다고 한다. 그런가 하면 교육부총리로 참여정부에 참여했을 때, 많은 이가 '노무현 코드'와는 너무 거리가 멀다는 평을 했다. 청와대에도 나를 경원시하는 '386'들이 적지 않았다. 당시 교육부 출입 기자들이 내게 '코드'가 무엇이냐고 물어 서슴없이 '나는 국민 코드입니다'라고 답했던 기억이 난다.

나는 지식인은 정치적, 사회적 책임이 막중한 존재라고 생각한다. 따라서 자신의 이념적 지향을 밝힐 수는 있으나, 그것이 가져다주는 사회적 파장에 대해 깊이 사고해야 하고, 따라서 가능하면 이념적으로 지나치게 편향된 행동은 삼가야 한다고 생각한다. 그래서 권위주의 시대에는 당연히 체제 민주화의 편에 서야 하지만, 민주화 이후, 특히 사회가 어느 정도 성숙하게 되면, 지나치게 편향된 이념적 자세는 얼마간 자제해야 한다는 입장이다. 따라서 지식인이 좌든 우든 공공연히 어느 진영(陣營)에 속해 진영논리의 창출과 그 확산에 앞장서는 것은 매우 우려되는 일이다. 한번 교조주의의 늪에 빠져 이념적 폐쇄회로에 갇혀 버리면, 그는 이념의 기수이자 전사(戰士)가 된다. 그때는 이미 그가 비판적 지식인 원래의 모습, 즉 자유로운 영혼이 아니기 때문이다.

III.

한국 정치의 양극화 현상은 어제오늘의 일이 아니다. 그런데 실제로 따져 보면, 서구 여러 나라에 견주어 볼 때, 여당과 야당의 이념적 거리는 그리 멀지 않고, 정책적 관점도 수렴 가능한 선에서 맞설 때가 많다. 그런데 현실정치에서는 여야는 이성적 토론보다는 '언술적 극단주의'로 흐르고, 상호 소통을 거부하며 대결적 자세를 취하는 경우가 다반사이다. 그러다 보니 주요 쟁점마다 여야의 당론이 양극으로 갈라져 타협과 합의보다는 갈등과 '제로섬'으로 치닫게 된다. 그 바람에 중도적 성향이 우세한 일반 시민들은 현실적으로 대안을 잃게 된다. 이른바 '안철수 현상'도 여기서 비롯된 것이다.

그런데 이러한 양극화, '진영화' 현상은 정치권에만 두드러진 게 아니다. 이미 언론계, 시민사회, 종교계에도 '진영화'가 깊숙이 진행되었다. 그러다 보니 정신적으로 가장 자유로워야 할 지식인들마저 많은 이가 어느 진영에 귀속되어, 쟁점이 부각될 때마다, 편향된 '진영의식'을 거침없이 표출한다.

'진영'은 수렁과 같은 것이라서, 한번 거기에 발을 디디면, 한없이 깊숙이 빠져들어 좀처럼 헤어나기가 어렵다. 그곳에는 같은 색깔의 언론과 시민단체들이 있고, 자신의 글과 말에 열광, 환호하는 '동지'와 '우군'이 있다. 그리고 차가운 이성을 녹여주는 강렬하고, 따듯한 이념의 '품'이 있다. 그뿐인가. 그러다가 그 세력이 정권을 잡으면 정치적 기회도 있다. 하지만 거기서 발을 빼는 순간, 그는 그 모든 것을 잃고, 배신자로 낙인찍히기 십상이다. 그 때문에 한번 루비콘 강을 건너면, 되돌아오기란 생각하기 어렵다.

진영은 한마디로 '적과 동지'의 세계관이다. 흑백논리와 독선이 판치고, 이성을 마비시키는 저들만의 차단된 생활세계이다. 따라서 진영에 속한 지식인은 시간과 더불어 점차 진영의 포로가 되어, 진영의 이익에 복무하는 전사가 된다. '수렁에 빠진 지식인'은 이미 지식인이 아니다.

IV.

오스트리아는 제1 공화국(1918~1938)에서 정치 엘리트는 물론, 전 국민이 좌, 우, 즉 '붉은 진영'과 '검은 진영'으로 갈라져 치열한 갈등을 빚다가 1934년 급기야 양측이 총칼을 들고 내전을 겪었던 나라다. 당시 양 '진영'에서는 이념적 극단주의자들이 주도했다. 그러나 제2차 대전 후, 좌우의 정치 엘리트들이 저들의 과거 행태에 대해 통절한 반성을 하고 '합의와 상생'의 길을 걸어, 정치안정과 경제 발전, 사회평화를 이룩하고 유럽의 대표적 강소부국으로 비약적 발전을 이룩했다. 그러나 그 과정이 쉽지 않았다. 이 나라 국민이 철옹성처럼 강고했던 '진영'과 '진영의식'에서 제대로 벗어나 자유인으로서 큰 숨을 쉬며 정치적 이성을 되찾은 것은 1980년대 후반에 이르러서였다. 그 과정에서 지식인들도 큰 몫을 했다.

V.

나는 늘 양극화의 여울에서 허덕이는 한국 정치가 활로를 찾기 위해서는 중도적 정치 공간이 넓어져야 된다고 주장해 왔다. 좌, 우가 중도에서 만나 토론하고 타협하고 합의해야 생산적 정치가 가능하다고 보았기 때문이다. 또 이를 위해 지식인들이 어느 한 '진영'에 귀속하는 것은 바람직하지 않고, 너른 중원(中原)에서 양극 정치의 극복을 위해 무언가 한몫을 해야 한다고 생각했다. 결국 실패로 돌아갔지만 2003년 내가 뜻을 같이하는 지식인들과 더불어 인터넷 신문 〈업코리아〉를 창간했던 것도 바로 이 중도정치의 꿈 때문이었다. 나는 두 번 장관으로 국정에 참여하면서도 결코 그 정권의 친정(親庭)이라고 할 수 있는 '진영'에는 발을 들여놓지 않았다. 외롭고, 힘겨웠지만 그게 내 '길'이라고 생각했기 때문이다.

그런데 이러한 내 사유와 정치적 관점이 내 젊었을 때의 학습과 체험, 그리고 성찰에서, 즉 그 옛날(1965~1970) 오스트리아 유학에서 비롯되었다는 것을 깨달은 것은 정년퇴임이 가까워서였다. 그때부터 나는 오래 잊었던 세월과 그간 내가 멀리했던 옛 유학국, 오스트리아를 다시 열심히 탐사하기 시작했다. 그러다가 재작년 작심하고 오스트리아를 방문했다. 70세에 결행한 40일간의 치열한 공부 여행이었다. 그간 알게 모르게 내 머릿속에, 그리고 가슴 속에 고이 잠겨져 있던 '보물단지'를 꺼내 온 세상에 펼쳐 보고 싶어서였다. 이후 2년여 동안, 오로지 책 쓰는 일에 정진했다. 늙마에 힘겹고 고된 작업이었다. 그러나 책을 쓰면서 나는 무척 행복했다. 그게 내가 일생 추구했던 '내 일'이라고 생각했기 때문이다.

- 현강재, 2013. 12. 03

대통령과 현인(賢人)

1.

나는 평소에 대통령 가까운 거리에 현인(賢人)이 한 명 있었으면 좋겠다는 생각을 많이 했다. 그는 굳이 아는 것이 많고 지혜가 출중한 글자 그대로의 현인일 필요는 없다. 그보다는 지극히 상식적인 사람, 그리고 사심이 없는 사람이면 된다. 굳이 비서실장이나 특보, 수석과 같은 직책을 맡지 않아도 된다. 다만 그 사람이 언제라도 대통령에게 다가갈 수 있고, 대통령도 그 사람을 크게 신뢰해서 평소에도 그와 고민을 나누고, 중요한 결정에 앞서 그의 의견을 묻는 관계이면 좋겠다는 생각이다.

대통령이 그런 사람 하나 옆에 두기가 무어 그리 어렵겠느냐고 말할 수 있다. 그러나 그게 그리 쉬운 일이 아닐 게다. 사심 없는 상식인, 그러면서 대통령과 서로 신뢰하고 깊이 교감하는 사람, 그런 사람을 대통령의 옆에 둔다는 것은 흔치 않은 일이고, 그게 가능하다면, 그것은 대단한 축복이라고 생각한다.

나는 이번에 박근혜 대통령 당선자가 적절치 못한 사람을 새 수석대변인으로 임명하는 것을 보고 또 그런 생각을 했다.

II.

매사에 상식적인 판단을 할 수 있다는 것은 쉬운 일이 아니다. 상식인이 되기 위해서는 세상사에 대해 많은 이가 공유하는 적절한 지식과 경험이 있어야 하고, 상황을 편견 없이 인지할 수 있는 건강하고 신중한 판단능력이 있어야 한다. 대체로 그런 사람은 합리성과 균형감각을 갖추고 얼마간의 상생 의지가 있다. 그런데 실제로 우리 주변의 많은 이들은 그에 이르기에 몇 % 부족한 경우가 대부분이다.

사심이 없다는 것도 말이 쉽지, 실제로 그런 사람이 그리 흔치 않다. 자신의 입신이나 눈앞의 작은 이익에 급급한 사람은 많아도 국리민복이나 공공성을 먼저 생각하는 이들은 많지 않다. 더욱이 정치 주변에서 움직이는 사람들 대부분이 권력욕이 남달리 강한 사람들이기 때문에 나라 전체와 큰 공동체의 이익을 추구하기보다는 정권과 당리당략을 위해 수단과 방법을 가리지 않는다.

이처럼 막상 찾자면 사심 없는 상식인도 흔치 않은데, 그런 사람을 대통령이 제대로 찾아내서 지근(至近)에 두고, 상호신뢰를 바탕으로 교감, 소통, 자문한다는 일은 더욱 쉬운 일이 아니다. 대통령 주변에는 사람이 많아도 그런 사람은 드물다. 내가 '현인 한 사람'이라고 말한 것도 그 때문이다.

역사적으로 국왕이나, 대통령 혹은 수상의 배우자가 그 '현인' 구실을 한 경우가 적지 않았다. '집안의 야당' 운운하는 것도 거기서 나온 말이다. 그런데 우리 대통령 당선자는 싱글이니 그런 배우자도 없다.

III.

박근혜 대통령 당선자는 정치가로서 좋은 자질을 많이 갖추고 있다. 애국심이 강하고 원칙을 중시하며 결단성과 카리스마도 있다. 영민함도 느껴진다. 그런데 많은 국민이 그녀에게 가장 우려하는 것은, 폭넓게 의견을 나누고, 함께 고민하고 교감하며, 생각을 여과(濾過)하는 '소통능력'의 부족이다.

대통령 선거 과정에서 후보자 간에 세 차례 정책토론이 있었는데, 나는 박근혜 후보자에게서 예행연습이 부족했거나 아예 없었던 것이 아닌가 하는 느낌을 강하게 받았다. 정책토론은 선거 과정의 '꽃'이다. 따라서 이를 위해서 각 후보자는 마땅히 여러 차례 예행연습을 해야 한다. 자신을 한껏 풀어놓고, 여러 전문가와 자유롭게 논박하면서 스스로 강점을 보강하고 빈틈을 메우는 고된 작업이 필수적이다. 그런데 그런 흔적이 별로 보이지 않았다.

박근혜 당선자는 정책 결정 과정의 최종단계에서 얼마간 혼자 고민하고 홀로 결정하는 모습을 자주 보여준다. 나라의 정책 결정 과정에서는 끊임없는 토론이 필요하며, 그 마지막 단계에서는 최종적으로 사안을 심도 있게 검토하는 공동의 숙고과정이 필수적이다. 그런데 박근혜식 결정 과정을 보면, 전체 과정에서 의견수렴과 토론이 부족하고, 특히 마지막 검토과정에서 그녀는 언제나 혼자인 것 같다. 대통령은 '외로운 결정자'라고 하지만, 그녀의 경우 그 정도가 너무 지나치다.

대통령 당선자의 '내게 맡겨라' 식의 정치 스타일은, 그간 모든 고난과 역정을 홀로 헤쳐 온 그녀 특유의 인생역정과 무관하지 않으리라고 본다.

그러나 나랏일을 혼자 결정해서는 안 된다. 무엇보다 자신에 대한 과신(過信)은 금물이다. 그것은 자칫 독선과 아집, 그리고 사고의 폐쇄회로에 빠지기 쉽다. 그보다는 인간은 누구나 과오를 저지를 수 있다는 전제에서 출발해서 함께 고뇌하고, 함께 결정해야 한다. 혼자 쓴 '모범답안'은 대부분 모범답안이 아니다.

많은 대통령 연구가들이 입을 모으는 것이, 성공한 대통령은 남다른 소통, 교감, 그리고 설득능력을 갖췄다는 것이다. 아무리 자질이 뛰어나고 정책적 관점이 출중하더라도 소통능력이 부족하면 결국은 실패한다는 것이다. 대통령은 그 재직기간이 길어지면 길어질수록 측근에 겹겹이 에워 쌓여 청와대라는 구중궁궐(九重宮闕)에 갇히게 된다. 그렇게 되면, 평소에 소통능력이 탁월하던 사람도 결국은 '불통(不通)'에 의해 '결정 무능력자'로 전락하는 경우가 허다하다.

그런데 청와대 입성하기 전부터 '국민 대통합'과 가장 거리가 먼 사람을 자신의 '입'으로 발탁하니 어찌 걱정이 안 될 것인가.

IV.

나는 1970년대 말에서 1990년대 초반까지 신문, 잡지에 정치평론을 많이 썼다. 그런데 글을 넘기기 전에, 늘 연구실의 대학원생 조교에게 글을 읽혔다. 그러면서, "상식에 어긋나는 것만 지적하게." 하고 부탁했다.

정책을 결정할 때나, 사람을 발탁할 때, 마지막 단계에서 가장 중요한 것은 그 결정이 '상식'에 어긋나지 않느냐를 점검하는 것이다. 상식은 국민 수준의 통찰력이고, 국민의 평균적 마음이다. 그런데 대통령의 결정이 국민 생각과 크게 괴리가 있으면, 그건 큰 낭패가 아닐 수 없다. 소통하는 대통령은 큰 성공을 거두지 못할지 몰라도 결정적 낭패는 절대 겪지 않는다.

그런데 소통은 무엇인가. 소통은 자신을 둘러싸고 있는 장벽을 스스로 깨는 것이다. 그리고 자신의 영혼을 자유롭게 해방하는 것이다.

소통은 또한 타인에 대한 신뢰, 인간성에 대한 믿음이다. 타인을 신뢰하고, 그들이 내게 도움이 될 수 있으리라는 확신이 있으면, 소통에 나서게 된다. 아니 소통하지 않고는 배길 수 없게 된다. 신뢰를 사회적 자산으로 높이 평가하는 것도 그 때문이다.

새 대통령이 국민을 신뢰하고, 그들 누구, 어떤 부류와도 진심으로 소통할 생각을 한다면, 그래서 진정으로 국민 대통합의 대장정(大長程)에 나선다면, 굳이 대통령 곁에 현인이 없어도 무슨 상관이랴.

– 현강재, 2016. 11. 03.

대화(1)

I.

세월이 화살처럼 흘러 1970년대 초 내게 배운 제자들도 이미 60 줄에 들어섰다. 그러니 그들과 같이 늙어간다는 말이 실감이 난다. 얼마 전(2012년 7월) 그중 한 친구인 A군과 만나 세상 돌아가는 얘기를 길게 나눴다. 아래의 대화는 기억을 더듬어 그때 그와 나눈 얘기를 여기 담는다.

II.

A 군 : 제가 지난 40년간 깊은 관심을 가지고 선생님의 글과 삶을 추적했는데, 그동안 많이 보수화되신 것 같아요. 70년대에는 이념적으로 분명 '중도 좌'라고 느꼈는데, 80년대 중반 이후는 '중도', 그리고 최근에는 오히려 '중도 우'가 아니신가 싶어요. 혹 제가 잘못 본 것일까요. 그런데 선생님 자신은 언제나 '중도개혁주의자'를 자

처하셨어요. 그걸 어떻게 이해해야 하죠?

나 : 글쎄. 나는 기본적으로 같은 입장인데, 세상이 바뀌니 그렇게 비치는 게 아닐까. 그동안 세상이 반민주 권위주의 체제에서 진보정권으로 크게 바뀐 것도 감안해야 하지 않겠나. 바뀌는 세상에 따라 내 입장도 얼마간 새로 조율될 터이니까. 여하튼 양자가 항상 상호작용한다고 보네. 그러나 나는 영원한 '중도개혁주의자'네.

A 군 : 그렇다면 선생님이 말씀하시는 '중도개혁'은 어떤 입장이세요?

나 : 내가 1992년에 『자유와 평등의 변증법』이라는 책을 썼는데, 기본적으로 그런 관점이지. 자유와 평등, 어느 쪽에 크게 편중되지 않고, 양자를 조화롭게 가꾸자는 얘기지. 그러면서 항상 현재보다는 내일을 지향해 개혁, 개선하자는 생각이지.

A 군 : 우리 사회에서 중도는 자칫 기회주의로 매도당하지 않습니까. 또 실제로 중도는 양비론(兩非論)에 치우치는 경향이 많고요. 이도 저도 아닌 '어중간한' 입장이라 입장도 불분명하고, 또 좌, 우 양쪽으로부터 공격을 받기도 쉽지 않습니까?

나 : 그런 점이 있지. 그러나 진정한 중도는 시시비시를 바르게 가리고, 제3의 대안을 내놓는 역동적인 입장이지. 그런 의미에서 기하학적으로 양극의 중간 점이 아니라 양극을 한 단계 높은 수준에서

'지양(止揚, aufheben)'하는 입장이라고 보네. 유신 시대처럼, 민주화냐 아니냐의 양자로 첨예하게 갈릴 때는, 중도를 표방한다는 일이 기회주의자의 위장 전술이거나 반민주세력이 조종하는 '트로이의 목마' 일 수 있지. 그러나 민주화되고 사회가 성숙해질수록, 극좌나 극우는 사회적 갈등과 비통합을 유발하기 때문에 진정한 대안이라고 보기 어렵네. 생각해 보게나. 한쪽 끝에 자리를 정하면 반대편 끝은 까마득해서 잘 보이지도 않네. 그러나 중도에 더하면 좌, 우가 모두 잘 보이고 양쪽과의 이념적 거리가 그리 멀지 않기 때문에 그들과 이해와 소통도 용이하지 않겠나. 중도의 관점은 균형과 조화, 사회적 공존과 상생을 추구하기 때문에 정치세력 간의 극단적 대결이나 양극화를 피할 수 있고, 사회적 합의에 바탕을 둔 대안을 창출하는 데 크게 유리하네.

A 군 : 그렇다면 중도주의자가 생각하는 개혁은 어떤 것인가요?

나 : 우선 중도주의자는 단방에 세상을 뒤집는 식의 대변혁이나 극단적 처방을 추구하지 않네. 사회가 성숙할수록 정치 및 경제의 구조를 통째로 바꾸는 식의 극단적 변혁은 필요치 않을뿐더러, 그것을 엄청난 희생과 새로운 갈등을 유발하기 때문에 취할 바가 아니네. 그런데 극단적 우파나 극단적 좌파는 바로 그러한 변혁이나 혁명을 추구하지 않나. 시대착오적 접근이지. 중도주의자가 생각하는 개혁은 점진개혁, 합의개혁이네. 그리고 그 방향은 어떤 계층이나 세력의 이익이나 이념적 지향이 아니라, 국리민복이네.

A 군 : 제가 보기에 중도적 입장은 대체로 변화에 대해 소극적이고, 정태적으로 느껴져요. 또 그러다 보면 결국 기득권 옹호적 입장으로 기울게 될 것 같은데, 그렇지 않나요.

나 : 진정한 중도는 장기적 관점에서 국가와 국민의 장래를 사려 깊게 걱정하고 소통과 합의를 통하여 그 대안을 추구하는 입장이네. 그런 의미에서 미래지향적이고, 개혁적, 역동적 입장이네. 참 중도는 당연히 사회개혁의 꿈을 지니며, 사회발전을 지향하네. 다만 그들은 체제의 기본적 질서의 틀 안에서 실현 가능한 대안을 점진적, 합의적으로 추구하네. 그런 의미에서 체제의 기본적 질서를 통째로 바꾸어 보려는 좌, 우의 변혁세력들과 차이가 있네.

A 군 : 선생님의 글 속에서 교조주의에 대한 거부, 비판이 많았는데, 그 생각은 여전하시지요?

나 : 물론이네. 중도는 진리독점을 거부하고, 유연한 사고, 소통과 합의, 공존과 협력을 중시하네. 반면 교조주의는 자신이 표방하는 가치를 절대선, 신성불가침의 진리로 정의하고, 다른 모든 가치 및 그를 지향하는 세력을 악(惡)으로, 또 사(邪)로 규정하고 적대시하네. 따라서 그들의 사고는 폐쇄회로에 갇혀, 대결적 자세로 완승(完勝)을 추구하네. 그들에겐 독백만 있을 뿐 대화나 타협은 없네. 따라서 교조주의는 다원적 민주주의의 공적이네. 유럽을 예로 할 때, 극우 민족주의를 표방하는 포퓰리스트 정당이나, 공산당 등이 그 예이네. 우리나라의 통합진보당 구당권파도 그 부류로 보아야 할 것이네. 나

는 반체제적, 교조주의 정당에 대해서는 국민과 민주정당들이 단호하게 '방역선(防疫線, cordon sanitaire)'를 쳐서, 그들을 정치사회에서 밀어내야 한다고 보네.

A 군 : 우리나라의 현 정치 상황은 어떻게 보십니까. 흔히 이념적 양극화 경향이 지적되는데, 이는 우려되는 현상이 아닙니까?

나 : 최근 여야 간의 이념적 양극화가 심화되고 있는 게 사실이네. 해서 주요 쟁점에 대해 여야가 첨예하게 대립되고, 정치적 합의를 이루지 못하네. 그러다 보니 여야 간에 불신은 깊어지고 합의적 체제개선이 점점 더 어려워지네. 그런데 여기서 우리가 간과하지 말아야 할 것은, 각종 여론조사를 보면 실제로 우리나라 국민의 다수가 좌, 우 양극이 아니라, 폭넓게 중도에 자리잡고 있다는 사실이네. 국민의 마음은 중원에 있는데, 정작 그 생각을 바르게 담아야 할 여, 야가 양극에 치우쳐 국민을 그들이 자리잡고 있는 구석으로 끌어당기고 있는 형국이네. 일이 이렇게 된 데는 쾌도난마 식으로 찬, 반 간에 하나를 택하기 좋아하는 우리네 정치성향도 작용하지만, 편향적 언론과 무책임한 일부 지식인들의 책임도 만만치 않다고 보네. 그러다 보니 중도적, 합리적 정치 시민의 입장에서 보면, 선거 때나 주요 쟁점이 의제화될 때, 마땅한 선택지(選擇肢)가 없어 울며겨자먹기식으로 차악(次惡)을 선택하는 경우가 많네. 얼마나 딱한 일인가.

A 군 : 우리가 흔히 저 사람은 보수다, 혹은 진보다 아니면 우파다 혹은 좌파다 라고 정치성향에 따라 이름 붙이기(naming)를 하는 습성

이 있는데, 이런 것은 어떻게 보십니까?

나 : 이해가 되지만, 매우 조심해야 된다고 생각하네. 어떤 이의 이념적 성향을 한마디로 규정한다는 것은 무리한 일이니까. 사람의 이념이나 세계관은 다차원으로 이루어지기 때문에, 한마디로 규정하기란 쉽지 않은 일이네. 예컨대 어떤 이는 경제사회적 관점에서는 비교적 진보적인 입장인데, 안보 및 남북관계의 차원에 있어서는 매우 보수적인 경우가 적지 않다네. 이런 경우, 그 당사자를 한마디로 진보다 아니면 보수다 라고 지칭하기가 어렵지 않나. 자네도 내가 보수화되었다고 지적했는데, 실제로 당사자인 나는 동의하기가 어렵다고 하지 않나. 많은 이가 실제로 자신의 눈에 맞춰 이념의 안경을 쓰고 상대방을 자의적으로 구분하는 경향이 있네.

A 군 : 많은 국민이 실제로 이념적으로 중도적인 입장인데, 일정한 쟁점이 부상하면 그에 대해 양극으로 갈라지는 이유는 무엇이라고 보십니까?

나 : 우리나라의 유교 전통 속에 옳고 그른 것을 칼로 자르듯이 분명하게 가르는 이른바 '벽이론(闢異論)'적 요소가 매우 두드러지는데, 우리 심성 속에도 어떤 문제에 대해 자신의 입장을 정할 때는 무언가 맺고 끊는 식이어야 한다는 심리적 성향이 크게 자리 잡고 있지 않나 싶네. 그러다 보니 당초 마음의 상태보다 결정의 순간에 더 양극으로 치닫는 경향이 엿보이네. 그 외에도 양당 정당 체제, 그리고 전부를 쟁취하거나 전부를 잃어버리는 대통령 중심제 정치제도도

이 경향을 부추기고 있지 않나 싶네. 그런가 하면, 특히 우리의 경우 사회적 책임을 몰각(沒覺)한 좌, 우의 주요 언론이 정치적 양극화에 크게 기여한다고 보이네.

보다 본질적으로 따져 보면 우리 사회가 아직 의식의 차원에서 '성숙한 사회'가 되지 못했기 때문이 아닌가 생각하네. 성숙한 사회는 열린 마음, 합리적 토론, 사회적 합의가 가능한 사회라고 보네. 그런데 아직 우리의 마음이 닫혀있고, 합리적 토론에 미숙할뿐더러, 사회적 합의를 이루는데 필요한 경험, 의지, 노력이 두루 부족하다고 보네.

A 군 : 그러잖아도 여쭤보려 했는데요. 선생님은 속초/고성에 내려가신 후 신문을 보지 않으신다는 얘기를 들었습니다. 그게 사실인가요?

나 : 사실이네. 그러나 인터넷을 통해 웹서핑을 하니 새로운 정보나 세상 흐름을 아예 멀리하는 것은 아니네. 터놓고 말하면, 좌, 우 어느 쪽이든 기존 신문들이 너무 이념 편향적이어서 부아가 나네. 그래서 정신건강을 위해 아예 구독하지 않네. 이들 언론이 지나치게 '진영의식'에 사로잡혀, 진실과 공익을 외면하고 스스로 정론이기를 포기하고 있네. 내용을 보지 않아도 무슨 얘기를 하고 있을지 뻔하고, 그 논의 수준도 매우 치졸해서 바른 상황인식이나 지적 공감대를 이루는 데 오히려 방해가 되네. 특히 정치적 전환기에는 그 정도가 더 적나라하지 않나. 언론에 자주 등장하는 지식인 논객들도 지나치게 이념화되어 있다고 보이네.

A 군 : 방금 지식인 논객들에 대해서도 말씀을 하셨는데요.

나 : 논객 중 많은 이들의 논조를 보면, 그들이 우리 사회의 정치적 양극화를 완화시키고 사회적 합의에 기여하기보다는 오히려 정치, 사회 갈등을 부추기는 느낌이 들 때가 많네. 말하자면 이들 스스로가 진영의식에 사로잡혀 있다는 얘기지. 한쪽으로 기울어진 언론이 그런 분들을 필자로 선호하는 측면도 있겠지만, 이들 지식인 자신의 문제도 있다고 보네. 지식인은 마땅히 이념적, 정파적 이해관계를 뛰어넘어 진실과 역사에 마주해야 하는데, 많은 이가 그보다는 진영의 관점에서 편향적 상황인식을 증폭시키는 구실을 한다는 느낌이네.

A 군 : 그렇다면, 이 시대의 지식인은 마땅히 어떠해야 한다고 생각하십니까?

나 : 나는 지식인은 본질적으로 이념의 포로가 아닌 자의식이 강한 비판적 지성이어야 한다고 생각하네. 그러면서 그들의 모든 지적 판단이 진실과 사실에 근거해야 하고, 공공성을 크게 의식해야 한다고 생각하네. 따라서 그들은 지나치게 편향적 이념이나 정파적 이해관계에 빠져 그 첨병 노릇을 해서는 안 된다고 보네.

A 군 : 저는 선생님이 정부에 들어가셨을 때 크게 놀랐어요. 유신 이래 항상 비판적 입장에서 민주화와 정치개혁을 외치시던 분이, 만년 야인(野人)으로 남으실 줄 알았는데, 두 번이나 장관을 하시니. 그

것도 이념적 성향이 다른 두 정권에서 장관직을 맡으셨으니 놀랄 수밖에요. 김영삼 대통령이나 노무현 대통령과는 평소에 아셨던 사이인가요? 한번 묻고 싶었습니다.

나: 장관에 임명되기 전, 두 대통령과는 일면식도 없었던 사이였네. 그리고 그때나 지금이나 정치권과는 아무 연계가 없네. 두 정부 모두 민주화 이후에 국민에 의해 선출된 정부이고, 교육부 일은 내가 할 수 있는 일일 것 같아서 맡았던 것이네. 나랏일이라 외면해서는 안 된다고 생각했었지. 또 내 전공이 정치학, 행정학이기 때문에 학문적으로 국정운영에 대해 관심이 컸고, 그래서 장관직을 수행하면 큰 공부가 될 것 같다는 생각도 했지. 그러나 실제로 두 정부에 참여하기로 마음을 정하는 과정에서 고뇌가 무척 컸네. 구태여 따져보면, 이념적 성향으로 볼 때 김영삼 정부는 나보다 오른쪽에, 그리고 노무현 정부는 얼마간 나보다 왼쪽에 있었던 것이 사실이네. 그러나 나는 두 번 장관을 하면서, 항상 정권의 이념이나 대통령의 가치지향보다는 교육 본질과 나라와 국민의 미래에 입각하여 국사에 임하려고 많이 노력했네. 그 때문에 청와대와 갈등도 적지 않았네.

A 군 : 선생님은 자신의 정치적 입장을 분명히 하고 대 놓고 정치에 투신하는 대학교수들을 어떻게 보십니까?

나 : 국가나 민주주의가 위기에 처할 때, 지식인들은 분연히 떨쳐 일어나 제 몫을 해야 한다고 생각하네. 개인적으로, 평상시에 대학교수들의 현실 정치참여는 적정수준을 지키는 것이 좋다고 보네. 예

컨대 자기가 선호하는 당이나 정치인의 정책자문을 한다든지, 논변을 통해 그 정치적 입장을 지원하는 정도는 용인될 수 있지 않을까.

그러나 학자나 교수로서의 본분을 넘어서는 과도한 정치참여는 자제하는 게 옳다고 보네. 특히 좌, 우의 극단적 이념을 강하게 표방하면서, 체제의 기본가치를 흔들거나 사회통합을 해치는 방향으로 현실정치에 깊숙이 관여하는 것은 특히 삼가야 된다고 보네. 나는 지식인의 본질은 '자유로운 영혼'이라고 생각하는 사람이네. 따라서 진영논리에 깊숙이 빠져 정신적으로 폐쇄회로에 갇혀 버린 사람은 이미 진정한 지성인이 아니라고 보네. 좌우 어느 쪽도 자유롭게 비판할 수 있을 때, 지식인으로서의 진면목이 가장 역연하게 드러난다고 보네. 비록 외롭지만 '단기(單騎)'일 때, 가장 지식인답다고 보네. 그런 의미에서 지식인은 가능한 한 이념이나 정치색이 짙은 집단이나 운동에 깊이 개입하는 것은 삼갈 필요가 있다고 보네. 같은 맥락에서 나는 자신의 진영에서 많은 무리로부터 영웅 대접을 받는 '스타 교수'들을 별로 좋아하지 않네.

A 군 : 현재 한국의 여야 대결상황을 어떻게 보십니까. 여야가 사사건건 부딪치고 아귀다툼을 하는데, 국민의 입장에서 딱하기 그지없잖습니까?

나 : 실제로 우리나라의 여야 큰 정당 간의 실제의 이념적, 정책적 거리 이상으로 쌍방 간에 대결적이고 전투적인 상황을 연출하고 있다고 보네. 무엇보다 양당 모두 지나치게 '언어적 극단주의(verbal radicalism)'의 수렁에 빠져 있네. 일단 어떤 정치 쟁점이 부상하면 양

당이 서로 양극에 대치하는 게 버릇이 되어 버렸네. 정책토론이나 합의 추구의 노력 대신에 실속 없는 극단적 언어를 구사하며 상황을 악화시키는 일수네.

언어적 극단주의는 갈등과 대결을 낳고 불신과 증오를 증폭시키네. 여야가 과격하고 추상적인 정치적 상징이나 극단적 개념을 남발하고 합의를 겨냥한 실제적 정책논의는 소홀히 하게 되네. 그러다 보니 정책불임(政策不姙)과 비생산적 정치가 일상화되네. 실제로 따져 보면, 여야, 모두 극단적 이념을 표방하는 정당들이 아니네. 따라서 중원(中原), 즉 넓은 의미의 중도정당의 정치권역 내에서 대화와 합의를 통해 상생하는 격조 있는 정치를 보고 싶다네.

A 군 : 한 가지만 더 여쭈어보겠습니다. 이른바 '강남 좌파'에 대해서는 어떻게 생각하십니까?

나 : 강남에 사는 고학력, 고소득의 부르주아가 좌파적 정치성향을 표출하는 경우인데, 실제로 어느 시대나 있던 현상이지. 해방정국에서도 부르주아 출신 중 적지 않은 이가 프롤레타리아 계급의식을 지녔었고, 그 들 중 얼마는 아예 남로당 활동을 하던가 북한행을 감행하지 않았나. 프롤레타리아에 대한 부르주아의 부채의식도 여기 작용한다고 보네. 그런데 나는 삶의 양식과 의식 간에 괴리가 큰 '강남 좌파'는 별로 좋아하지 않네. 개인적으로 호의호식을 다 하면서, 다시 말해 세속적으로 부르주아가 누릴 수 있는 것은 다 누리면서, 말과 글로만 '좌파'인 사람에 대해서는 믿음이 가지 않는다는 얘기네. 그들이 삶 속에서 얼마간의 절제와 나눔을 실천하고 자신이

표방하는 정책에 의해 스스로가 계급적 불이익을 감수할 자세가 되어 있다면, 그런 '강남 좌파'야 누가 뭐라나. 요새 말로 '개념' 있는 행동이지.

A 군 : 결국 선생님은 여야가 폭넓은 중원에서 좌, 우에 포진하며 중도개혁을 위해 경쟁을 하는 그림을 그리시고, 여야가 실속 없는 양극화 대신 합의와 상생 정치를 지향해야 하며, 이를 위해서는 새누리당은 '좌클릭', 민주당은 '우클릭'을 해야 된다고 보시는 것 같은데, 제가 제대로 이해한 것인가요. 그리고 이를 위해 정치인들은 물론, 언론과 지식인도 변화해야 한다는 입장이시지요?

나 : 대체로 그런 그림이네. 한 가지 더 첨언하자면, 이를 위해 우리 국민과 사회도 변화해야 된다고 보네. '열린 마음', '합리적 토론', '사회적 합의'를 추구하는 '성숙한 사회'가 바로 그것이네.

- 현강재, 2012. 07. 27, 2012. 08. 28.

대화(2)

I.

얼마 전 옛 제자 J가 찾아왔다. 그는 86학번으로 당시 내가 개설한 5개 과목을 모두 수강했던 자칭 내 열성팬인데, 그와 지난 얘기를 주고받다가 대화는 1980년대로 돌아갔다. 그는 내 정치적 관점과 관련해서 아래의 질문을 던졌다. 나는 허심탄회하게 그에게 답했다. 그 대화 내용을 가감 없이 여기에 담는다.

II.

J 군 : 1980년대는 질풍노도의 시대였습니다. 특히 80년대 중후반 대학에는 급진적 변혁 사상이 풍미하고 있었지요. 저는 86년에 학교에 들어 왔는데, 마음속으로는 사회주의 이상에 끌렸지만, 현실 사회주의는 물음표였습니다. 북한 사회주의는 물론 동구 공산주의

도 대안이 아니라고 생각했습니다. 교수님의 '동구 공산권 체제변동' 강의를 들으며 생각이 많이 정리되었죠. 그런데, 그때 다른 많은 친구는 '변혁'이란 이름하에 꽤나 급진적인 생각을 하고 있었습니다. 선생님은 당시 전두환 정권에 대항해 교수 서명을 주도하며 체제 민주화에 앞장서셨지만, 학생 운동권에 대해서도 비판적이셨습니다. 지금 생각해 보면, 그때 선생님은 양쪽에서 배척받으셨을 것 같기도 한데, 어떠셨어요?

나 : 그때 얘기를 하자면 할 말이 많네. 말이 조금 길어지겠네. 자네도 알다시피 당시 흐름을 주도했던 학생집단들이 훗날 386 운동권으로 불렸는데, 이들은 1980년대 중반 이후 급속도로 급진화되면서 민중민주파(PD)와 민족해방파(NL)로 나뉘어 각축하다가, 급기야 NL계의 주사파가 크게 부상하기에 이르렀지.

나는 80년대 학생 운동권이 그 폭발적 기세와 충격으로 한국의 체제 민주화에 기여한 점은 십분 인정하면서도, 이제 그들이 잘못된 길에 접어들었다고 직감했지. 그래서 고심 끝에 1987년에 『자유민주주의를 위한 변론』(전예원)을 펴냈네. 그 시대에 대학가의 금기어인 '자유'와 '자유민주주의'를 앞세운 내 책에 대한 운동권의 분노는 대단했지. 늘 체제 비판적이었던 내가 자기들 편인 줄 알았는데, 알고 보니 자신들의 적이었다는 배신감 같은 게 폭발한 거지.

나는 곧장 연세대 사회과학대학 꼭대기 대형 종합강의실로 소환되어 수백 명의 학생과 1시간여 동안 격론을 벌였네. 처음에는 심문에 가까웠지. 그때 나는 학생들에게 "자네들이 오랫동안 자유민주주의라는 파랑새를 쫓다가 권위주의 체제의 질곡 아래서 그 뜻이 이루어지지 않으니, 이제 그에게 모질게 돌팔매를 하고 있다네. '자유'를 뺀 민주주의는 이미 민주주의가 아니고, 그것은 끝내 전체주의로 전락한다는 점을 명심하게나."라고 엄중 경고했지. 적지 않은 학생들이 내 입장에 큰 소리로 항의하며 자리를 떴지만, 반 이상이 끝까지 남아 내 얘기를 경청하고 끝내는 박수를 쳐 주며 공감을 피력했네.

그때 내가 절감한 것은, 많은 학생이 운동권의 변혁 논리와 급진 처방에 반신반의하면서도 자신들의 생각이 아직 여물지 못해 머뭇머뭇 그에 추종하고 있다는 것, 그래서 이들은 '바른 소리'를 갈구하고 있다는 사실이네. 이후 나는 강의시간에 운동권 학생들을 향해 자주 아래와 같은 얘기를 했네.

"생각해 보게나. 자네들은 지금 '세계의 시계'와 반대 방향으로 달리고 있네. 세계 곳곳에서 현실 사회주의, 즉 공산주의가 무너지고 있는 굉음이 들리지 않나. 소련에서 '페레스트로이카'가 체제개혁의 신호탄을 올렸고, 대부분의 동구 공산주의 국가들도 그 뿌리가 흔들리고 있네. 그런데 자네들은 역사상 가장 일탈적인 북한 공산주의 체제와 그 주체사상에 빠져 그 잘못된 길을 우리의 살길이라고 생각하니 이게 될 법한 일인가."

"세상에는 인류가 만들어낸 명품 국가들이 많이 있네. 스웨덴을 보게나. 그 나라는 자유와 평등, 복지 모든 면에서 세계의 최일류국가이네. 그런 체제 모형은 자네들 눈에 보이지 않나? 그런데 북한은 어떤가. 자유, 평등, 복지 그 모두에서 세계 최악의 상황이고, 백성

들은 바깥 세상과 절연된 채로 무소불위의 독재권력 아래서 신음하고 있네. 그런데 왜, 어째서 그 열악한 체제와 그 거짓 이념이 자네들 희망의 푯대가 되어야 하나."

내가 그렇게 말하면, 몇몇 학생은 항의의 표시로 자리를 떴네. 그러나 대부분의 학생은 내 말을 진지하게 경청했고, 그들의 눈빛에서 공감의 물결을 느꼈네.

내가 이미 1970년대에 북한에 대한 개척적 연구에 앞장을 섰고, 1980년대에 들어 비교공산주의 연구에 집중하면서 1982년『현대공산주의연구』(한길사)를 펴냈으므로, 감히 나와의 이론적 논쟁을 꾀하는 운동권 학생들은 없었네.

나는 많은 궁리 끝에 학생들에게 시대적 진실을 알려야 하겠다는 생각으로 1988년에 전교생 대상으로 '동구 공산권 체제변동'이라는 강의를 개설했네. 이 강의를 통해, 소련 및 동구권은 이미 몰락의 길에 접어들었고, 현실 사회주의(공산주의)는 끝내 역사적 대실패에 직면하고 있다는 사실을 알렸고, 기회 있는 대로 북한 공산주의 체제의 추악한 실체와 주체사상의 허구성을 파헤쳤네. 학생들이 종합관 대형 강의실을 가득 채웠던 기억이네. 당시 나는 학교에서 교무처장을 맡고 있어서 무척 바쁘고 쫓겼지만, 이 강의 때는 늘 힘이 솟았지. 물론 한 번도 휴강을 하지 않았네.

J 군 : 저는 교수님이 학생들과 논쟁을 하실 때 종합강의실에 없었는데, 그런 일이 있었군요. 제가 거기 있었으면 끝까지 자리 지킨 학생이었을 거에요. 그런데 여기서 제가 무척 궁금한 것은 이들 운동

권 세력은 이후 사회 곳곳으로 퍼졌고, 민주화 이후, 정치에 대거 참여해서 특히 노무현 정부와 문재인 정부에서 무척 중요한 역할을 수행해 왔는데, 이들은 아직도 그들의 옛 사상에 집착하고 있는 거 같습니다. 사람은 안 바뀌는 것일까요? 아니면 바뀌지만 이미 그것을 극복한 사람들은 배척된 것일까요?

나 : 그거야 어디 한마디로 답할 수 있는 얘긴가. 개인차도 워낙 클 터이니까. 그러나 그들도 자신들이 한때 '세계의 시계'에 역주행 했다는 사실을 깨닫지 않았겠나. 한국적 특수성을 십분 고려한다고 해도 당시 그들은 분명 '우물 안 개구리'였네.

그러나 그들은 비록 길을 잘못 들었지만, 당시 그들이 추구했던 체제 민주화와 민족 통일에 대한 열정과 집념에 대해 자부심을 가지고 있지 않을까. 그리고 그들 중 얼마는 아직도 당시 그들이 천착했던 '반미', '친북'의 정치적 성향은 물론, '민중민주주의', '민족해방' 등의 중심 개념에 대해 얼마간 미련을 가지고 있겠지. 하지만 그들 대부분은 이미 나름대로 그간 변화된 상황에 적응하고 있다고 보여지네.

여기서 중요한 것은 국민의 역할이네. 국민이 눈을 부릅뜨고 이들의 정치행태를 면밀히 관찰해서 그들이 잘못된 길로 접어들 때 가차없이 단죄하고, 바른길을 찾아갈 때 그들을 격의 없이 응원하는 것이네. 한때 운동권이었다는 팻말만 보고, 손뼉을 치거나 배격해서는 안 된다고 보네.

J 군 : 교수님은 한때 노무현 정권에서 장관으로 일하셨잖아요. 그

때 청와대에 있던 386 운동권들은 어떠했나요?

나 : 당시 386 운동권들이 수적으로 적지 않았고, 그들의 관여의 폭이 넓었던 것이 사실이지. 그런데 나는 그들을 일일이 의식하고 일을 하지 않았네. 그래서 가끔 부딪혔고, 그들의 따가운 눈총을 받기도 했지. 그런데 다행스러웠던 것은 당시 노무현 대통령이 그들을 확실히 장악하고 있었다는 점이네.

J 군 : 그렇다면, 이미 586으로 불리는 운동권과의 관계에서 노무현 대통령과 문재인 대통령의 차이는 무엇이라고 보세요?

나 : 글쎄, 이건 얼마간 주관적인 해석이지만, 노무현 대통령과 문재인 대통령의 리더십 간의 가장 큰 차이는 '학습 능력'의 차이라고 보네. 내가 본 노무현 대통령은 학습 능력이 뛰어난 정치가였네. 노무현 정부의 초기와 후기, 특히 말기에 정책지향을 보면 그것을 분명히 알 수 있지. 노무현 정부는 처음에는 상대적으로 이념성이 강했고, 경직된 정책지향을 보였지만, 후기로 갈수록, 실용주의적이며 유연한 방향으로 바뀌었네. 그때 나는 혼자 "노 대통령은, 외국에 한번 나갔다 올 때마다, 생각이 열리는군."이라고 생각했지. 그는 주위에 운동권을 많이 거느렸지만, 그들에게 포획되지 않았고, 그들을 적절히 제어했네.

그런 맥락에서 볼 때, 문재인 대통령은 분명 차이가 드러나네. 문재인 대통령의 정책지향을 보면, 대단히 이념적이고, 경직적이네. 그리고 한번 집착하면 바꿀 줄 모르네. 문재인 정권의 정책 실패의 대부분이 바로 여기서 비롯되네. 정책 중 많은 것이 때 지난, 정제(精製)되지 않은 이념에서 비롯되는데, 나는 그때마다 586 운동권의 강한 입김을 의식할 때가 많네. 실제로 많은 이가 궁금해 하는 것은, 문재인 대통령의 이러한 정치행태가 (우리가 몰랐던) 그의 본래의 모습인지, 아니면 그가 586 운동권에 포획되어 그들에게 끌려가기 때문에 빚어지는 현상인지 알 수 없다는 점이네. 만약 그것이 주로 운동권의 영향력 때문이라면, 1980년대에 시작한 급진 학생운동권의 철 지난 세계관이 아직도 한국 정치에 짙은 그림자를 드리우고 있는 게 아닌지….

J 군 : 조국 전 장관이 국회 청문회에서였던가요? 자신을 사회주의자라고 칭하더군요. 누구나 자유민주주의 국가에서 사상의 자유를 만끽할 수 있다고 봅니다. 이 자체는 문제가 아닌데, 국가 경영을 주도하는 사람들이 사회주의를 동경한다는 것은 역시 큰 문제라고 봅니다. 게다가 NL적 사고를 가지고 있는 사람들이 많은 거 같아서요. 친북, 친중, 시장 배척 국가주의, 반일 민족주의 같은 정서가 외교와 경제정책에 은연중 반영되어 있다는 느낌입니다.

돌이켜 보면, 후반기 노무현 대통령은 이런 경향과 단절하였고 좌파로부터 '좌측 깜박이 켜고 우측으로 간다'고 엄청 비판을 받았고 지지기반이 붕괴되었지요. 문 정부는 좌파로부터 비판받는 일은 없게 하다 보니 지지율은 유지되는데, 자유민주주의와 시장경제라는 국기가 흔들리는 거 같아요. 교수님 생각은 어떠세요?

나 : 나는 자유민주주의라는 개념은 폭넓게 이해되어야 하고, 유

럽의 사민주의도 당연히 그 안에 포함된다고 생각하는 사람이네.

그런데 한국의 진보세력들 중 많은 이들이 자유민주주의라는 개념 자체를 소아병적으로 거부하면서 이를 적대시하는데, 이는 무지의 소치이네. 현대의 다원적 민주주의는 자유를 근간으로 하고 있고, 이를 부정하면 그것은 이미 민주주의가 아니네. 우리가 마땅히 자유와 더불어 추구해야 할 평등도 국가의 힘을 바탕으로 강제되어서는 안 되고, 당연히 자유의 너른 품 안에서 싹터야 제 빛을 발할 수 있네.

시장경제의 개념도 마찬가지네. 현대 자본주의는 사유재산제와 시장경제를 근간으로 하면서, 정부가 시장경제의 부작용을 억제하고 경제의 안정적 성장을 위해 일정부분 경제에 관여하는 혼합 경제체제(mixed economic system)네. 현대 복지국가도 바로 그 틀 속에서 이룩된 것이네. 따라서 우리의 관심을 시장경제를 보다 공정하게 가꾸는 데 쏟아야지, 시장경제 개념 자체를 적대시한다면 이는 시대착오적인 관점이네. 세계화 시대에 시장경제와 척을 지면서 어떻게 국가를 경영한다는 얘긴가. 그런 의미에서 나는 우리 위정자들이 자유민주주의와 시장경제의 개념과 그 현대적 의미를 바르게 이해하는 것이 매우 중요하다고 생각하네.

J 군 : 문재인 정부 초기 헌법개정안을 만들면서, 헌법 전문에서 자유민주주의를 빼고 그냥 민주주의만 넣고서는, 그 이유를 미국식 자유민주주의만이 아니라 사회민주주의도 포괄하기 위해서라고 해명한 게 기억납니다. 문 정부 사람들의 편협함과 무지함에 놀랐었습니다. 유럽의 사회민주주의자들이 '평등'과 함께 부르조아 민주주의

라고 비아냥 받았던 그 자유민주주의를 지키기 위해 혁명적 공산주의자들과 치열하게 싸운 역사는 모르는지 아니면 알면서도 모른 척 하는 것인지. 유럽의 사회민주주의자들이 전통 사회주의자들과 싸우면서 시장경제와 자유민주주의의 기반하에 복지국가 건설에 나섰는데, 교수님은 우리나라에 유럽식 사회민주주의가 가능하다고 보세요? 특히 제3의 길 같이 현대화된 사민주의가 가능할까요?

나 : 내가 1980년대 강의시간에 자주 유럽의 사민주의를 소개했던 것을 기억하나? 브란트, 크라이스키, 팔메가 주도했던 1970년대 유럽의 사민주의는 내게 하나의 경이로운 현상이었네. 그들의 건강하고 미래지향적 진보주의가 바로 유럽을 공산주의의 위협에서 벗어나 현대 복지국가로 전진하게 만든 추동력이었네.

나는 늘 한국의 진보세력이 보다 건강하고, 미래지향적이었으면 좋겠고 생각하네. 그런데 한국의 집권 세력이 아직도 '레트로'의 수렁에 빠져 '해방공간'의 좌우 대결에서 패배했던 한을 되씹으며, 기회 있을 때마다 한국 현대사를 고쳐 쓰는 데 집착하는 것을 보면, 참 딱하다는 생각을 자주 하네. 그렇게 해서 대한민국의 정체성이 훼손되고, 그들 자신도 함께 터하고 있는 대한민국의 정신적 기반이 약화된다면, 거기서 얻을 것이 무엇인가. 한국의 현대사, 즉 경이적 산업화와 민주화의 역사는 피땀 흘려 좌우가 함께 이룩한 보람찬 역사이고, 굳이 따지자면, 산업화에는 보수정권의 기여가 훨씬 더 컸지 않나. 문재인 대통령이 외국에 나가서 대우받는 것도 바로 이 때문이 아닌가.

나는 유럽의 진보세력인 사민주의가 추구하는 좌우의 이념을 초월하는 실용주의적 중도좌파노선, 이른바 '제3의 길'은 바로 우리 진보세력이 추구해야 할 길이라고 생각하네. 독일 사민당의 게르하르트 슈뢰더가 총리시절(2003) '아젠다 2010'으로 불리는 노동개혁을 포함한 총체적 국가개혁을 추진하여, 통일후유증으로 경제부진의 늪에 빠져 허덕이는 독일을 다시 일으켜 세웠던 것을 배워야 하네. 그의 개혁정치가 소속당인 사민당과 자신의 견고한 지지기반인 노동계의 격렬한 반대를 무릅쓰고 이루어진 것이기에 더 값진 게 아니었나. 슈뢰더는 그 여파로 2005년 선거에서 패배하고 총리직에서 물러났네. 한국의 전직 총리가, 인기와 거리가 멀지만 꼭 필요한 국가개혁과제들을 외면한 채, 거침없이 '20년 집권'을 공언하며, 권력의 영속화를 겨냥했던 것과 얼마나 큰 차이인가.

자네도 알다시피, 그간 줄기차게 자기 쇄신 노력을 했던 유럽의 사민주의도 요즈음 엄청난 어려움을 겪고 있지 않나. 그런데 아직도 '레트로'의 폐쇄회로에 갇혀 보수격파에만 온 힘을 쏟는다면, 그들은 이미 미래세력이 아니네.

나는 이른바 586 운동권이, 그들이 젊은 시절 지녔던 보다 나은 세상을 겨냥한 변화에 대한 의지와 열정, 그 순수한 '원형질'을 바탕으로 더 건강하고, 미래지향적 모습으로 다시 태어날 것을 기대하네. 그들이 스스로 변화하지 않으면서, 새로운 기득권층으로, 시대에 뒤진 '꼰대'로, 패거리 싸움과 권력 영속화에만 집착한다면, 한국 진보세력의 장래는 암울하다고 보네.

– 현강재, 2021. 07. 19.

'슈뢰더'가 주는 교훈

1.

몇 주 전, TV 채널을 돌리다가 화면에 전 독일 총리 슈뢰더(Gerhard Fritz Kurt Schroeder, 1998~2005 재직)의 얼굴이 나와 급히 채널을 고정시켰다. 그가 방한하여 '제주포럼'이라는 데서 전직 대사하던 분과 대담을 하고 있는 장면이었다. 내가 워낙 과문(寡聞)해서 그가 한국에 온 것도 몰랐는데, 화상으로나마 그를 만나니 무척 반가웠다. 아쉽게도 대담 프로그램은 꽤 진행된 듯했으나, 나는 눈을 모으고 귀를 곤두세웠다.

슈뢰더는 내가 진정으로 좋아하는 현존 정치인 중 하나다. 총리 시절(2003년) '아젠다 2010'으로 불리는 총체적 국가개혁을 추진하여, 통일 후유증으로 경제 부진의 늪에 빠져 허덕이던 독일을 다시 일으켜 세워 오늘 유럽 제1국으로 재탄생하게 한 장본인이 바로 그였다. 그의 개혁정치가 소속당인 사민당(SPD)과 자신의 견고한 지지기반인 노동계의 격렬한 반대를 무릅쓰고 이루어진 것이기에 더 값진 것이었다. 슈뢰더는 이 인기 없는 구조조정의 정치적 대가로 '아젠다 2010' 추진 2년 만인 2005년 총선에서 패배하고 총리직에서 물러났다.

II.

대담 내내 슈뢰더는 그 특유의 달변과 열정적 모습으로 자신의 생각을 진솔하게, 그리고 명백하게 표현했다. 그 대화에서 두 가지가 특히 내 마음을 움직였다.

하나는 독일통일과 연관해서였다. 슈뢰더는 통일로 가는 여정에서 사민당 총리였던 브란트(Billy Brandt, 1969~1974 총리재직)의 동방정책(Ostpolitik)의 기여를 지나치게 내세우지 않고, 오히려 1990년 독일통일 당시 기민당 출신의 헬무트 콜(Helmut Kohl, 1982~1998 재직) 총리의 기여를 크게 강조하며 매우 높게 평가했다. 주지하듯이 브란트의 동방정책은 서독의 동독 및 폴란드 등 동유럽 화해에 결정적 계기를 마련했고, 그것은 1972년 '동서독 기본조약' 체결로 이어져 독일통일의 길목을 닦았던 혁신적 정책이었다. 따라서 사민당 출신의 범용한 정치인이었다면, 이미 전설이 되어버린 브란트의 동방 정객을 우선 한껏 치켜세우고, 대신 통일 당시의 소련 및 동구의 붕괴상황 등을 에둘러 강조하며 상대 당 총리인 콜의 통일주도력은 적당한 수준에서 언급하는 데 그쳤을 것이다. 그러나 명불허전(名不虛傳), 슈뢰더는 역시 달랐다. 그는 브란트의 동방정책에 대해 간략히 언급하고, 독일통일의 대업을 성취하는 과정에서 콜 수상의 상황판단과 실질적 기여를 힘주어 강조하며, 콜의 업적을 크게 상찬했다. 그의 평가는 객관적이고 정확했다.

두 번째는 '아젠다 2010'과 연관해서였다. 슈뢰더가 이 역사적 개혁정치를 추진하던 당시 자신의 정치적 결단을 설명하는 과정에서 구경(口徑)이 큰 '대정치가(statesman)'로서의 면모를 여실히 드러냈다. 그는 "나라가 당이나 정권보다 더 중요했다."라는 점을 누누이 강조하며, 정치인에게 국익이 모든 것에 앞선다는 점을 역설했다.

'아젠다 2010'의 골자는 경직된 노동시장을 유연화하고, 허리띠를 졸라매는 방향으로 연금과 사회보장제도를 크게 쇄신하는 것이었다. 이는 당시 '유럽의 병자'로까지 지칭되던 독일의 경제 체질을 바꾸기 위해 불가피한 강력 처방이었으나, 여기에는 엄청난 인내와 희생이 따라야 했고, 무엇보다 이 인기 없는 개혁을 밀어붙이다가는 총선에서 패배할 우려가 무척 컸다. 그러나 슈뢰더는 불퇴전의 결의를 가지고 개혁 추진에 수반하는 모든 위험을 감수했고, 그 결과 총선에서 패배의 쓴잔을 마셨다.

III.

1944년생인 슈뢰더는 빈한한 집안 출신으로 14세 때 학교를 중퇴하고, 17세부터 견습생으로 일하면서 야간학교를 다녔다. 이후 괴

팅겐 대학에서 법학을 전공하고 변호사로 일하다가 정계에 입문한 자수성가형 정치인이다. 슈뢰더는 일찍이 1963년 독일 사회민주당(SPD)에 입당한 후, 한때 마르크스주의에 심취하여 과격노선을 걷다가, 1990년 니더작센주 주 총리를 거치면서 이념적 편향에서 탈피하여 당내 중도좌파의 지도자로 크게 도약했다. 1998년 총선에서 '새로운 중도노선'을 표방하며 통일 독일의 주역인 막강 헬무트 콜을 꺾고 총리가 되었고, 2002년 재선에 성공했다.

슈뢰더는 그의 인생역정과 총리 시절, 그리고 그 이후의 행보를 통해 '신념 있는 정치인'의 참모습을 보여 주고 있다. 정파적 이해관계, 눈앞의 단기적 이익, 그리고 달콤한 포퓰리즘의 유혹을 떨치고 국리민복과 공익의 관점에서 긴 호흡, 큰 걸음으로 새로운 정치 항로를 개척하여 왔다. 그는 통일 독일의 주역 헬무트 콜의 정치적 유산을 바르게 승계하면서 '아젠다 2010'을 통하여 결연한 의지로 통일과정이 빚어낸 어두운 그림자를 걷어내는 데 헌신했다. 오늘 기민당 메르켈(Angela Merkel, 2005~현재 재직) 총리가 누리고 있는 경제적 호황도 따지고 보면 그 뿌리가 바로 슈뢰더의 개혁정치에서 비롯되었다는 것은 어느 누구도 부정하지 못한다.

IV.

역사적으로 볼 때, 독일 정치사는 이념정당 간의 치열한 갈등으로 점철된다. 그러나 제2차 세계대전 이후 독일 정치는 적정 수준의 이념 및 정책 갈등을 통해 정치의 역동성을 유지하면서, 국가이익의 관점에서 효율적 갈등관리와 사회적 합의를 이루는 체제 능력을 크게 신장했다. 연정(聯政)과 대연정도 그 중요한 방편이었다. 이러한 능력은 특히 국가가 위기에 처할 때 더욱 빛이 났다. 그 결과 독일정치는 정권이 바뀌어도 지난 정권의 성과를 슬기롭게 승계하며 단절 없는 전진을 계속할 수 있었다. 라인강의 경제 기적, 동서독 화해, 독일통일, 금융위기 극복, 그리고 최근의 지속적 호황 등이 그 중요한 성과였다.

눈앞의 이·불리에 일희일비하지 않고 국가이익을 위해 패배를 불사했던 슈뢰더의 정치적 리더십도 바로 독일정치의 이러한 체제 능력을 보여 주는 중요한 범례이다. 그를 매개로 당파를 초월해서 콜-슈뢰더-메르켈의 정치가 자연스럽게 이어가며 생산적으로 축적되었고, 그 결과 독일은 자타가 공인하는 유럽의 종주국의 지위에 올랐다.

V.

그렇다면 한국 정치의 오늘의 현주소는 어떠한가. 정당 간, 정당 내 계파 간 이념 및 이익갈등은 날이 갈수록 증폭되고 이러한 갈등은 조정되지 못한 채 적체되어, 국리민복에 기여할 수 있는 주요 개혁 정책에 대한 정치·사회적 합의가 이루어지지 않아 '불임(不妊) 정치'가 일상화된 지 오래다. 그 결과 정권이 바뀔 때마다, 성과의 승계와 축적 대신 불연속과 단절이 거듭되고, 국민은 이 과정에서 정치에 대해 희망보다는 좌절을 경험하게 된다.

최근 악화일로하는 한국 정치의 난맥상을 목도하면서 부디 한국의 여야 정치인들이 슈뢰더의 '큰 정치'를 유익한 학습 교본으로 삼아 새롭게 거듭나기를 바라는 마음 간절하다.

- 현강재, 2015. 06. 22.

처칠과 애틀리가 함께 쓴 전쟁과 평화의 서사시

1.

영국 현대사의 큰 별이었던 두 총리, 처칠(1874~1965)과 애틀리(1883~1967)는 전시에는 파트너, 그리고 평화 시에는 라이벌이었다. 두 사람은 1940년부터 1955년까지 15년간 소용돌이치는 영국 정치사에서, 권력을 서로 교체하며 한때는 동지로, 또 보다 더 긴 기간은 적수로 마주했다. 제2차 세계대전 중 전시 연립내각(1940~1945)에서 처칠은 총리, 애틀리는 부총리로 함께 일했고, 전후에는 애틀리가 먼저 총리를 했고, 처칠이 그 뒤를 이었다.

전쟁의 영웅 처칠과 평화의 거인 애틀리는 당시 영국을 대표하는 보수, 노동 양대 당의 지도자로서 함께 협력하고 좌절하며, 때로는 치열하게 다투었으나, 두 사람은 힘을 합쳐 누란의 위기에 처한 나라를 구하고, 전후 새 나라의 초석을 쌓는 데 불멸의 공적을 남겼다.

그런데, 우리를 감동시키는 또 하나의 사실은 전쟁과 평화의 서사시의 두 주인공, 처칠과 애틀리는 평생 서로 깊게 존경하고 높게 평가하면서 참된 우정을 쌓았다는 사실이다.

II.

처칠과 애틀리는 일견해서 그 계급적인 배경, 정치관, 그리고 무엇보다 퍼스낼리티에 있어 크게 차이가 나는 대조적인 인물이다. 처칠은 카리스마가 넘치며, 모험을 즐기고, 유머러스하며, 매우 감성적인 사람이다. 그는 대중에게 영감을 부어 넣는 뛰어난 웅변가이자, 노벨문학상을 수상한 탁월한 문필가로 영어 구사의 천재라는 평을 들었으며, 수채화에도 능했다. 처칠은 그의 트레이드마크인 시가와 중절모, 그리고 멋진 브이(V)자 제스처로 대중을 열광시켰고, 언제, 어디서나 압도적 존재감을 과시했다. 한마디로 그는 큰 구경(口徑)의 정치가였다.

이에 반해, 애틀리는 과묵하고 침착하며, 부끄럼을 크게 타며 무미건조한 성품이었다. 그는 미사여구보다 절제한 표현을 선호했다. 그의 비감성적인 연설은 평범하고 가끔은 진부하기까지 했다. 그러나 그는 외유내강(外柔內剛)의 전형이었다. 위기에서도 평정심을 유지하며, 인내하고 깊게 사색하며, 치밀하게 대안을 모색했다. 애틀리는 장기적 조망과 분석력을 겸비한 뛰어난 정책가(政策家)이자 행정의 달인이었다. 외모도 호방한 상남자인 처칠과 달리 전형적인 골샌님이었다.

처칠과 애틀리는 이러한 많은 차이점에도 불구하고, 적잖은 공통점을 지니고 있었다. 두 사람은 젊었을 때 사회개혁가로서의 꿈을 지니고 있었다. 애틀리는 한때 런던의 빈민가인 이스트엔드(East End)에서 사회봉사에 헌신했고, 처칠은 30대 때 개혁지향의 자유당 정부에서 장관직을 수행하면서 영국이 복지국가의 첫걸음마를 떼는 데 기여했다. 영국 복지국가의 설계자인 베버리지를 처음 정부로 끌어들인 것도 바로 처칠이었다. 그리고 두 사람은 똑같이 상원의 폐지를 지지하는 개혁적 면모를 보였다. 비록 당은 달랐어도, 처칠과 애틀리는 교조적 이념을 배격하고, 실용주의와 유연한 사고를 바탕으로 극단으로 과도하게 치우치지 않으며 개혁적 중도정치의 궤도를 지키려고 애썼다. 둘이 함께했던 전시내각에서도 주요한 사회적 이슈에 대해 큰 이견이 없었던 것도 이러한 사고의 공통분모에서 비롯된 바가 크다. 처칠은 보수적 정치가였으나, 내면에 개혁적 열정을 지녔고, 애틀리는 그의 진보적 사상에도 불구하고, 다분히 보수적 풍미(taste, 風味)를 지닌 고전적 인물이었다.

무엇보다 처칠과 애틀리는 심오한 애국심을 가졌으며, 영국의 군주제와 전통을 존중했고, 휴머니즘에 대한 투철한 의식을 지녔다. 더욱이 두 사람은 똑같이 공산주의를 단호하게 배격했고, 전후 공산주의의 세계적 팽창을 저지하는 데 결연하게 앞장섰다. 1950년 한국전쟁이 발발하자 애틀리는 미국의 트루먼 대통령과 더불어 유엔 결의를 주도하고 미국 다음으로 많은 병사를 한국에 파견했다. 이러한 입장은 보수당의 처칠에게는 당연할 수 있으나, 연상 '좌 고수(左固守, keep left)'를 외치는 당내 좌파의 끈질긴 반발을 극복해야 하는 애틀리로서는 실로 쉽지 않은 결단이었을 것이다. 두 사람은 늘 당파와 이념을 넘어 국리민복이라는 먼 지평을 응시했다.

III.

전시내각에서 처칠과 애틀리는 구국의 일념에서 정당 라인을 초월하는 견고한 동반자 관계를 형성했다. 처칠은 뛰어난 리더십으로 난파의 위기에 처한 조국을 구했고, 애틀리는 묵묵히 안에서 내정(內政)을 관리하며 전후 재건을 설계했다. 〈가디언 지〉는 이들의 성공적 동반자 관계에 언급하여 '처칠의 위대성과 애틀리의 인내'의 결과라고 평했다. 두 사람은 간혹 갈등이 있었으나, 그것이 개인적인 적대감으로까지 번지지 않았다. 그런 점에서 영국 정치의 전설적인 라이벌 디즈넬리와 글래드스턴과 크게 달랐다.

전쟁이 끝나자 두 사람은 다시 반대편에 섰다. 1945년 승전 2개월 만에 치러진 총선은 치열하기 이를 데 없었다. 결과는 애틀리 노동당의 대승으로 끝났다. 애틀리 부부는 패배로 마음이 상했을 처칠 부부를 크게 걱정했고, 선거가 끝나자 서둘러 처칠과 그의 부인 클레멘타인을 찾아 깊은 위로를 했다.

애틀리의 노동당 정부는 주요 기간산업의 국유화, 계획경제, 그리고 복지국가 건설로 집약되는 국정과제를 과감히, 그리고 성실히 수행하며, 현대 영국의 초석을 다졌다. 6년 뒤 권력의 추는 보수당으로 향했고, 처칠은 다시 다우닝가의 주인이 되었다. 처칠은 애틀리가 이룩한 '전후 해결책(post-war settlement)'의 대부분을 대승적 관점에서 그대로 수용했다. 이렇게 마련된 이른바 영국의 '전후 합의(post-war consensus)'는 1979년 대처리즘이 도래하기까지 전후 영국의 모든 정부의 정책 기조가 되었다. '이어가기, 쌓아가기' 정치의 전범을 보인 것이다. 1955년 처칠은 다우닝가를 떠났고, 몇 달 뒤 애틀리도 20여 년간 지켰던 노동당의 리더십을 내려놓았다. 이렇게 처칠과 애틀리는 한 시대의 종언을 고했다.

애틀리는 영국 현대사에 끼친 그의 경이적인 업적에도 불구하고, 동시대인이나 훗날 역사가들로부터 얼마간 과소평가되었고, 처칠이라는 초대형 정치인의 위대한 삶과 퍼스낼리티의 그늘에 묻힌 것이 사실이다. 그러나 날이 갈수록 애틀리에 대한 역사적 평가는 치솟고 있다.

V.

이 두 사람이 정치마당을 떠나고 10년 뒤 1965년에 처칠이 서거했고, 그의 국장(國葬)이 거행되었다. 왕족이 아닌 시민으로서 영국 역사상 최초로 치러진 국장이었다. 구국 영웅에 대한 예우였다. 그런데 운구(運柩)하는 사람 중에 애틀리의 모습이 TV에 비쳤다. 극도로 쇠약한 몸으로 힘겹게 관의 한 귀퉁이를 들고 성 바오로 대성당의 계단을 오르는 애틀리의 비틀거리는 모습을 영국 시민들은 아슬아슬한 심경으로 지켜보았다. 진한 감동의 여울이 모두의 마음을 적셨다. 애틀리는 병약한 몸에도 불구하고 생전에 처칠이 부탁했던 임무를 영광스럽게 수행하고 있었다.

두 사람이 영국 정치사에서 함께 한 40년의 세월, 특히 그들이 아름답게 수놓았던 전시 5년, 평화 시 10년간의 깊은 신뢰와 존경의 관계는 실로 '영국정치의 연대기에서 미증유(unprecedented in the annals of British politics)' (Leo MaKinstry)의 것이었다.

VI.

처칠과 애틀리가 함께 쓴 전쟁과 평화의 대(大)서사시를 되돌아보며, 한국 정치의 현실을 보니 가슴이 먹먹해진다. 정녕 이 땅에서는 '아름다운 정치', '위대한 정치'는 불가능한 일인가.

– 현강재, 2021. 02. 26.

국정운영의 '이어가기', '쌓아가기'

1.

나는 꽤 오래전부터 성공적 국정운영의 진수(眞髓)는 '이어가기'와 '쌓아가기'라고 주장해 왔다. 절차적 민주주의가 제 궤도에 올라 정권교체가 일상화되면, 이념과 정책 기조가 달라도 앞선 정권이 이룩한 긍정적 성과는 다음 정권이 승계하고, 그 위에 새로운 성과를 덧붙여야 한다는 얘기다. 그래야 역사가 쌓이고 나라가 발전한다.

물론 때때로 과거를 점검하고, 필요하면 누적된 적폐를 청산해야 한다. 그러나 이 경우에도 이어갈 것과 버릴 것을 세심하고 공정하게 가려야 한다. 또한 그 변화의 수위가 체제의 근간을 흔들어서는 안 되고, 지난 정권이 이룩한 긍정적 성과까지 타기(唾棄)하거나 뒤집어서는 안 된다. 이런 관점에서 볼 때, 현대 정치사에서 가장 성공한 나라는 독일이 아닌가 한다.

역사적으로 독일의 정치사는 오랫동안 정파 간의 치열한 반목과 갈등으로 점철되었다. 바이마르 공화국의 실패와 반인류적 나치 정권의 폭정도 그러한 역사 속에서 잉태된 것이다. 그러나 2차 세계대전 이후, 독일은 주요 정당 간 적정 수준의 이념 및 정책 갈등을 통해 정치적 역동성을 유지하면서, 중도 지향의 협치(協治)를 통하여 주요한 국가적 아젠다에 대해 폭넓은 사회적 합의를 이루는 데 성공하였다.

이렇게 된 데는, 서독의 첫 번째 정부인 아데나워(K. Adenauer) 정부가 자유시장 경제와 사회적 개입주의 간의 화해를 추구하는 일종의 중도 노선인 '사회적 시장경제'를 표방한 데서 기인하는 바가 크다. 이후 독일은 정권이 교체될 때마다, 지난 정권이 거둔 업적과 성과를 슬기롭게 승계, 축적하여, 역사적 단절이나 반전 없이 명실공히 오늘의 유럽 제1국이 되었다.

이러한 체제의 '이어가기'와 '쌓아가기'는 특히 국가가 중대한 과제를 해결하거나 위기에 대응할 때 더욱 빛났다. '라인강의 경제 기적', 동서독 간의 화해와 통일, 금융위기의 성공적 극복 등이 그 대표적 예이다. 독일은 이러한 자랑스러운 역사를 통하여 첫 번째 총리였던 아데나워로부터 직전 총리인 콜(H. Kohl)에 이르기까지 누구 하나 빠짐없이 독일인의 마음속 '명예의 전당'에 성공적인 영웅상(像)으로 자리하고 있다. 축출, 탄핵과 수감, 자살 등으로 얼룩진 한국의 역대 대통령상과 극명하게 대조를 이루지 않는가.

II.

‘이어가기’와 ‘쌓아가기’가 특히 요구되는 정책 분야는 거시적, 장기적 관점에 입각해야 할 외교, 안보와 교육부문이 아닐까 한다. 그 대표적 성공사례가 독일의 통일정책이다. 주지하듯이 독일 통일정책의 기조는 1969년 브란트(W. Brandt)가 총리로 취임하면서 표방했던 ‘동방정책(Ostpolitik)’ 이후 크게 바뀌지 않았다. 총리와 연정(聯政)의 파트너가 교체되어도 정책 기조는 그대로 계승되었고, 다만 상황 변화에 따라 얼마간의 조율과 보정(補正)이 있었을 뿐이다. 사민당(SPD) 출신의 브란트 총리가 단초를 연 동방정책은 1989년 기민/기사연합(CDU/CSU)의 콜(H. Kohl) 총리에 이르러 독일통일이라는 역사적 대업을 성취하면서 그 위대한 결실을 거두었다.

브란트는 동방정책이라는 획기적인 정책변화를 시도하는 과정에서, 줄곧 서독 내 다른 정당들의 반향과 국민 여론의 추이에 세심한 관심을 기울였고 그들과의 공감대를 확보하는 데 큰 힘을 기울였다. 아울러 서방 동맹국과의 신뢰와 지지 확보에 추호의 흐트러짐이 없었고, 무엇보다 동방정책의 진척이 동서독 관계 개선을 넘어 유럽의 평화 질서 구축에 크게 기여한다는 대의를 밝히고 명분을 쌓았다.

독일통일이라는 대미(大尾)를 장식하는 데 결정적 공헌을 한 콜 총리는 통일로 향하는 마지막 과정에서 17세 연장이자 한때 정적이었던 브란트 전 총리를 자주 만나 협의하고 자문을 구했다. 그런가 하면, 독일통일 과정에서 큰 몫을 한 겐셔(H.-D. Genscher) 외교장관은 장장 18년간 장관직에 머물면서 통일의 꽃을 피우는 데 크게 기여했는데, 그는 독일의 거대 정당인 기민당도 사민당도 아닌 연정 파트너인 소수당 자민당(FDP) 소속이었다. 그런데 사민당의 슈미트(H. Schmidt) 총리나 기민당의 콜 총리도 '겐셔리즘(Genscherism)'이란 용어까지 탄생시킨 그의 발군의 외교적 경륜과 협상 능력이 통일로 가는 여정에서 불가결의 요소라는 것을 익히 알았고, 그 때문에 그를 계속 품에 안았다. 그뿐이 아니다. 브란트 총리의 분신으로 알려진 에곤 바(E. Bahr)는 브란트를 도와 동방정책의 핵심 개념인 '접근을 통한 변화'를 창안하며 그 실행과정에서 주도적 역할을 했는데, 그 또한 브란트가 물러난 뒤에도 뒤를 이은 슈미트 총리, 콜 총리 밑에서 통일을 위한 임무를 지속적으로 수행했다. 그는 이렇듯 정권을 초월하여 독일 통일정책을 중단 없이 추진함으로써, 1990년 독일 통일의 대업을 이끌어내는 데 큰 몫을 했다.

이렇게 볼 때, 독일통일은 정파와 이념을 넘어서 이들 모두가 함께 참여한 장엄한 합주(合奏)이자, '이어가기'와 '쌓아가기'의 아름다운 결실인 것이다.

III.

그렇다면 우리의 경우는 어떤가. 정권이 바뀌면 새 정부는 으레 기존 정권이 추진하던 주요한 정책들을 어김없이 뒤집는다. 개별 부처 차원에서도 전직 장관이 작심하고 추진했던 핵심정책을 별다른 논의 없이 파기하는 경우가 비일비재하다. 정권이 바뀌기가 무섭게 느닷없이 등장한 새로운 경제정책이 기업을 비롯한 다양한 경제주체들을 혼란의 소용돌이로 몰고 가고, 교육정책의 잦은 변화가 교사와 학부모, 학생 모두의 가슴에 응어리를 남긴다. 발전을 위해 쇄신과 정책변화는 필요하다. 다만 단기적 관점, 정제(精製)되지 않은 이념이나 혹은 인기영합적 관점에서 시도되는 설익은 정책변화들, 특히 정책의 단절, 불연속, 그리고 반전이 문제다. 이들은 국가자원의 엄청난 유실과 낭비, 민생의 혼란과 결손을 가져온다.

우리의 통일정책과 그 동전의 다른 면인 외교, 안보 정책도 그간 자주 바뀌었고, 적지 않은 반전도 있었다. 그러한 과정에서 정책성과가 축적되지 못하고, 국론도 자주 분열되었다.

문재인 정부가 추진하는 남북한 간의 화해 협력 및 평화구축 노력은, 남북한 간 높은 수준의 긴장 속에서 강경일변도로 일관하면서 '통일 대박'만을 외쳤던 박근혜식 통일 외교정책에 비해, 한결 진일보한 모습이었고, 분명 희망의 메시지를 담고 있었다. 그러나 그것을 추진하는 과정에서 지나치게 서둘렀고, 표피적 평화와 가시적 성과에 집착하며 지나치게 북한의 눈치 보기에 바빠 허둥대다 제 길을 잃었다. 그 결과 정작 우리 안보의 초미의 관심사인 북핵 및 미사일 문제나 북한 동포의 민생과 인권 문제, 그 어디서도 별다른 성과를 거두지 못한 채 미로에서 헤매고 있다.

문재인 정부의 '신 햇볕정책'이 성공하기 위해서는 정치권의 보다 깊은 대화와 초당적 협력, 남남갈등의 최소화 및 국민의 공감대 형성, 그리고 미국 등 동맹국과 빈틈없는 공조와 국제적 다자협력체계 구축이 필수적이라는 사실을 분명히 인식해야 한다. 이를 위해 보다 긴 호흡으로 국내외 정책환경의 최적화를 기하는 데 최상의 본보기를 보여 준, 브란트의 동방정책 추진과정을 면밀히 참고해야 할 것이다.

그런가 하면, 문재인 정부는 '촛불혁명'의 지상명령이라는 명분을 앞세워 지난 두 보수 정권에 대해 역사상 유례없는 강력한 적폐 청산 작업을 감행했다. 그 결과, 보수 정권의 두 대통령과 사법부 수장을 비롯한 다수의 인사가 영어의 몸이 되었고, 이들 정권이 시행했던 많은 정책과 사업, 그리고 그와 연루된 많은 고위 공직자들이 사법적, 행정적 심판의 대상이 되었다. 앞선 보수 정부의 국정운영 과정에서 각종 국정농단과 적폐가 적지 않았고 그 청산은 필요하다는 데 많은 이가 공감했다. 그러나 적폐 척결 기간은 가능한 한 짧아야 했고, 수위는 적절한 수준에 머물러야 했다. 그리고 그 목적과 용도는 나라의 미래를 밝히기 위한 불쏘시개이어야 했다. 그런데 철퇴를 가하는 정도가 과도하고 장기화되면, 또 그것이 정권의 이익을 위해 남용되면, 헌정 체제를 구성하는 주요 제도와 기관, 그리고 정부 정책의 권위와 신뢰가 위협받게 되고, 이는 불가피하게 체제 능력의 약화와 민심의 이반으로 이어진다. 이것이 바로 어긋난 적폐 청산의 깊은 수렁인 것이다. 현 문재인 정부가 앓고 있는 정치적 어려움의 큰 원인이 바로 여기서 비롯되고 있다.

문제는 거기서 끝나지 않는다. 적폐 청산은 자칫 재생산되기 십상이다. 그런 맥락에서 앞으로 정권이 교체될 때마다, 지난 정권에 대한 과도한 적폐 청산 드라이브가 반복되지 않을까 하는 우려가 크다. 상상하기조차 두려운 일이 아닌가.

IV.

미래는 역사의 단절이나 과거의 부정으로 건설되지 않는다. 더욱이 이념적 독선이나 'All or Nothing', '적과 동지'의 준별(峻別)은 바른 미래로 가는 길을 차단하는 최대의 장애물이다.

에곤 바는 그의 책 『독일통일의 주역 빌리 브란트를 기억하다』에서 브란트의 세계관은 '이것이냐 저것이냐(Entweder-oder)' 식의 양자택일이 아니라, '이것과 마찬가지로 저것도 또한(Sowohl-auch)'에 상응했다고 술회한다. 그 때문에 브란트는 종종 정치적 야유도 받았다. 그러나 그의 이러한 중도주의적 세계관은 국정운영의 '이어가기', '쌓아가기'의 바탕이며, 독일통일 정책을 성공으로 이끈 추동력이었다.

거듭 말하거니와 성공적인 역사는 생산적 승계와 축적의 산물이다.

– 현강재, 2021. 06. 07.

10
나의 삶, 나의 길

나의 삶, 나의 길

Ⅰ. 지난 세월, 모든 게 공부 거리인 것을

내 뇌리에 각인된 생애 첫 번째 기억이 바로 1945년 8월 15일 해방되던 날 서울 거리의 역동적인 모습이다. 1941년 9월생이니, 그때가 만으로 네 살 되기 얼마 전 일이다. 많은 사람이 함성을 지르며 떼 지어 돈암동 전찻길 쪽으로 몰려가는 극적인 모습을 아직도 생생하게 기억한다. 파도처럼 밀려가는 사람들의 물결, 그리고 거기서 분출하는 환희와 열광의 도가니가 어린 나에게 꽤 충격적으로 감지되었던 것 같다. 앞뒤 없이 그 장면만 오롯이 선명하게 남아있다. 훗날 내가 엘리아스 카네티(Elias Canetti, 1905~1994)의 『군중과 권력』을 읽으면서, 내 뇌리에 불현듯 떠오른 것이 바로 그날 군중의 모습이었다.

나는 내 생애 첫 기억이 해방된 그 날이라는 사실에 얼마간 의미를 두고 싶다. 그래서 자각(自覺)의 차원에서 내가 진정한 '해방둥이'라고 늘 생각했다. 그때부터 내가 깨어난 의식 속에서 생각하며 세상을 살아왔기 때문이다. 아울러 내가 한글로 공부하고 한글로 글을 쓴 최초의 한글세대였다는 점, 그리고 학교에서 교과서를 통해 민주주의를 익혔다는 점에도 크게 무게를 두고 싶다. 그 후, 세월이 유수처럼 흘러 70여 년이 지났다.

돌이켜보면 지난 세월은 실로 격변의 연속이었다. 그동안 한국은 격세지감(隔世之感), 상전벽해(桑田碧海)라는 상투적 표현이 무색할 만큼 급변했다. 우리는 짧은 시간 안에 인류가 오랜 역사를 통해 경험한 온갖 영욕과 명암을 압축적으로 체험했다. 외세 강점과 해방, 절대빈곤과 풍요, 권위주의와 민주주의, 향리 문화와 글로벌리즘, 농경 사회와 4차 산업혁명이라는 천지개벽의 연속을 당대에 골고루 거쳤다. 나 자신도 그 격동의 세월과 함께했다. 다섯 살 때 해방, 열 살 때 6.25 한국전쟁, 그리고 스무 살 때 4·19 혁명을 온몸으로 겪으며 청년기로 접어들었다. 이후 청·장년기에는 한국 역사의 가장 역동적인 시간인 산업화와 민주화의 고단한 도정을 동행했고, 학계와 관계를 거쳐, 이제 인생의 황혼에 접어들어 강원도 고성의 외진 시골에 와서 '인생 3모작'을 실험하고 있다.

내 평생 직업이 학자, 그것도 사회현상을 공부하는 사회과학자라는 것을 고려하면, 시(時), 공(空)의 차원에서 한 생애에 이처럼 질풍노도와 같은 극적인 역사의 소용돌이를 체험하며, 거기서 발효하는 온갖 현상과 의미를 학습, 고뇌, 탐구할 수 있었던 것은 적어도 내 공부의 맥락에서 엄청난 축복이라고 생각한다. 그렇게 볼 때, 지난 70여 년의 세월은 엄청난 자극과 동기부여, 영감과 상상력, 숙고와 개안(開眼)의 원천이었다. 따지고 보면 고되고 신산(辛酸)한 세월이었지만, 그 삶의 여정이 내게는 최상의 공부 거리였다. 그리고 이제 저 만치 떨어진 국토의 변방에서, 그윽한 자연의 품속에서, 빈 마음으로 큰 세상을 내다보고 있다. 이 모든 것이 사회과학자로서 나에겐 넘치는 행운이다.

II. 학문의 길에 들어서다

나는 경기 중·고등학교를 나와 연세대학교 정치외교학과를 다녔다. 주위에선 수줍고 내성적인 내가 왜 딱히 그 전공을 택했는지 의아해하는 사람도 있었다. 그런데 돌이켜 보면 나는 어려서부터 정치에 관심이 무척 많았다. 중학교 1학년부터 동아일보에 게재되었던 백광하의 명 정치 단평 「단상단하(壇上壇下)」에 빠져 밥은 걸러도 그 칼럼은 놓치지 않았던 기억이 남아있다. 그러나 정치라는 영역은 내 뜨거운 관심의 대상이었을 뿐, 나 스스로 직접 정치를 해 보겠다는 생각은 그때나 그 이후에나 추호도 없었다. 내가 원래 권력추구나 승부사 기질과는 거리가 멀기 때문에 정치라는 거칠고 냉혹한 세계에 들어간다는 것은 상상조차 하지 않았다. 단지 일찍부터 정치가 우리의 삶에 서 무척 중요한 영역이라는 것을 절감했고, 그것을 관찰하고 해석하고 예측하는 일이 무척 흥미롭고 재미있었다.

대학 2학년 때 4.19를, 그리고 이듬해에 5.16을 겪었다. 4·19 혁명의 소용돌이 속에서 한창 솟구쳤던 민주주의에 대한 기대와 열망이 5.16 군사 쿠데타로 순식간에 무너져 엄청난 좌절과 상실감에 휩싸였다. 그런 가운데 장준하와 함석헌의 『사상계』가 유일한 위안이자 희망의 횃대였다.

시대는 암울했지만, 졸업이 가까워지면서 내가 앞으로 무엇을 할지 진지하게 생각하기 시작했다. 큰 방향은 쉽게 정해졌다. 내가 워낙 다른 재주가 없고 그나마 곧잘 하는 일이 글공부이니, 내가 할 일이 여기서 크게 벗어나서는 안 된다고 생각했다. 다음으로는 내가 돈을 벌고 사적 이익을 챙기는 일보다는 공공의 가치를 추구하는 일, 명분 있는 일을 좋아하니 사적 영역보다는 공적 영역에서 일하는 것이 바람직하다는 생각도 함께했다. 그러면서 가능하면 내가 전공한 정치학이 쓰임새가 있는 일을 찾는 것이 좋겠다는 생각도 염두에 두었다.

그렇게 방향을 정하니 내가 갈 길은 학자, 언론인, 그리고 공직자 세 갈래였다. 이 셋 어느 것도 내 적성에 맞는 듯싶었고, 내심 얼마간 잘할 것 같은 자신감도 있었다. 궁리 끝에 서울대학교 행정대학원에 진학했다. 일단 거기서 학업을 이어 가면서 진로를 차분히 탐색해 보자는 심산이었다.

행정대학원에서 두 학기를 마칠 무렵, 나는 공부 쪽으로 내 길을 확정했다. 당시 서울대학교가 미국의 미네소타 대학교와 협약을 맺어 그 대학으로부터 도서지원을 받았는데, 신간 사회과학 도서들이 대부분 행정대학원으로 왔다. 그런데 나는 당시 도서관장을 맡으셨던 안해균 교수님의 조교로 일을 하고 있었기 때문에 새로 들어오는 정치학, 행정학, 사회학 등의 최신 서적들을 매우 일찍, 그리고 손쉽게 접할 수 있었다. 그래서 난생처음 교육과정과 관계없이 나 스스로 공부 거리를 탐색하고 학습하는 방식을 터득해 나갔다. 미국에서 갓 출간된 새 책을 첫 번째로 대출받아 밤새워 읽으면서 느꼈던 희열과 지적 충만감은 아직도 잊을 수가 없다. 그러면서 멀고 힘이 들더라도 이 길을 가야겠다고 다짐했다.

나는 사람이 일생의 직업을 선택할 때 세 가지 조건, 즉 자신이 '특히 잘하는 일', '제일 좋아하는 일', 그리고 '가장 보람 있게 생각하는 일'이 함께 맞아떨어질 때가 가장 바람직한 경우라고 생각한다. 그런 맥락에서 볼 때, 내게 학자나 교수라는 직업은 바로 그런 일자리다. 그러니 나는 분명 행복한 사람이다.

Ⅲ. 오스트리아에 유학 가다

아직까지도 내가 가장 자주 받는 질문 중 하나가 왜 미국으로 유학을 가지 않고 유럽으로 유학을 갔느냐, 또 유럽 중에서도 독일이나 프랑스 같은 큰 나라가 아니고 동구 가까이에 있는 변방의 작은 나라 오스트리아로 유학을 갔느냐는 질문이다.

내가 유학을 하던 1960년대에 우리에게 미국은 '외국'의 동의어였다. 따라서 외국 유학하면 누구나 당연히 미국 유학을 연상했다. 그런데 미국 유학은 내게 처음부터 그리 매력적이지 않았다. 모두가 대세라고 여기며 우르르 몰려가는데, 내가 무턱대고 따라가야 할 이유가 없다는 생각이 내 마음 한구석에 자리 잡고 있었다. 미국은 모든 문물에서 월등한 최강 국가라고 하지만, 역사와 학문적, 지적 전통이 일천(日淺)하고, 이념적으로 지나치게 자유주의에 편향되어 있으며, 제도 실험의 경험이나 정책사례의 다양성도 떨어지기에 자연과학도라면 몰라도 사회과학을 공부하는 사람이 굳이 그곳으로 유학을 가야 할 필요는 없다는 생각하고 있었다. 그래서 유럽 유학을 선호했다. 그러던 중 오스트리아에서 가톨릭 계통의 장학생을 선발한다는 소식을 들었다. 우선 시험과목이 독일어와 서양사였는데, 독일어는 고등학교 이후 손에서 떼지 않았고, 서양사는 워낙 어려서부터 즐겨 탐구하던 취미 과목이라 내게 안성맞춤이었다.

무엇보다 오스트리아라는 내 마음을 크게 흔들어 놓았다. 나는 일찍부터 '세기말(世紀末) 빈(Wien)'의 예술과 문화에 크게 매혹되어 있었다. 또 이 나라는 비록 제1차 세계대전 이후 대제국에서 알프스 산간의 소국으로 전락했지만, 나치의 먹구름이 몰려오기 시작한 1930년대 중반까지 의학과 자연과학뿐만 아니라, 심리학과 정신분석학, 논리학과 철학, 경제학과 법학 등 중요 학문 분야마다 고유한 학파를 형성하며 지성 문화에서 세계적으로 앞서가던 나라가 아닌가. 특히 내겐 프로이트, 후설, 비트겐슈타인, 노이라트, 슘페터, 켈젠, 포퍼 등 20세기 인문 사회과학 분야의 가장 독창적인 이론가들의 찬란한 아이디어가 같은 시기에 '빈'이라는 한 도시에서 싹트고 영글었다는 것이 실로 풀기 어려운 수수께끼였다. 그래서 나는 르네상스 시대 피렌체에 비견되는 지성의 도시 빈에 가면, 분명 내게 엄청난 학문적 영감을 자극할 수 있는 신비의 샘이 있을 것만 같았다.

또 하나, 오스트리아가 당시 나를 사상적으로 크게 자극했던 것은 동서냉전의 소용돌이 속에서 이 나라가 기적처럼 성취한 '중립화 통일'이었다. 냉전의 핵(核) 지대로 4대 연합국에 의해 나뉘어 점령되었던 이 나라가 10년간의 끈질긴 정치협상에 의해 중립화 통일을 이룩했다는 사실은 실로 냉전 시대에 기록된 가장 반(反) 냉전적인 레전드였다. 그래서 그곳에 가면, 마치 천형(天刑)처럼 나를 옥죄는 냉전의식에서 벗어나 보다 자유로운 영혼으로 세상을 내다보고 무언가 통일을 향한 새로운 해결책이 섬광처럼 찾아올 것 같은 상념에 사로잡혔다. 그것이 한 줄기 빛처럼 나를 고무하고 설레게 했다.

나는 대학원에서 공부했던 실용 학문인 행정학보다는 정치사상과 같은 철학 공부를 하고 싶었다. 또 그것이 유럽 학문의 진수가 아닐까 하는 생각을 했다. 그동안 기능과 실천에 역점을 두는 실용 학문에 매진했기 때문에, 이제 보다 본질적인 것, 특히 심오한 이론에 대한 갈증이 무척 컸다. 이 점도 내가 유럽을 선택한 중요 요인이었다. 그러나 이 꿈은 공부하는 과정에서 뜻대로 실현되지 않았다.

오스트리아 유학을 간다니 모두가 의아해했다. "아니, 음악이라면 모를까!", "미국 세상인데, 그곳에 다녀와서 어쩌려고…."가 전형적인 반응이었다. 그러나 나는 전혀 흔들리지 않았다. 미국 학문은 이미 학부와 대학원에서 그런대로 제법 익혔으니, 이제 구대륙 유럽에 가서 고전을 접하고 오랜 역사 속에서 온갖 풍상을 다 겪은 숙성한 정신세계와 마주하고 싶다는 기대와 열망에 크게 부풀어 있었다. 마치 신대륙을 향해 먼 뱃길에 나서는 항해사의 옹골찬 결의 같은 것이 내 내면에서 꿈틀거리고 있었다. 그래서 그곳에 가면 내 학문과 인생을 흔들어 놓을 창조적 영감이 샘솟고, 새로운 인식의 지평이 열릴 것이라는 환상에 사로잡혀 있었다. 그러면서 분명히 나의 이러한 외로운 결단이 언젠가 내 학문과 삶의 양식에 긍정적 보상을 할 것이라는 확신이 있었다.

1965년 10월 4일 나는 마침내 유학길에 올랐다. 3대 독자 외아들이 연세든 조부모와 부모님을 뒤로하고 떠나는 발걸음은 무척이나 무거웠다. 후에 내 아내가 된 동갑내기 여자 친구에게 공부를 빨리 끝내고 오겠다는 빈말을 남겼으나, 당시의 상황으로 보아 두 사람의 인연이 다시 이어지기는 하늘의 별 따기 같은 일이었다. 떠나기 전날 저녁, 혜화동 로터리에서 그녀와 작별했다. 소슬한 가을바람이 옷깃을 여미게 하는데, 김포공항으로 가는 길가에 하늘하늘 피어있는 코스모스가 나를 더욱 처연하게 만들었다. 그 후유증인가? 나는 아직도 10월 초 찬 바람이 불어오면 예외 없이 슬픈 감정이 솟구쳐 가슴이 시려온다. 이 모진 '가을 앓이'는 아마도 평생을 함께할 것 같다.

내가 유학했던 1960년대 후반의 유럽은 산업사회가 절정에 이르고, 지속적 경제성장과 복지국가의 확장, 계급 간 연대형성 등을 바탕으로 이른바 '복지 자본주의'가 안정적으로 제도화되던 시기이다. 아직도 많은 이가 자주 추억하는 '굿 올드 데이즈'였다. 전후 궁핍과 혼란 속에서 심신이 크게 위축되었던 나에게 모든 게 경이롭고 귀중한 학습 자료였다.

그런 가운데, 나는 1968년 4월 '프라하의 봄'과 5월 '68혁명(파리 '5월 혁명')'을 가까이서 경험했다. 두 사건 모두 충격적이었고, 산 공부였다. 전자는 동구 공산주의 체제에서의 자유화 운동의 촉발제였고, 후자는 서구 자본주의 체제의 변혁을 촉구하는 역사적 드라마였다. 전자는 공산주의 체제가 이미 역사적으로 한계에 이르렀음을 웅변으로 증명했다. 나는 그때의 충격을 바탕으로 훗날에 출간한 『현대공산주의연구』(1982, 한길사)의 구상을 시작했다. 그런가 하면, 후자는 비록 혁명 자체는 실패했지만, 사회문화적 맥락에서 볼 때, 그간 서구를 지배하던 기성 권위구조, 애국주의, 종교 등 보수적 가치의 축을 평등, 성 해방, 인권, 공동체주의, 생태주의 등의 진보적 가치 쪽으로 크게 바꿔 놓았다. 실로 놀라운 변화였다.

나는 유럽에서 공부하는 동안 공식적 교육과정 못지않게 그곳, 그리고 그 시대의 역사와 철학, 문화와 생활양식, 그리고 그들의 세계관을 익히는 데 주력했다. 그러면서 비교론적 입장에서 버릇처럼 유럽을 대서양 건너의 미국 및 내 나라 한국과 견주어 보면서 많은 것을 사색하고, 학습하며, 고뇌했다. 나는 아직도 내 청년기 5년간의 유학 생활이 나의 사유의 틀과 관점, 그리고 갖가지 대안 찾기 방식에서 크게 자리하고 있다는 사실에 스스로 놀랄 때가 많다. 내가 지난 2013년에 출간한 『왜 오스트리아 모델인가』(문학과 지성사)가 바로 그때 오스트리아에서 싹튼 문제의식을 반세기 가까이 숙성시킨 결실이다.

유학을 갈 때는 홀몸이었는데, 귀국 길에는 네 식구가 되었다. 그곳에서 결혼해서 남매를 낳았다. 내 생애에 더할 수 없이 값진 선물인 그 아이들이 벌써 오십 고개를 넘고 있다.

오스트리아 유학 후 나는 일정한 간격을 두고 독일, 미국, 그리고 캐나다에서 각각 1년씩 연구의 기회를 더 얻었다. 그때마다 나는 내 경험 세계의 확장을 통해 내 학문적 지평을 넓혀 보려고 애를 썼다.

Ⅳ. 학자로 산 반세기

내가 시간강사로 처음 대학 강단에 선 것은 1965년 이른 봄이었다. 이후 1971년 초 유학에서 돌아와 1년간의 강사 생활을 거쳐 한국외국어대학 행정학과에서 3년 반(1972년 3월~1975년 8월), 그리고 연세대학교 행정학과에서 32년(1975년 9월~2007년 2월) 간 교단에 섰다. 정년 후 12년이 다가오지만, 나는 아직도 현역 학자라고 자부한다. 그동안 나는 가르침을 통해 수많은 제자를 키우는 큰 기쁨을 누렸다.

나는 학자, 특히 사회과학자에게는 그의 생활철학이 어쩔 수 없이 자신의 공부 속에 녹아 있다고 믿는다. 따라서 그 사람의 기본 사유체계를 알면 그가 무엇을, 어떻게 공부해 왔는가를 알 수 있다고 생각한다. 그런 맥락에서 내가 그간 격동의 세월 속에서 반세기 이상 학자로 살면서 중시했던 철학과 가치는 무엇인지 돌아보면, 대체로 아래와 같이 집약되지 않을까 한다.

① 자유와 평등의 변증법

나는 늘 스스로 이념적으로 '중도개혁자'라고 자처했다. 그러면서 자유나 평등이라는 큰 가치 중, 어느 쪽에 극단적으로 몰입되기보다 양자를 변증법적으로 지양(止揚)하는 것이 바람직하다는 입장을 지녔다. 나는 특히 우리 사회의 이념 과잉을 우려했다. 이념적 양극화가 심화하면, 정치는 교조화(敎條化)되고, 정치사회나 지식인의 담론 구조도 이념의 소용돌이에 빠져 격돌만을 일삼게 된다. 이렇게 되면 실사구시를 추구하는 정책생산에는 소홀히 하게 되고, 민생정치와는 등을 돌리게 된다.

따라서 나는 급진적 변혁보다는 점진적 개혁을 지지했고, 이념적 대결보다는 합의와 상생을 추구했다. 그런 관점에서 나는 경제성장과 사회복지는 선순환이 가능하며, 교육에서도 수월성과 형평성의 균형과 조화가 이루어져야 한다는 주장을 해왔다.

나는 체제 안에 있어도 스스로 핵심이 아닌 주변에 터를 정하고, 늘 대안을 모색하며 비판적 지성으로 남아있기를 원했다. 말하자면, 'unattached within'의 입장이었다. 그래서 자주 중도주의자의 고독을 반추하며 시대의 도도한 흐름과는 얼마간 다른 소리를 해 왔다.

② 자아준거성(自我準據性)

사회과학은 그 사회의 문화와 토양을 반영하는 학문영역이다. 따라서 사회과학자들은 그 사회의 시대적 소명과 필요를 바르게 인식하고 그에 슬기롭게 대응해야 한다고 믿는다. 그런 맥락에서 나는 한국의 여러 사회과학자가 이 땅에서 내 것이 아닌 '미국 학문'을 하면서 자신이 학문적으로 '첨단', '선구'에 있다고 자부하는 게 못마땅했다. 그래서 기회 있을 때마다 사회과학의 자아준거성을 강조하며, 한국 사회가 목마르게 필요로 하는 분야와 과제가 무엇인가를 발굴하는 데 힘썼고, 그들 주제에 관해 개척적 연구에 주력했다. 권위주의적 발전주의 국가에 의해 산업화가 주도되고 성장 담론이 지배하던 1970년대부터 한국 사회의 분배와 복지 문제의 중요성을 인식하고 복지국가 이론과 복지 행정 분야에 선구적 연구를 한 것이나, 시대에 앞서 북한 연구 및 공산주의 체제 비교연구를 개척한 일, 한국 행정학의 한국적 맥락을 강조하며 한국 행정의 체계적 연구와 이론화에 앞장선 일, 이후 이어진 조직 내 민주주의와 탈(脫) 관료제 연구 시리즈, 그리고 장관 재직 때부터 시작한 교육복지에 관한 선구적 연구 등이 그것이다.

③ 학문 간 벽 허물기

우리가 사는 사회에서는 실제로 모든 게 한데 얽혀 서로 영향을 주고받으며 돌아가는데, 학문이 분야마다 자기 필요에 따라 전공이라는 이름으로 세상을 나누고 칸막이까지 했다. 그래서 나는 전공이나 학과의 벽을 넘어 학자 생활을 해온 편이다. 따라서 나는 행정학자이며, 정치학자이고, 사회학이나 정치경제학도 남의 영역이라고 느껴 보지 않았다. 역사와 철학도 늘 함께했다. 그래서 그때그때 내가 몰입했던 분야도 다양하고, 나름 꽤 넓었다고 생각한다. 그러다 보니 학문적으로 한 우물만 깊게 파는 경우에 비해 힘겹고, 에너지 손실도 컸다. 그러나 일찍부터 시작한 이러한 '융합'과 '통섭' 연구 방식은 내게 학문하는 재미와 희열, 그리고 의미를 배가시켰다.

④ 이론과 실천의 접목

나는 학문을 하면서 이론과 실천을 의미 있게 엮는 데 관심을 많이 쏟았다. 특히 순수학문의 성격이 짙은 정치학과 실천과 실용에 역점을 두는 행정학을 슬기롭게 접목하려고 애썼다. 이렇게 노력하는 과정에서, 나는 내가 보다 역동적이며 살아있는 학문을 하고 있다는 자의식과 이러한 연구가 우리 생활세계를 개선할 수 있다는 자부심을 느낄 수 있었다. 또 이러한 연구 자세가 내 의식을 항상 깨어 있게 했다. 내심 주저하면서도 두 번 장관직을 맡았던 것도 바로 이런 일련의 이론과 실천을 접목하려는 욕구와 무관하지 않았다. 이 논점은 아래에서 재론한다.

⑤ 권력과 돈, 연고와 거리 두기

나는 권력과 돈, 그리고 연고와 거리를 두려고 나름대로 노력을 해 왔다. 두 번이나 장관을 지낸 사람이 권력과 거리를 두었다니 이해가 안 된다고 할지 모르나, 내 평생 현실정치의 자장(磁場) 근처에서 맴돌아 본 적은 한 번도 없었다. 또 정부와 정책을 연구하는 학자이지만, 정부 용역을 극력 피했고, 특히 권위주의 시대에는 더욱 그랬다. 아울러 학연, 지연, 혈연 등 연고주의 네트워크가 우리 사회를 멍들게 하는 주범이라고 여겨, 이러한 음습한 사회관계의 늪에서 스스로를 멀리하려고 노력했다.

아울러 이(利), 불리(不利)를 따지기보다 의(義)와 불의(不義)를 가리려고 애썼다. 검약과 절제를 생활의 모토로 하면서, 가능한 한 내 말/글과 행위/삶의 양식 간의 괴리를 줄여 보려고 노력했다.

Ⅴ. 이론과 실천 사이에서

나는 행정학과에 둥지를 틀고 평생 행정학과 교수로 재직했지만, 연구내용으로 따지면 '정치학 바탕의 행정학' 내지 '행정학과 함께하는 정치학'을 했다고 볼 수 있다. 말하자면, 정치학과 행정학의 경계를 넘나들며, 많은 경우 양자를 연계 융합, 통섭하는 식의 공부였다. 그러면서 내가 고집스럽게 정치학이나 행정학 어느 한쪽을 고수하려고 필요 이상으로 애쓰지 않은 걸 잘했다고 생각한다.

정치학은 보다 본질 학문에 가깝고 이론적 성격이 강하다. 반면 행정학은 실용 학문의 속성이 뚜렷하며 실천적 측면이 두드러진다. 그러나 정치학과 행정학은 학문 체계상 분류일 뿐이지, 살아있는 정치와 행정의 세계는 서로 이어지며, 상호 교호하고 보완한다. 따라서 행정을 외면한 정치나, 정치와 무관한 행정은 생각하기 어렵다.

학문의 세계에서도 정치학과 행정학의 통섭은 당연하다. 그러나 어느 쪽으로 치중하느냐에 따라 이론과 실천 사이를 오가게 된다. 나는 이론에 크게 기울어지면 실천 쪽이 허전하고, 실천에 역점을 두면 이론 쪽이 아쉬워서 평생 양쪽을 바쁘게 오갔다. 그러다 보니 이 나이가 되었다.

1970~1980년대 엄혹한 권위주의 시대를 거치면서, 많은 행정학자가 행정학을 '관리기술학'으로 협의로 정의하고, 그곳에 도피하면서 정치 세계와는 무관하게 행정의 능률 문제에 집중했다. 그러나 나는 이러한 연구방식은 행정학을 권위주의 정치의 시녀로 만드는 것임을 역설했고, 시종일관 정치적 민주주의 없이는 민주행정, 공정행정, 좋은 행정은 있을 수 없다는 입장을 강력히 피력했다. 아울러 우리 사회의 민주화를 위해 특히 1970년대 말~1980년대에 걸쳐 언론 매체에 체제 비판적 정치평론을 100편 가까이 쓰면서, 민주화를 위한 교수 서명에 앞장섰다. 이렇듯 시대와 함께하는 실천적 지

성으로 살아 보려고 애썼다. 그러나 체제변혁 운동이나 현실정치의 세계와는 가까이하지 않았다.

VI. 두 번 국정에 참여하다

나는 체제 민주화가 이룩된 이후, 마치 운명처럼 김영삼 정부와 노무현 정부에서 교육부 수장으로 두 번(1995년 12월~1997년 8월, 2003년 12월~2005년 1월) 국정에 참여하게 되었다.

장관은 정치와 행정이 만나는 접점에 자리하고 있어, 대통령/청와대, 국회, 정당, 언론, 시민사회와 밀접하게 상호작용하면서 정책 결정과 집행, 그리고 부처 관리의 책임을 두루 수행하는 막중한 역할을 수행한다. 백면서생인 나는 나랏일에 관여하면서 실로 필설로 다할 수 없는 어려움을 겪었다. 그러나 그동안 이론으로 배운 것을 실천의 장에서 실험, 검증하는 값진 기회를 얻을 수 있었다.

장관이라는 직책은 나라에 봉사할 수 있는 매우 중요한 '일' 자리이자, 동시에 행정학자로서 쉽게 접하기 어려운 절호의 '공부' 기회였다. 두 번, 그것도 보수 정부와 진보 정부에서 장관직을 고루 수행하면서, 나는 책이나 이론으로 익힐 수 없었던 '살아있는' 공부를 넘치도록 할 수 있었다. 학자의 국정 참여에 대해서, 나는 그것이 권력 추구나 자리 욕심 때문이 아니라, 나라 사랑과 국정 기여의 열망, 그리고 학문적 탐구욕에서 비롯된다면 긍정적으로 볼 수 있다고 본다. 그러나 분명한 것은 공적 책임을 수행하는 과정에서 권력에 예종(隷從)하는 대신 학자적 양심과 자존을 잃지 말아야 하며, 자리에서 물러난 후 공직에서 배우고 익힌 것을 충분히 학문 세계에 환류(還流)해서 공직에 참여한 학자로서의 의무와 책임을 다해야 한다고 생각한다. 나는 두 번의 장관직 체험을 바탕으로 2015년에 『5.31 교육개혁 그리고 20년』(공저, 다산출판사)을 펴냈다.

2004년 가을 내가 참여정부에서 부총리 겸 교육인적자원부 장관으로 재직할 때 이야기다. 교육부 출입 기자들과 기자회견을 끝낼 즈음이었다. 어떤 기자가 내게 물었다.

"장관님, 제가 보기에 장관님은 '노무현 코드'는 아니신 것 같은데, 그럼 어떤 코드십니까"

나는 곧장 서슴없이 대답했다.

"저는 국민 코드입니다."

그러자 '와'하고 웃음이 터졌다. 그들은 내가 그냥 농담하는 것으로 느낀 듯했다. 그런데 다음 순간 내 진지한 낯빛을 보고 그들의 웃음기는 빠르게 걷혔다. 나는 다시 힘주어 말했다.

"저는 국민 코드입니다."

예상했던 질문도 아니었고, 준비했던 대답도 아니었다. 그런데 대답하면서 이게 정답이라고 생각했다.

나는 두 번의 교육부 수장을 지내는 동안, 나를 임명한 두 대통령과는 아무런 정치적 연분이 없었기에 얼마간 운신이 자유롭다는 이점이 있었으나, 대신 청와대나 당, 정, 그 어디에도 마땅히 터놓고 의논할 상대나 나를 지지해 줄 세력이 없었다. 그러다 보니 중요한 결정을 앞두고 마치 홀로 백척간두(百尺竿頭)에 서 있는 것처럼 외롭고 힘든 경우가 많았다. 1997년 3월 '초등영어'를 도입할 때, 2004년 4월 'EBS 인터넷'을 출범할 때, 같은 해 봄 '교원평가'를 처음 공표할 때, 그해 10월 말 '2008년도 입시개혁안'을 발표할 때 등과 같은 중대한 발표나 시행을 앞두고 그 전날 밤은 예외 없이 하얗게 지새웠다. 역사의 하중(荷重)에 눌려 한숨도 못 자고 밤새 뒤척이던 기억이 아직도 새롭다. 그런 가운데, 나는 장관 퇴임 후 '깨끗하게' 그리고 '떳떳하게' 대학으로 복귀해야 한다는 목표 외에 정치적으로 아무런 다른 욕심이 없었다.

이러한 상황에서 나는 내 갈 길을 분명하게 정했다. '좌고우면(左顧右眄)'하지 말고 '국리민복(國利民福)'만을 염두에 두고 나라의 미래만을 고민하자, 그리고 '일'로 승부하자는 결의가 그것이었다. 무엇보다 나라의 백년대계를 생각해야 하는 교육이라는 영역은 적어도 당리당략이나 이념적, 정치적 고려에서 벗어나야 한다는 내 기본적 입장이었다.

그런데 실제로 이러한 결심을 실천하기는 상황이 그리 녹록지 않았다. 주요한 정책 결정에는 늘 크고 작은 정치적 이해관계가 얽혀 있기 때문에 당, 정, 특히 청와대와의 정책조정과정에서 자주 어려움을 겪었다. 그러나 나는 그 난관을 극복하는 것이 내 책무이자 운명이겠거니 생각했다.

내가 이해하는 ‘국민 코드’는 한마디로 ‘국리민복(國利民福)’의 관점이다. 여기에는 당연히 한국의 미래에 대한 고뇌가 함께 담겨있다. 이 맥락에서 볼 때, 나는 무릇 한 나라의 교육정책의 거시적 틀은 경쟁력 강화에 역점을 두는 ‘수월성’과 교육 기회의 평등을 중시하는 ‘형평성’을 슬기롭게 조합한 중도 지향의 정책혼합(policy mix)이 되어야 한다고 생각했다. 그런데 이념적 성향으로 볼 때, 김영삼 정부는 수월성 쪽에, 그리고 노무현 정부는 형평성 쪽에 과도하게 치우칠 개연성이 컸다. 나는 색깔이 다른 두 정부에서 장관으로 재직하면서 이 문제를 크게 고심했다.

나는 교육의 중심을 잡기 위해 내심 아래와 같은 원칙을 세웠다. 첫 번째는 정권의 수명을 넘어 지속 가능한 정책 및 사업을 우선적으로 추진하자는 것이었다. 그래서 마치 굳건한 주춧돌처럼 교육의 근본을 바르고 튼튼하게 만드는 백년대계 지향의 인프라가 구축된다면, 이념적 성향이 다른 새 정권이 들어서도 감히 그것에 손대지 못할 것이 아닌가 생각했다.

두 번째는 교육정책의 거시적 틀이 수월성과 형평성 중 어느 한쪽에 기우는 경우, 다른 쪽을 적절히 보완하여 전체적 균형을 잡자는 것이었다.

세 번째는 절실히 필요한 정책임에도 이념이나 정치적 이유로 추진이 미뤄지는 경우, 그것을 찾아 과감히 밀고 나가자는 것이다.

네 번째는 정권이 지나치게 이념적으로 편향된 정책을 밀어붙이려는 경우, 사표를 걸고서라도 이를 단호히 거부하자는 것이었다.

1995년 5월 31일, 김영삼 정부의 대통령 자문기관인 '교육 개혁위원회'는 '5.31 교육개혁안'을 내놓았다. 이 방안은 획일적이고, 규제 위주, 그리고 공급자 위주 한국 교육의 기존 패러다임을 세계화, 민주화, 정보화 등 문명사적 변화에 맞춰 근본적으로 혁신하는 야심에 찬 역사적 작업이었다.

이 개혁안의 창안에는 김영삼 대통령의 교육개혁 의지와 두 사람의 발군의 경세가(經世家) 이명현(교육 개혁위원회 상임위원)과 박세일(청와대 수석)의 기여가 결정적이었다. 1995년 말, 한발 늦게 장관이 된 나는 이들 개혁안을 정책으로 다듬어 집행하는 책임을 맡았다. 수많은 정책사업 중 내가 가장 역점을 두었던 것은 교육정보화사업과 학교운영위원회의 및 초등영어 도입이었다. 교단 선진화 사업 및 '에듀넷(Edunet)'(1996)을 시발점으로 하는 다양한 교육정보화사업은 이후 한국 교육 현장을 폭발적으로 변화시켜, 오늘날 한국을 e-러닝 세계 선도국가로 이끌었다. 아울러 학교운영위원회 제도도 학교 민주화의 촉매제가 되었고, 초등영어도 안정적으로 정착했다. '5.31 교육개혁'의 패러다임은 20년이 지난 아직까지 한국 교육의 근간을 형성하고 있다.

5.31 교육개혁안은 그 수많은 장점에도 불구하고, 세계화와 신자유주의라는 당시의 시대적 기류의 영향 아래 얼마간 형평성에 비해 수월성에 치우쳐 있었다. 나는 전체적 균형과 조화를 위해 형평성 차원의 정책보완이 필요하다고 보고, '교육복지'라는 블루 오션을 찾아 나섰다. 고심 끝에 우리나라 최초의 '교육복지종합대책'(1996)을 수립했다. 위의 대책 중 '중도탈락자 대책'은 '대안학교 설립 및

운영지원 대책'(1997)으로 발전하면서, 대안학교가 제도권으로 들어오는 계기가 마련되었다. 이러한 노력의 연장선 속에서 2004년 탈북 새터민 자제들을 위해 '한겨레학교'의 창설을 주도했다. 그 일을 하며, 나는 우리 사회에서 가장 소외된 아이들을 도울 수 있다는 사실에 스스로 벅찬 감동을 느꼈다. EBS 수능방송의 도입(1997)과 인터넷 서비스로의 전환(2004) 또한 교육 소외지역의 학생들에 대한 정책적 배려라는 관점에서 내가 설계한 교육복지 프로그램의 핵심이었다.

반면, 노무현 참여정부는 수월성보다 형평성에 관심이 컸다. 따라서 거시적 정책 지형에서 볼 때, 수월성 교육의 결손이 우려되었다. 그래서 나는 전체적 균형과 조화를 위해 세심한 노력을 경주했다.

나는 우선 정권의 가치 지향과 궤를 같이하는 교육복지 프로그램을 크게 강화했다.

다른 한편, 나는 2004년 2월 초, 당·정·청은 물론 교육부 고위 간부와도 아무런 사전 조율 없이 그간 금기시되었던 '교원평가' 시행 의지를 전격적으로 표명했다. 우리나라 교원의 질을 획기적으로 발전시켜 교육 쇄신을 이루기 위해 교원평가를 더 미룰 수 없다고 생각했기 때문이다. 예상대로 후폭풍은 대단했다. 전교조의 저항이 치열했고, 대통령도 우려의 뜻을 비쳤다.

그러나 나는 강력 추진 의사를 전혀 굽히지 않았다. 교원평가를 교원양성체제 및 교원연수체제 개혁과 유기적으로 연계하여 총체적인 '교원개혁'을 추진할 것을 천명하였다. 2005년 1월, 교원평가에 대한 정책연구가 크게 진척되어 그 윤곽 이 드러날 즈음, 나는 부총리직에서 물러나게 되었다. 이후 교원평가 논의는 한동안 동면기로 접어든다.

2004년 12월 말, 참여정부의 이념적 지향과는 거리가 있는 '수월성 교육 활성화 방안'을 발표했다. 청와대 및 당정과 정책협의를 거치면 차질이 생길까 우려해 그 과정을 생략하고 보고형식만 갖춘 후 전격적으로 발표하는 길을 택했다.

그 주된 내용은 자질이 뛰어난 학생을 일찍 선발하여 그들에게 '맞춤식 개별화 교육'을 하자는 전형적인 수월성 강화 프로그램이었다. 나는 이 방안을 발표하면서, 이는 형평성 지향의 평준화 교육을 깨는 것이 아니라, 그를 적절히 보완하는 것이며, 형평성과 수월성의 새로운 균형을 추구하는 것임을 크게 강조했다.

노무현 정부의 대통령 자문기구인 교육 혁신위원회는 민중주의적 / 평등주의적 성향이 강했다. 한때 '국립대학 공동선발제'와 같은 혁명적 제안을 구상하였고, '수능 5등급'이라는 극단적 접근을 시도하는 등 시종 지나치게 편향된 이념적 성향을 드러냈다.

교육부와 교육혁신위 간에는 팽팽한 긴장이 계속되던 가운데, 양자의 갈등은 '2008학년도 대입 개선안'을 둘러싸고 극적으로 분출했다. 오랜 논란 끝에 수능 9등급화에 합의했으나, 청와대, 혁신위, 여당은 1등급 7% 안에서 물러서지 않았다. 내가 볼 때, 7%는 아무런 타당 근거를 내세울 수 없는 이념적 잣대에 의한 정치적 비율이었다. 정규분포(正規分布)를 상정하면 1등급은 당연히 4%가 되어야 하며, 그래야 최소한의 변별력을 확보할 수 있었다. 나는 사표 제출이라는 배수진을 치고 이에 맞섰다. 우여곡절 끝에 교육부가 설정했던 마지노선인 1등급 4% 안을 관철했다.

그런데 문제는 여기서 그치지 않았다. 이처럼 어렵게 빛을 본 이 개선안은 2007년 말 겨우 한번 시행된 후, 새로 출범한 이명박 정부의 인수위원회에 의해 아무런 공론화 과정 없이 일방적으로 폐기되었다. 진보정권이 마련한 개혁방안에 대한 소아병적인 반감에서 비롯된 것이었다. 화가 나고 안타까웠으나 별도리가 없었다.

두 번의 장관직을 수행하는 동안 이처럼 정권의 이념이나 정책 성향이 내가 추구하는 '국민 코드'와 어긋날 때가 적지 않았다. 그때마다 아무런 정치적 후원 세력이 없는 나는 늘 단기(單騎)로 외롭게 난관을 돌파해야 했기 때문에 많은 어려움을 겪었고, 크게 고뇌할 수밖에 없었다. 그런데 이와 연관하여 아직까지 진심으로 고맙게 생각하는 것은 교육부 직원들이 고비고비마다 어김없이 내 뒤에 서 주었다는 점이다. 그들의 전폭적 신뢰와 지지에 대한 확신이 없었다면 내가 어찌 감히 '국민 코드'를 표방할 수 있었겠는가.

Ⅶ. 인생 삼모작을 실험하며

나는 10여 년 전부터 '인생 삼모작'을 주창해 왔다. 첫 번 일터에서 한 30년 가량 열심히 일하고, 50대 중반에 이르면 진즉부터 정말 하고 싶었던 일, 혹은 진정으로 보람되게 생각하는 일에 65세~70세까지 정진한다. 말하자면, '경성(硬性)의 일'에서 '연성(軟性)의 일'로 옮겨가는 것이다. 그리고 세 번째는 못자리를 아예 시골로 옮겨 '자연 회귀', '자아 찾기'로 여생을 보내는 것이 어떠하냐는 내용이다.

어른이 된 이후의 생애주기를 '생계 위주'로부터 점차 '가치 지향 / 의미지향'으로 옮겨 보자는 얘기도 된다. 그러나 이는 '원형' 모형일 뿐, 실제로 사람과 일, 상황에 따라 매우 다양하게 변용될 수 있을 것이다.

'학자는 평생 직업', '학자에게는 정년이 없다'라는 점을 생각하면, 학인(學人)의 경우 직업을 바꾸는 식의 못자리 변경 대신에 공부의 내용과 접근방식을 바꾸는 것이 하나의 해법이 될 수 있다. 인문·사회과학자의 경우, 중년을 넘어서부터 학문의 경계를 넘어 인접 학문과 폭넓게 통섭하면서, 미시에서 거시로, 실증 분석에서 질적 연구로, 기능주의에서 본질 추구로의 전이를 이룬다면, 그것이 학문 세계에서의 두 번째 못자리 이동이라고 본다. 그 과정을 통하여 사유의 세계를 '보다 넓게, 깊게, 그리고 유연하게' 가꾸면서, 더 높은 경지의 지적 통찰력과 영감을 추구하는 세 번째 못자리를 준비하자는 것이다.

나는 인문·사회과학자에게 60세~75세가 학문연구의 절정기·전성기라고 생각한다. 바로 그 연령대가 갖가지 공적 의무에서 벗어나 자유로운 영혼으로 그간 축적한 학문적 역량과 다양한 삶의 체험을 바탕으로 자신의 내면의 소리를 담아 글을 쓸 수 있는 최적의 시기가 아닐까 한다. 큰 학자들의 대작들이 노년기에 나오는 경우가 많은 것도 이 때문이다. 그런데 자연은 지적 영감과 통찰력, 그리고 삶의 활력을 선사하는 최상의 화수분이므로 인생 설계의 세 번째 못자리를 시골로 옮기는 데는 충분한 이유가 있다고 하겠다.

나는 젊은 시절부터 언젠가 노후에 시골에 가서 '다른 삶'을 살아보겠다는 꿈을 갖고 있었다. 가능하면 서울서 멀리 떨어진 변방, 주변부로 가서 한가로이 중심부를 바라보자는 심산이었다. 그래서 정년퇴직하자마자 이곳 속초/고성으로 내려온 지 12년이 되었다. 처음 1년여 동안 소도시 속초에 살다가, 좀 더 위쪽에 고성군 토성면 원암리로 옮겨와서 본격적으로 세 번째 못자리를 실험하고 있다. 여기서 느끼는 것인데, 자연은 사람을 생각하도록 만드는, 그것도 깊게, 그리고 치열하게 생각하게 만드는 신비의 힘이 있다는 사실이다.

나는 여름에 농사짓고, 겨울에 글 쓰는 비교적 단순한 생활 리듬에 따라 사는데, 농한기 몇 달 집중적으로 작업하면서도 대체로 2, 3년에 책 한 권씩 내고 있다. 내가 서울에서 세상을 마주하며 부대끼고 살았다면 이게 가능했을까. 변변치 못하지만 내 저작들은 한여름 땀 흘리며 농사할 때 문뜩문뜩 떠올랐던 숱한 영감들이 가을빛에 영글어 만들어 낸 수확물이 아닌가 생각한다. 그런 의미에서 나는 세 번째 못자리도 앞의 못자리들에 못지않게 다분히 생산적이라고 믿는다.

인생 삼모작에 성공하기 위해서는 앞선 못자리에서 터득한 지식과 사유 방식, 온갖 삶의 체험들, 그리고 그것들이 빚어낸 빛과 그림자를 최대한으로 동원해서 한껏 활용해야 한다고 생각한다. 내 경우, 역시 대학과 정부에서 쌓은 다양한 학습들, 거기서 움텄던 숱한 통찰들, 그리고 함께 얽힌 회한들과 성찰이 이 세 번째 못자리의 기름진 토양이라고 생각한다.

나는 원래 정석(定石)적 사고에 대해 회의적인 편이다. 무엇보다 고정관념이나 상투어 같은 '클리쉐(cliche)'를 무척 싫어했다. 그러다 보니 남들이 하는 것도 똑같이 행동하거나 공인된 해답을 그대로 받아들이기보다는 열심히 미지의 블루 오션을 향해 '대안 찾기'를 해온 편이다. 거기에는 주류가 되기보다는 비주류에 속하는 것을 편하게 생각하고, 다양한 행동 경로의 탐색과 숨어있는 보물찾기를 즐기는 내 성격 탓도 있었던 것 같다. 그러나 내가 추구하는 대안들은 새로운 해법이거나 바른길의 모색이었을 뿐, 상궤(常軌)를 벗어난 것이 아니었다. 그래서 그 어느 것도 '변혁적'이거나 '일탈적'인 것들이 아니었다.

나는 또한 극단적인 것을 혐오한다. 그래서 나는 진리 독점을 공언하고, '적과 동지'를 칼날처럼 가르는 좌와 우의 교조주의자들을 경멸한다. 그래서 늘 중도에서 외롭게 길을 찾았다. 내가 토니 블레어(Tony Blair)의 '제3의 길'과 슈뢰더(Gerhard Schröder)의 '신중도', 그리고 이들이 추구하는 '사회투자국가(social investment state)' 개념에 크게 기울고, 『역사 앞에서』의 김성칠과 『광장』의 최인훈이 보여준, 가슴 저미는 시대적 고민에 크게 공감했던 것도 그 때문이다.

나는 새로운 선택지를 선택할 때 깊게 고민한다. 그러나 일단 마음이 정해지면, 크게 망설이지 않고 그 길을 택했다. 돌이켜 보면, 나의 대안 찾기 여행의 출발점은 위에서 말한 1965년의 오스트리아 유학이었다. 나는 그때 대국주의와 시류 편승을 거부하고 변방의 작은 나라를 유학지로 택했다. 내가 교육부 장관으로 재직 시 형평성 제고를 위해 '교육복지'라는 블루 오션을 찾아 나섰다. EBS 수능 방송과 대안학교를 지원한 것도 이러한 노력의 일환이었다. 두 사업은 무한 경쟁이라는 시대적 조류를 거슬러 과감하게 시도했던 교육정책의 대안 찾기 운동이었다. 이후 '교육복지'라는 개념이 교육정책과 교육 담론에서 보편화되기 시작했다.

나의 대안 찾기 여행의 최근 판은 역시 '탈(脫)서울'이 아닐까 한다. 2006년 정년퇴임에 한발 앞서 나는 서울을 떠나 아무 연고도 없는 속초로 왔다. 내가 서울을 떠난 가장 큰 이유는 스스로가 '내 삶의 진정한 주인'이 되기 위해서였다. 얼마 후 속초에서 다시 시골(고성)로 옮겨 새집을 짓고 농사를 시작했다. 그리고 내가 꿈꾸던 자연의 품에 안겼다.

나는 역사의 고비마다 시대적 격류 속에서 자칫 폄훼되거나 소홀이 되는 소중한 가치를 일깨우며, 바른 대안을 제시하는 데 힘을 기울였다. 1986년 대학가 변혁 운동의 파고는 절정에 이르렀다. 이른바 주체사상파의 주도 아래 체제는 크게 흔들리고, 온통 '평등'의 물결이 넘실댔다. 나는 '세계의 시계'에 역행하는 이들에게 '자유'의 소중함을 일깨우고 민주주의의 정도(正道)를 적시하기 위해, 그해에 『자유민주주의를 위한 변론』(전예원)을 펴냈다. 운동권 학생들로부터 거센 공격과 비판을 받았음은 물론이다.

1980년대 말 소련 및 동구 공산주의 체제가 붕괴하자, 한국에서도 신자유주의 사조가 팽배했다. '자유'가 과도하게 앞세워지면서

'평등'은 뒷전으로 크게 밀렸다. 나는 자유와 평등의 균형과 조화의 필요성을 일깨우기 위해 1992년 『자유와 평등의 변증법』(나남)을 펴냈다.

나의 최근의 고민은 어떻게 하면 우리가 오늘날 우리가 처해 있는 정치적, 사회적 양극화에서 벗어나 참된 의미의 '중도'를 찾을 수 있을까 하는 것이다. 그런 의미에서 나의 '대안 찾기' 여행은 아직 계속되고 있다.

Ⅸ. 모든 순간이 꽃봉오리인 것을

내 서재 한쪽에는 오랜 친구 정현종 시인이 손수 써준 그의 명시 「모든 순간이 꽃봉오리인 것을」이라는 액자가 걸려 있다. 지난날을 돌아보면 그의 시구처럼 '모든 순간이 다아', '내 열심에 따라 피어날 꽃봉오리'였다. 다만 이루지 못한 것은 '내 열심'이 부족하거나 내 능력이 부쳤기 때문일 것이다.

돌이켜 보면 실로 많은 이의 도움으로 여기까지 왔다. 사랑하는 아내와 가족, 국내외의 많은 은사, 멀리서 내가 경모했던 어른들, 따뜻한 이웃들, 언제나 힘이 되어 주는 좋은 친구들, 고맙고 자랑스러운 숱한 제자들, 그들 모두가 내게 더할 수 없는 지원군이었다. 그들은 또한 모두 내게 도덕적 압력집단이었다. 나는 그들을 실망시키지 않으려고 나를 모질게 억누르고, 자주 성찰하며, 스스로를 채찍질했다.

생각나는 일이 하나 있어 마지막으로 적는다. 얼마 전 제자 한 사람이 내게 "선생님, 일생에 꼭 하고 싶으신 일인데 이루지 못한 게 있다면 어떤 게 있으세요?" 하고 물었다. 내 대답은 아래와 같았다.

"1950~1960년대의 『사상계』 같은 시대를 고민하는 잡지를 하나 만들고 싶었네. 그리고 매달 나라의 앞날을 밝히고 젊은이들의 영혼을 흔드는 권두언을 쓰고 싶었네."

지난날을 되돌아보면, 신기하게도 나는 평생 20대에 마음에 담았던 세 가지 직업 즉, 학자, 언론인, 그리고 공직자 세 가지 갈래 길에서 맴돌았다. 그러나 누가 내게 "장관님 운운" 하며 말을 건네면, 나는 황급히 "그냥 교수라고 부르세요. 그게 제 진짜 호칭입니다."라고 바로 잡는다.

– 계간 『철학과 현실』 2018년 가을호, 2018. 10. 08.

KI신서 9915
인생 삼모작

1판 1쇄 인쇄 2021년 9월 14일
1판 1쇄 발행 2021년 9월 23일

지은이 안병영
펴낸이 김영곤
펴낸곳 (주)북이십일 21세기북스

TF팀 이사 신승철
영업본부장 민안기
마케팅본부장 변유경
제작팀 이영민 권경민
진행·디자인 다함미디어 | 함성주 이도화 선은미

출판등록 2000년 5월 6일 제406-2003-061호
주소 (10881) 경기도 파주시 회동길 201(문발동)
대표전화 031-955-2100 **팩스** 031-955-2151 **이메일** book21@book21.co.kr

ISBN 978-89-509-9758-8 (03810)

(주)북이십일 경계를 허무는 콘텐츠 리더

21세기북스 채널에서 도서 정보와 다양한 영상자료, 이벤트를 만나세요!
페이스북 facebook.com/jiinpill21 포스트 post.naver.com/21c_editors
인스타그램 instagram.com/jiinpill21 홈페이지 www.book21.com
유튜브 youtube.com/book21pub